水東流

原上草小說選集

原上草 著

本書由「方北方出版基金」贊助

「馬華文學獎大系」總序

葉嘯（馬來西亞華文作家協會會長）

一九八九年，吉隆坡暨雪蘭莪中華工商總會創設了「馬華文學節」，馬來西亞華文作家協會倡議配合文學節，舉辦「馬華文學獎」，獎勵表現優秀的馬華作家。這個建議獲得多個團體回應支持，作為文學節的重點專案，每兩年主辦一次，至今已進入了第十一屆。每屆只頒發予一位得主，除獎狀外，獎金為馬幣一萬元，是為馬華文壇最高榮譽的文學獎。「馬華文學獎」的意義在於主辦單位為工商團體，首開風氣，體現了「儒」和「商」的結合，志在提高馬來西亞華文文學水準與作家社會地位，為馬華文學增添了實際的推動力。

「馬華文學獎」的評審除了評估候選人的文學創作成果和文學創作思想之外，也必須衡量候選人在推動及發揚馬來西亞華文文學方面的成績與貢獻。由此可見，「馬華文學獎」的得主不單具備顯著的創作成績，更需積極推動馬華文學的發展。

「馬華文學獎」的歷屆得主如下：

第一屆（一九八九）：方北方

第二屆（一九九一）：韋暈

第三屆（一九九三）：姚拓
第四屆（一九九五）：雲里風
第五屆（一九九八）：原上草
第六屆（二〇〇〇）：吳岸
第七屆（二〇〇二）：年紅
第八屆（二〇〇四）：馬崙
第九屆（二〇〇六）：小黑
第十屆（二〇〇八）：馬漢
第十一屆（二〇一〇）：傅承得

馬來西亞華文作家協會作為歷屆「馬華文學獎工委會」顧問，在評選過程中，提供了實際的諮詢，確保「馬華文學獎」評審公正及嚴謹，以致「馬華文學獎」成為最具代表性的文學獎項之一，而歷屆的得主，可說是實至名歸。

工委會於二〇一〇年籌辦第十一屆「馬華文學獎」，我代表馬來西亞華文作家協會提出有意為所有「馬華文學獎」得主出版選集，以表揚、肯定他們在馬華文壇的貢獻。這項提議獲得工委會一致通過，並且邀請作協成為應屆的協辦單位，進一步加深了作協和「馬華文學獎」的關係。事實上，歷屆的得主幾乎都是作協的歷任會長或理事，因此，為歷屆得主出版選集，更是作協當仁不讓的使命。

在作協秘書長潘碧華博士的穿針引線下，我們獲得臺灣的秀威資訊股份有限公司支援，應允出版全部選集，並徵求「方北方出版基金」贊助部份經費。如此一來，解除了作協需動用龐大出版經費的顧慮，可以全力以赴。

秀威的挺身而出，讓「馬華文學獎大系」的出版更具意義，這亦可視作馬華文壇前輩作家在馬來西亞以外的國家，首次作大規模的作品展示。我們不敢奢望選集暢銷熱賣，卻極期盼能夠藉此向大家推介「馬華文學獎」諸位得主，尤其是前行代作家如方北方、韋暈、原上草、吳岸、姚拓、雲里風、馬漢，代表了馬華文壇早期的鮮明特色；而年紅、馬崙、小黑，以至傳承得的中生代，顯現的又是另一番景色了。

本大系由潘碧華（大馬）、楊宗翰（台灣）兩位負責主編，每部選集特邀一位評論作者為「馬華文學獎」得主撰寫評介，相信有助於讀者更深一層瞭解馬華作家。我也要在此向秀威同仁致謝，因為大家的努力，本大系才得以順利誕生。

【導讀】時代的隱痛：原上草筆下的南洋女性

張尤蕊（馬來亞大學中文系碩士研究生）

原上草（一九二二—一九九九），原名古德賢，祖籍中國廣東省梅縣。四歲時隨父母到馬來亞，落足彭亨州的雙溪林明埠，在林明中華小學、中華中學初中部畢業。他當過文員、電影廣告員、會館座辦、流動小販、茶店老闆、教師及編輯等。曾以「沙風」、「原上草」、「虱蟲」及「古跡」等筆名在各報章副刊發表作品。一九五九年後，陸續擔任《學生週報》、《建國日報》、《大眾晚報》、《馬來亞通報》及《寫作人》季刊的編務。一九七八年，馬來西亞華文寫作人協會成立，中選為首屆主席（會長）。他主要的著作有：《韭菜花開》、《水東流》、《迷途》、《房客》、《萬家燈火》、《亂世兒女》及《風雨榴槤坑》等。一九九八年榮獲第五屆馬華文學獎，翌年十月十三日與世長辭。

第二次世界大戰前後的南洋社會，華人多為勞工和小販，他們大部分沒受過教育，生活也很困苦。原上草初中畢業後原本想到中國大陸繼續升學，奈何戰亂關係，無法成行。他的文學素養主要來自課外閱讀，初中時期，他擔任學校圖書館的館長，有機會大量閱讀中國現代文學作品，因此深受五四作家所提倡的民主思想所影響。在他的小說中可以看到許多可憐又可悲的小人物形象，他們愚昧的思想和可悲的人生，喚起讀者對個人生存價值、民主精神的重新審視。

原上草出身清寒，他憐憫貧苦大眾的生活和飄渺的出路，他個人對生命的感嘆，亦是那一代人命運的統合。原上草的短篇小說涉及的主題很多，有愛情、親情、教育等社會問題。通過文學創作，作家企圖尋找生命的出路，他看到社會上存在的許多問題，也企圖探索、解決問題。除此之外，他特別同情女性在時代的洪流中無法掌控自己的命運。本文主要探討《水東流——原上草短篇小說集》中有關女性角色的書寫，通過她們的命運看那個時代無法避免的社會悲劇。

一、多重的壓迫：弱勢女性的悲哀

上個世紀二三十年代，中國新文學作家開始關注婦女命運。受過現代教育的女性作家輩出，她們自我書寫生命，也成為文學書寫的對象。原上草在中學時期熟讀中國現代文學，也感受到五四新文學對人文關懷、反封建、重科學的精神。他的多篇小說以女性為主角，寫她們的單純、無知，也寫她們的美麗和善良，尤其是在那個時代所遭受各種磨難。

傳統社會以男性為尊，男主外而女主內，女性依附男性而活。家庭的經濟重擔都落在父親、丈夫或兒子的身上；一旦經濟支柱倒下，女性的生存也就受到威脅。她們無法自力更生，唯有借助他人的力量，繼續生存下去。心儀和信任的男性是她們的精神支柱。一旦情感生變（死亡或背叛），她們的精神支柱就會倒塌，因而向命運低頭。

在原上草的視角下，傳統觀念束縛了女性的個性發展，婦女受教育的不多，經濟不獨立，她們為了生存下去，對自己的幸福往往無從選擇。原上草的第一本短篇小說集《韭菜花開》出版於一九六一年，收集了十三篇完成於五六十年代的作品。〈韭菜花開〉開篇就寫滿園韭菜花開的時候，一個被派到鄉下執教的先生第一次推開了施家的籬笆門，從此就被捲入幾個女人的命運漩渦中。施家的男丁早逝，剩下老弱婦孺四人，媳婦因家裏實在沒有東西吃了，只好改嫁給城裏的一戶人家當填房，伺機接濟兒女。施家婆婆不能諒解媳婦的改嫁，阻止孫子阿發和孫女秀梅與他們的母親見面。阿發因為想念母親，所以經常紅著眼眶上學，老師因好奇而揭發了這家女性三代的悲劇。

原上草筆下描繪的女性樸素真誠，善惡分明，面對坎坷的命運，她們也想反抗、改變，卻無能為力。往往從一個絕境逃出，又落入另一個絕境，並沒有真正逃脫。女性的不幸有時也因為同性長輩的迫害而加劇。施老婆婆這種決定性角色（master role），重男輕女，非常迷信，個性也非常固執。個人的無知，往往是家裏成員不幸的主因。施老婆婆喪兒之後，她把希望寄託在唯一的孫子阿發身上。阿發生病了，她認為求來的靈符比較有效，沒帶孫子去看醫生，差點害了孫子。

後來為了籌措醫藥費，施家婆婆要把孫女秀梅嫁給賣菜的阿榮哥，秀梅出走向母親和繼父求助，不料繼父對她意圖不軌。秀梅的母親帶著女兒逃離繼父家，然而又陷入衣食沒有著落的困境。秀梅無計可施，只好答應嫁給賣菜的阿榮哥做二房。不到兩個月，大小兩房起了衝突。施老婆婆為孫女出頭，卻活活被氣死。

女性若沒有自立的能力，生活沒有保障，只好視依附男性為終身依靠，在家從父，出嫁從夫，夫死從子。生活出現困境時，這些婦女的解決方式就是找一個可以依靠的男人，因此秀梅母親改嫁，秀梅嫁作二房，都是無可奈何的選擇。秀梅也想作出自己的選擇，她想自己找一個值得信賴的男人去依靠。她心儀有文化的教書先生，尋到先生的家鄉，先生卻已離家外出。秀梅失望回到自己的家，接受婆婆的安排，秀梅媽媽改嫁和秀梅後來嫁作二房，都沒有讓她們的苦難結束，反而衍生了她們的人生悲劇。

另一短篇〈後來娘〉寫的是女性世界的愚昧和悲哀。阿珍妹的母親去世後，父親娶了帶著油瓶女的繼母。繼母總是對阿珍妹打打罵罵，還經常讓她挨餓，對自己的女兒卻非常溺愛。年紀尚幼的異父異母妹妹有樣學樣，也效仿母親的態度，常常欺負姐姐：

看見老娘不時炮製異父異母的姐姐，她也學起樣來了，一覺不遂意便用拳頭去舂她的背脊，用指甲去擰她的手臂、臉頰和大腿。[1]

繼母趁阿珍妹父親不在時虐待她，懦弱的她沒有勇氣向父親投訴。有一次被鎖在門外，好心的老鄰居收留她。繼母蓄意造謠中傷老鄰居和阿珍妹的關係，幾天後阿珍妹父親回來拍門找人，怒罵女兒是「婊子」，不知廉恥，最後還把她「隨便」賣給了別人，後來不知去向。

1 原上草：《後來娘》，見《韮菜花開》，吉隆坡：蕉風出版社，1961年，第175頁。

一九五〇、六〇年代的南洋社會經濟不景，生活的重擔往往扭曲了人性，使人做出損人利己的行動。當時破碎的家庭衍生出許多社會悲劇。〈搬家〉的屋主婆是個寡婦，愛錢如命，不惜把女兒阿香作為「抵押」品，騙得房客借錢給她，讓阿香難堪。這些女性長輩的愚昧，對女性後輩的殺傷力有時比社會規範還來得厲害。從阿珍妹的遭遇和繼母的卑劣、阿香的無奈和阿香媽的貪婪，我們感受到年輕女性在那個時代的無助和悲哀。

描寫多個女性角色的短篇小說〈房客〉，是原上草的力作之一。小說中的女性「事頭婆」、「豆腐婆」、「財富娘」，都是現實中活生生的女性眾生相。她們在經濟上已經能夠自力更生，事頭婆僅靠收房租就可以過日子，還有能力應付經常伸手要錢的遠房侄兒。豆腐婆的生意馬馬虎虎，卻還能吃飽穿好，空閒時可以玩玩幾手賭博。財富娘的丈夫收入不錯，她衣著光鮮，胸前掛著金葡萄招搖，平時也愛賭。這些女性有機會擺脫貧困，但畢竟受教育不多，閒暇時沒有其他消遣，因而沉迷於不良嗜好，沒有為將來未雨綢繆，最後釀成家庭悲劇。

原上草的小說寫出了那個時代婦女的悲哀，在男女不平等的時代，女性必須面對多重壓迫（multiple oppression），她們的悲劇與社會傳統倫理觀念、文化意識、民族風俗、教育制度等有關。婦女普遍沒有受過教育，造成她們在思想上無法突破傳統架在她們身上的束縛。她們的生活必須依賴男性親人，如〈房客〉的財富娘依靠丈夫、桂芳依靠父親，甚至事頭婆也潛意識依賴著遠房侄兒。她們因為思想和經濟上的不獨立，只好依賴著男性而生存，由於不能自主，不幸來臨時，惟有任由命運痛宰。

原上草和當時的許多作家一樣，主張文學作品必須反映社會現實，文學必須服務社會的理想。通過這些女性角色，他提出了當時社會重男輕女、婦女教育低落、包辦婚姻的問題，揭示社會愚昧、思想落後的一面。在理想與現實衝突中，啟發讀者的理性，努力去追求更好的明天。原上草在寫作過程中，也揭示了人心晦澀的陰暗面，使作品除了時代感，也具備了美學的特質。

二、改變的阻力：社會規範與思想瓶頸

馬來西亞於一九五七年獨立，原上草的小說背景大多處於建國前後社會轉型的時代。當時的南洋社會普遍上物質缺乏，僅有檳城、怡保、吉隆坡等幾個城市，大多數的州屬還處於鄉村狀態。馬華作家們經常取材自鄉村生活，尤其描寫那些野不施脂粉的鄉野女性，她們純樸的心靈和光明的品格，因為城市風氣而起了變化。

原上草藉社會問題來凸顯低下層女性的自主願望。由於社會落後，女性的自我醒覺不夠，許多女性在追求自我價值中遭遇到一連串的阻力、挫折和不幸，她們為改變命運而承受多重苦難，其中包括性騷擾、性別偏見、謠言、鄙視、疾病、傷殘、死亡等。原上草的這種對女性主體意識的大膽表現在當時並不常見，小說試圖揭示女性對生命的覺醒和追求。只是作者本身似乎還是保留了部分傳統的意識，對女性意識覺醒並沒有深刻的見解。他設定了道德界限，隱約含有男權的影子，就小說出版的年代來看，這可以解釋成是當時普遍的社會觀念。

愛情婚姻是女性書寫中不可或缺的命題。〈水東流〉描述社會保守觀念對女性的壓迫和女性追求愛情所受到的挫折。小說描述「我」與昔日同事重逢，神情憂鬱的故友談起年輕時候的一段愛情，充滿了悔恨與遺憾。那個深藏在故友記憶中的年輕時候的情人，是個年輕寡婦，盲婚啞嫁的丈夫去世了，她只好回到年老多病的父親身邊侍候著。後來，她想和身為教師的故友私奔，逃離再一次的盲婚，奔向不可知的未來，即使對方無法給予她生活保障，她也要義無反顧地跟隨情人逃離眼前的困境。那個時代的南洋女性多數具備舊中國社會三從（從父、從夫、從子）的思想，她們從出生就被教導附屬男性生存，沒有自己的理想，不能自主。因此，她們要爭取婚姻自由，需要勇氣，尤其是私奔的決定，更是需要很大的決心。她再三與情人約定，一定得帶自己走，最後情人還是不留隻言片語地提前離開了。

二十世紀五六十年代的社會風氣保守，再堅強的女性，也很難承受別人在背後的指指點點。然而〈水東流〉的悲劇卻是懦弱的男性所造成，這位教師不敢承擔和寡婦私奔的後果，違背了他們之間的諾言，背叛了愛情與信任。小說中還提出了婚姻自由的命題，舊社會的許多男女因為不能違背父母之命、媒妁之言而結婚。然後婚後生活不美滿，婚姻不得善終。故友後來另娶他人，然而心裏仍惦記初戀情人，最後走向離婚的下場，年幼的女兒也自然成為了這段失敗婚姻的犧牲品。故友的離婚是對自己過往的錯誤決定的自我懲罰，也是一種自我的救贖。

上一代人的情感糾葛如此絲絲縷縷，其實還涉及愛情和責任的問題。出生於貧苦家庭的故友，深刻瞭解一個家庭的負擔，不敢輕易承諾，悔恨放棄自己所愛一走了之，最後空對過去一段歲月慨歎唏噓與默哀。〈水東流〉的重心不在於那失敗了的愛情悲劇，而是反思過去的社會觀念，扼殺了許多年輕人的理想和自由，當然還有愛情。

當時的南洋社會，城市與鄉下生活方式兩極化，鄉下人民文化水準低，民風淳樸，城市卻是冒險家的樂園，燈紅酒綠、紙醉金迷。〈一縷青煙〉寫鄉下女子到城市尋找理想的故事。小說中的小華有主見，她為了減輕父親的負擔，決定到幾英里遠的工地去挑泥土，卻受到工頭騷擾。於是她離鄉背井，去了大城市才有的遊藝場工作，白天休息，晚上工作，出入歌臺酒館。遊藝場、歌臺是南洋城市和城市邊緣的小鎮的特有景象，成為當地人的娛樂場所。這類場所龍蛇混雜，年輕女性容易受到金錢誘惑而誤入歧途。當思念著她的愛人來到遊藝場找她，她卻表現冷漠。愛人心裏明白彼此之間的感情已經變質，夜宵吃著時興的「魚皮雲吞」，卻食不知味。為了家庭的經濟，小說女主人公必須賺取更多的金錢，她唯有投奔繁華城市，當茶花、歌女。她努力地想改變家裏經濟狀況，寧可捨棄一份純真的愛情。

小華和〈迷途〉裏嚮往歌唱表演的阿芳以及許多那個時代的年輕女性一樣，她們或多或少受過教育，在社會的轉變中，她們意識到生活需要改變。比較起她們的上一輩，她們也有一定的能力作出選擇，也有了比較多的自主權。但是她們畢竟沒有充分理解自由和幸福的真諦，她們放棄了自己美好的品德和純真的感情，一頭陷進金錢和物質的世界，以為那就是幸福。她們辜負了自己美好的品質，也虛度了美好的青春。

〈媽媽哭〉的瘋女哭訴社會的險惡和人性的自私。女主人翁是受過中等教育的鄉下女孩，單純美麗，奈何家貧只得提早出去工作，被東主少爺哄騙有了身孕，然後被棄。女主人翁誕下私生女，受盡家人和鄉人的冷嘲熱諷，投靠一向疼她的姨媽不果，路上被一老婦人騙取女兒，因而成了瘋女，在街上尋找失蹤的女兒。

從原上草有關女性的小說，不難發現原上草在他那個時代，有意展開女性書寫的實驗性。他的小說以深刻的人物形象與性格刻劃在同期作家中顯得特別令人矚目，尤其是女性心理描寫，更是細膩精彩。比如未婚的女性，竭力抗拒性騷擾，〈韭菜花開〉的秀梅如此，〈一縷青煙〉中的小華也曾經如此。這些女性在嚮往改變和自主的同時，嚴酷的道德觀使她們不敢表現自己內心真正的需求；即使她們鼓起勇氣追求自己的幸福，甘願承受可畏的人言，不幸卻沒有放過她們，她們必須承受接二連三的打擊和磨難，無法得償所願。

原上草在他的小說裏大量描寫了在舊傳統下的女性，她們在殘陋觀念下苟延生存，有的扭曲了個性，也變成殘害壓迫的一方，以更殘酷的手段去迫害她們的女性後輩。小說中的女性在行動自主上、思想自主上都希望能夠走出自己的方向，尋求自己幸福的生活；然而，依附對象的不穩定，或是個人精神上的荒蕪，使得原上草筆下的女性角色始終擺脫不了悲劇命運。

三、結語

原上草的小說廣泛受到當時讀者歡迎，主要是因為他的作品大多以日常生活為題材，他善於從草根社會中塑造出鮮明的人物形象，語言非常貼近當時讀者的生活環境。這些生活化的題材和生動的方言口語都能反映出二十世紀五六十年代南洋華人生活狀況、人民的生活素質與意識覺醒。原上草的小說中出現許多不同的女性角色，她們的教育程度偏低、醒覺意識不高，對自身的人權自由一無所知，導致她們的命運坎坷。原上草關心自己的社群和族群，不僅是關心柴米油鹽，而是擴大至教育、文化。雖然身為男性，卻為女性仗義執言，鼓勵女性爭取自由自主，這就是他小說的可貴之處。

原上草小說窺探南洋女性普遍依附男性而生存的心理，她們的能力在男權社會中受到貶抑。她們一方面希望改變，一方面又順從和屈服於命運，形成一種兼具時代特色與國域特色的性格特質。馬華文學中偏重寫實的鄉土小說，大多反映社會底層人民的生活，所描寫的人事與作者的生活非常貼近，換句話說，作品中多少滲入了作者的真實體驗，讀者也就可以通過他的文學作品解讀到作者的生命記憶。

目次

003 「馬華文學獎大系」總序
007 【導讀】時代的隱痛：原上草筆下的南洋女性
019 韮菜花開
045 搬家
056 瘋子
061 栽培
071 後來娘
077 五塊錢
089 帶工
099 開張大吉
110 迷途
124 浮沉
153 房客
164 幪面人
185 冷暖人間
202 詩人方如夢
231 媽媽哭
242 水東流
261 一夜
282 一縷青煙
304 不了局
315 微塵

韭菜花開

豪雨方才歇住，風很輕，天頂上面團得烏密的雲兒忽然笑著互相讓開一條路，露出一抹叫人一見就感覺渾身舒暢的金光。猜猜看，不是總該放晴了麼？可是老天故意還要跟人開玩笑，間歇地在目不可企及的地方推著雷聲玩玩呢。連作夢也念著自由的可貴的小燕兒就是那麼的著急，在人不經意時一齊竄上了還帶著濃重濕意的高空，一隻緊逐著一隻，不，它們試比較看誰飛得更高哩。高處大概有什麼美麗的憧憬在逗引著它們吧，且看，一向最貪安逸的小禾雀也成群地盡力撥動翅膀抬頭向上昇，可是到了一定高度似覺寒了心，紛紛急不擇向地墜進了微泛起黃浪的軟綠裏。遠山最愛撒嬌，到這時尚蒙著一面輕紗呢。尤其是雨後的太陽變得過份嬌柔，羞得前頭幾株生意索然的枯樹也泛出幾道黃暈來了。

彷彿有一股無形的力量自山腳處掙扎而起；最少在心靈上是這樣感覺到。遠山的輕紗衝開了，吸上眼簾的是一團蒼鬱的濃綠，由下到上，綠得那麼均稱而清新，似乎只需隨時一探脖子，都可以嗅到一陣淡淡的草葉香。天空幾時盪來一大朵乳色的雲，怪溫柔地搭在多姿的椰樹梢頭。是看妒了旁邊正直的檳榔樹吧，要不然它何必頻頻掉頭滴淚呢？山凹處有響午的雄雞啼，清新中似覺夾帶些兒悲涼的味兒。

我朝著一條堆滿落葉的小徑走，眼睛儘量吸取周圍的詩意，心裏沒有雜念，雨後的心情是該感到愉快的。可是卻像哪裏帶點兒缺憾般微微感覺到空虛。我走，緩慢的，似乎怕過重的足音會撩亂四野的寧靜。小花從亂葉縫裏探出了嫩臉。有些互相偎著臉兒，大概是訴說著只有精靈才能理解的秘密。踏過去，驚醒幾隻多彩的蝶夢。

落葉漸行稀少了，偶爾發現三兩片，還帶青呢！這是豪雨暴力下的犧牲品吧。迎面一聲犬吠，急促地翻過無數個斜坡，萬山像躺著靜聽，而又慨歎著把沉重的心事推向寧靜的晴空中。我站住了，一個突然的感觸揚起片刻的猶豫。往前看，眼線合成一顆小小的焦點：雲光、山色，一些迷迷糊糊的什麼樹。往下看：陽光永遠透不過的那邊露出一角矮茅檐，濃蔭打從山腳處一瀉而過，密密層層地包圍著，最密處形成一簇浮空的半月形，微風盪來，恍惚上面有無數金甲蟲兒在爬動。那不是夜來香開得燦爛的籬門？繼續向前走，眼線稍稍向右轉，在那裏，就是綠得端莊的那裏有縷縷的輕煙往上昇；很淡、很薄。一個影子站起來又蹲下，姿態自然而飄逸，像隻剛才飛起而又落下的山鷓鴣。

我加速著腳步走，四野再也不給我半點兒詩意。又是一聲隱約的雞啼，我發覺好像來自自己的心裏。一個挑起擔子的老婆婆迎面而過，大概想起什麼翻頭看看又沒說什麼。

透過籬笆，橫直交錯的土畦上冒著柔嫩的綠色。跑近些，沒有人，一片嫩綠的上面晃著無數小白頭，個個爭著朝外望。韭菜開了花！我心裏喊。

站著等麼？我徘徊在籬門外。心裏說：一聽見有人聲我便推門進去了。

我真的推門進去，可是並沒有聽見人聲。

＊＊＊

要是人與人之間真有什麼恩怨存在的話，那可說是非常的不幸。雖然愛之欲其生，恨之欲其死的心理是人之常情，然而這不過是一種絕對自私的表現行為罷了。何況所謂恩恩怨怨，好多都是不成為文的，間中理由，甚至可以叫人感到啼笑皆非。

我奇怪自己會被捲進這個不幸的漩渦，更奇怪自己會接二連三地推開這座有夜來香花的籬門。連這趟是第幾次了？我不記得，首一趟那還知道，是滿園韭菜花開的時候。

別扯遠，先提提我自己吧；我是位山芭教員，在一年的春天冒雨上任的雜役兼教員。要好聽麼？那也許可以稱作校長。

先生便是教員的尊稱。是否如此便足以表示教員的尊嚴？不瞭解，而我是悚然聽著的。因此我也便注意著一個人。

這個人還是小孩子，我的學生。白淨淨的臉蛋，烏溜溜的瞳仁，鼻樑不高，一張配得恰好嘴巴似乎生來只是為了喊先生。查查點名簿，他叫施俊發，六歲。家庭狀況——保護人：施馬氏。關係：祖孫。職業：打菜園。

「施俊發！」他怪淘氣的，又不畏生疏。有空我愛逗著他玩。

他睜著眼珠朝我看，手裏老捏了把泥土。

「施俊發！」我再叫。

他慢慢走過來，泥土向後一抛。

「你為什麼不應我？」

「我叫阿發呢，先生。」他苦著臉。

「施俊發就是你，你就叫做施俊發！」

「阿婆同阿姐都是叫我阿發呢，先生。」

他想了想又說：「還有阿媽也是這樣叫的，先生。」

我笑起來。他也跟著莫名其妙的笑了。

有一回上習字課，黑板上寫了幾個斗大粉筆字，學生們都低下頭，只有他——施俊發，一言不發的咬著石筆頭向我瞪眼睛。他大概碰上難題了，我走過去：「阿發，你怎麼啦？」

「先生，」他把小嘴呶成一個小圓圈。「我的沒有這樣大。」

「什麼東西？」

「石板。」

對的，我明白了，他並沒騙我，石板究竟趕不上黑板般大。施俊發！我碰見大大小小的孩子多了，總是沒有什麼地方好像是他。一時要想從他那幼小的心靈上分析出點兒什麼是相當不容易，我暫時向自己下解釋：這是稀奇的天真！

他喜歡親近我，是在無邪的笑臉上表示。我喜歡看見他，往往找不出適當的理由作根據，也許可以說為了他是無父的孤兒吧，可是先生只顧教書並不專打理這些，我可連想也未曾替他想。假如硬要我說，只好推是那份稀奇的天真逗我喜歡最恰當。

他的屋子在哪裏我不知道，好像是很遠吧，每天早晨他往往是最後一個遲到，最早也得超過第一次鈴聲後的五分鐘。他一來我必定仔細朝他看，看那對烏溜溜的泛出波光似的瞳仁。

「阿發，你又哭來？」

「我沒有，我沒有。」他急忙用手背揩眼睛。

「講大話！先生面前是不准講大話的。」

他低下頭。一低頭我便用嚴厲的目光落在附近想做鬼臉的同學身上去。

我不否認哭是孩子天真的表現，阿發可以哭，更可以縱聲大哭，但是卻不可能有無聲的哭。阿發每天紅著眼圈上學，我看見。阿發躲在門角裏流淚，只有靠著其他同學的情報了。受屈？不是。肚痛？不是。肚子餓？也不是。要回家？他霎著眼，是了！「還要等一會兒才放學。」我說。他又無聲地流著淚。

這種情形並不是時常發生，除了上學紅著眼圈兒，一個星期內可以發現一二次。他的年紀究竟太小些。當時我曾這樣想：大概奶癮還在趁機發作呢！可憐的孩子。

他不時缺課，好幾回以為他不再來了又映著紅眼圈走來。問他。「我落坡！」什麼事？眼線只管送出木窗外。他是來遊嬉！我常常提醒自己說。

是個微雨過後的晨天吧，膠林凝住一片輕霧逐漸地展開笑顏。上課的鈴聲響過了，阿發沒有來。十分鐘過去，阿發仍舊沒有來。再過五分鐘，阿發來了，是大聲哭著的，身邊伴著一個全身黑衣的大姑娘，站在門外不住搔頭髮。

「阿發！」我驚異地迎上去。她正面向我，我發覺她有點兒像阿發。

「阿發！」我再叫。阿發變了，他不睬我。「什麼事哭？」我轉向她問。

「先生，」她抿抿嘴，眼波迅速溜向面前的阿發。「阿發，你停聲，先生問呢。就停！明天我才帶你落坡去阿媽那邊。明天，不騙你！」

阿發不停聲，哭得更像淚人。「你騙我的，阿姐，你騙我的，我……阿媽……」

原來他在找阿媽呢，難怪他哭得這麼淒涼。「你媽媽在下面？」我問做姐姐的。

「是，先生。」

「傻孩子。」我帶笑地撫著他的頭說。「你阿媽不是要回來的麼？」

「哇！不回來的，不回來的！」他的話叫我吃了驚。

「怎麼不回來呀？」

沒人回答我。我發覺做姐姐那個低頭弄衣角。

「好，阿發乖。」我給他倆弄得糊塗了。「明天先生也落坡，一同到你阿媽那邊去。」

「是真的？」他把淚一揩。孩子的天真就在哭與笑的轉瞬間。「你識得我阿媽？先生。」

「你指我看是哪個不就識得咯！」

「做得，做得！先生，你要去的？」

「去！」

他樂意了。我望著滿臉掛起感激的微笑的她慢慢旋轉身子，獨自走開了。

＊＊＊

明天了。是個星期天。

星期例假應該好好利用它，然而我沒想到這一層，也忘了昨天向誰許下的諾言。

俊發來了，我還在睡得不知南北東西。起來見他，蓬髮、赤腳、淘氣的小圓臉上瀰漫著一層薄薄的油霜，彷彿剛從床上爬下便偷偷走來的。「阿發，你真早！」

「先生，車就要來啦！」

「是嗎？」我想起了。故意皺著眉頭向他端詳了半天。「你看，多麼難看！還是回去洗過臉再來。」

「要是車來了呢？」他焦急地說。

「不會來得這麼快，還早呢。」

他不肯走，幾次吞吞吐吐的才說怕阿婆知道不允許。阿婆不允許他去見阿媽，這事不好解釋，問他當然不懂得，胡猜只有傷腦筋。「你等等，阿發，我同你一起走。」橫豎閒著，我決定到他家去走一遭。

他在前，我在後，穿過了陰暗的膠林小道，便是塊開朗的山野。到了門前，夜來香花尚未開得全，半掩的籬門鑽出一隻大黑狗。走進去，瓜棚豆架迎了滿眼，右邊一展油綠，高高浮起無數小銀點。在靠近籬笆的小寮棚裏見著他的老阿婆，我們談了幾句話。她笑了，嘴裏缺了兩隻上門牙。揩揩手，向著屋裏喊：「阿秀梅！先生來。咖啡泡好麼？」

她請我到屋裏坐。我們相繼談了許多話。她的話三句不離本行，我只是嗅到滿屋的青菜氣息。我問她：「阿發怎麼天天上學都是哭著的？」

「他想著阿媽。」秀梅回答我。

「不要信她講，他頑皮！」老太婆截斷她的話。

「還有呢，他時常不肯上學是不是？」

「我已經說過，他頑皮！」

「那麼他的阿媽……」

「死了！」

死了阿媽？可憐的孩子！這下我心裏有點恍然若失的感覺。

老太婆似乎不樂意談她的家事，喋喋不休地黃瓜豆角又不能使我感興趣。我要告辭，又不讓我走，堅決留我吃碗飯才去。「先生，賞賞臉，就看在我老阿婆臉上。」她說。

推辭不敬，我坐下了。飯菜鋪開來，忽然嚐了口帶蕊的植物引起我的注意。我問是什麼？

「韭菜花。」秀梅答得非常快。

「啊！韭菜花也吃得的？」

「吃得的，不過要趁早，不能等到它開花。」

老太婆吃得非常慢，幾乎勻出大半個時間注意她身旁的小孫子，頻頻稱讚他的循規蹈矩是歷來破天荒。但也相當留神我手裏那碗飯。

「先生，自己燒飯吃還是搭伙食？」她問我。

我簡單的回答：「自己燒的飯菜比較合口味。」

「難得，難得。先生真是……文武全才！」

「先生，有空時常過來坐坐呀！」

出門多年，惟有這句說話聽來最合人情味。我笑著起身，笑著道聲多謝以後推開了籬門。

門外陽光蕩漾。遠了，我分不清是誰的聲音。

＊　＊　＊

秀梅來，在我離開她家以後的第二天。手裏握著一束韭菜花，踏著清晨的露珠找到學校裏。

「先生，這點東西送給你，我婆婆說的。」

「你們真客氣！」我感覺意外。「怎麼要勞你特地送來的。」

「不成問題，我是順便出來想要下坡辦點事。」

「那真多謝你的婆婆了。」

「一點小意思。還有，先生有時間不妨到我們那裏跑動跑動呀。」

她飄然而出，像隻出檐的乳燕。只打了一個迴轉又飄然而入。

「先生，我有件事情要求你。」她的身後多了一個小孩子。「阿發我想帶他去。」

「阿發嗎？在哪裏？」阿發走過來，身上掛著小書包，張張小嘴：「先生！」

這個裝扮像是臨時決定的，我打趣地拉著他的手。「你也要去？」

他點頭。

「去做什麼？留在這裏讀書不好嗎？」

他忽然求援似地回頭望了望姐姐，停停竟哭起來。

「你真愛哭！」姐姐推推他。「先生，他說要下去見媽媽呢。」

「見媽媽？誰的媽媽？」我摸不著頭腦。

她猶豫一會兒。「我們的。先生，我的婆婆騙了你！」

「她騙我，她為什麼要騙我呢？」

「我也不知道，大概她不喜歡我媽媽。」

「為什麼？」

「不知道。」

「她在下面做什麼？」

「誰？」

「你媽媽。」

她立刻頭一低，聲音細得像隻蚊子叫：「不知道。」抬起頭，「先生，我去了。」

她去了，走得非常快。偶爾站住掉回頭，好像是怕遺漏了什麼。

這是個謎！我心裏說。老太婆恨她媳婦。女兒對母親的行動諱莫如深。這些，這些……猛然發覺面前有個影子蠕動著：「哦！阿發，你怎麼不去呀？」

他一驚，揩揩眼睛立刻一個旋身奔出去：「阿姐！阿姐！死阿姐！等我！……」

＊＊＊

有時候某些事情是不能夠用「為什麼」三個字來提出疑問的，我常常到阿發家裏去，幾乎是每隔一個落日黃昏。秀梅常常親自送來了青菜，包括了我喜歡的韭菜花。

老太婆歡迎我的來臨，彷彿對她是種無上的榮耀。而且還害怕我這個客人不歡心，經常特意支使秀梅或是親自動手做出種種奇異的小點心。「先生，吃呀！只要你常常肯來。」

我們無所不談，除了她的家事。幾次想提起她的媳婦——阿發的媽，話到唇邊，又給嚥下。有一次她問我：

「阿發人怎樣？」

「人是聰明的。」

於是她樂意的笑了。她說不論天性和姿態都跟他過世的爸爸很相像。我又曾聽她追敘過去，過去他們是個體面人家，時運不濟才衰敗下來。

「他的媽媽呢？」我有了機會。

「我不是講過已經死了嗎？」

「聽說在坡底呢。」

「在閻羅王那裏呢。」

一句話抄百宗，目前她堅決不承認世界上還存在有這個人。後來從別的地方探明了事實上還有這個人；不過已經做了一個小康人家的填房，就在去年的年尾。這麼著，老太婆的所以憤恨，秀梅的所以故弄玄虛，阿發的所以忽然地悲哀，我約莫得到了解答。找個適當機會我再偷偷問秀梅：

「秀梅，你別再藏在心裏頭，關於你的媽媽。」

「嫁了人。」她知道不能再隱瞞。

「這個我知道。我問為什麼？」

「家裏苦。」

「受不住苦？」

「也不對，我媽媽體恤婆婆和我們。」

「哦，我明白了。當初你的婆婆不贊成？」

「贊成就不會拒絕我們跟媽媽相見。」

「這又怎麼說？」

「弟弟天天哭喊要找媽媽，婆婆不肯，我只好不時藉他上學的名義偷偷帶他下坡去。」

「你下去……」

「順便送菜去發賣和收回點錢。」

「月中入息不錯？」

「窮人家，一月來，一月去，都是這樣子。」

「你以前也念過書？」

「念過高小二年級。」

我們隨便談了許多話，她都有問必答，該笑時她笑，不該笑時她也笑。以後還有許多適當的機會，我們有話談話，談的多半是她家的往事；無話講故事，故事是由各人自由地胡編。漸漸地老太婆也加進我們的陣線，因為她最愛聽我的「關公殺死薛仁貴」。我們大家相處得很和洽，我一來，似乎快樂之神也就跟著來，雖然阿發每天上學還是照舊紅著眼圈兒。

＊＊＊

聰明的人類有時也愚蠢得相當可憐，他們愛製造謠言，卻不懂得認真去選擇對象，像我這麼一個走江湖式的窮教書匠也給他們看中了。一個不利於我的謠言滿天飛，是村子裏那些少年哥妹們出的：

「先生每天晚上到秀梅家去，施老伯母說要趕先生！」

我還蒙在鼓裏呢，難得光臨的董事長忽然找到學校裏來。

「先生，你聽到外面關於你的風聲麼？」

「什麼事？」

他微微笑，是故意做作的。「你認識不認識施秀梅？」

「認識的。」

「這就對了，你時常到她家裏去？」

「有時……啊，就是這些事？」

「嘿嘿，就是。我看，先生的行動以後就該檢點些。」

「這也值得大驚小怪嗎？」我深覺不樂意。「那些人也太無聊了。」

「這是忠言。」他一本正經地說：「先生是教育界中的人，忝為人師，關係本身人格事小，影響本校名譽事大，望考慮考慮。」

他走，我不送。我的腦袋在發昏。豈有此理，一百個豈有此理！我決定不去理睬他們，他們都是一群魔鬼，最低限度也是一些庸俗不堪的什麼下等東西。但又似覺不能不去理睬他們，因為是魔鬼，是庸俗不堪，以後絕對可能不擇手段的再弄些卑鄙的花樣出來。我猶豫不決，無形中也就成為暫時的妥協。一妥協，不利於我的謠言反而變得更激烈：「是麼，已經證實了，先生害怕得不敢再去了！」我不作任何表示，最好的闢謠方法就是繼續沉默。

阿發來問我：「先生，你好久不到我家裏去了？」

我笑笑，點點頭。

秀梅公然來見我：「先生，這幾天忙嗎？我的婆婆想念你。」

我不笑，點點頭。

可是我始終沒有到過她家去，倒是她不時地來找我。我很抱歉，我編些不能踐約的原因，對於實在的事一字不提。後來不知怎樣口滑提出來，從此不再見她的踪跡。

我雖然有點後悔，但也並不怎樣的關心，彼此間疏遠開了總可以避免那些不必要的嫌疑。「關係本身人格事小，影響學校名譽事大」，董事長的忠告就像魔咒似的纏住了我整個身心。

緊跟著阿發無聲地退了學。他沒有什麼報告，也沒有向我通知，就這樣靜靜地一退了之。鬧意氣；不可能。向旁邊的學生一打聽，阿發病著呢，病得很厲害！

我該去看看吧，學生害病，先生探病，事屬正常。我去了，輕快的。見著她們，還有一個不認識的中年男人。大家都深覺意外，大家都隨便笑笑。我問起病人，她們指著我看，躺在陰暗角落裏的阿發已不大成人形，撇撇嘴，微弱地叫了聲「先生」。

我向淚汪汪的老太婆談了幾句話，又向愁脈脈的秀梅談了幾句話便告辭要走，她們堅決挽留我都給婉謝了，不過答應明天再來看病人。秀梅靜靜送我到籬外，站住了：「先生，你記得要來。」

明天，我沒有去。

＊＊＊

今天星期六，下午沒有課，忽然想起還在病中的阿發。

穿好衣，掩上門，外頭及時走進一個俏女人。「先生，你就是X先生？」

「啊！是的，請問你……」我發覺秀梅緊跟在後面。

「我就是阿發的母親。」她自我介紹。「從秀梅那裏知道先生是一個好人，現在敢請先生幫幫忙。」

「且說看。」我讓她坐下。

她坐下，眼尾撩了撩身旁的秀梅。「我的事諒必秀梅已經對你講過了，這次是為著我的阿發仔。

他病得厲害，在今天秀梅下來講起我才知道。先生，你能不能替我去勸勸他的老阿婆？她比較能聽你的話。」

「他的老阿婆？」我不明白究竟發生什麼事。

「就是她，那個老糊塗！人有病了不去求醫吃藥，一味拜佛求神，我阿發仔的病所以會日見日沉重，都是她一手誤了的。先生，我求求你！」

有這麼回事？我納罕起來。望望秀梅，她正背轉身子留意門外的天色。

「我是不方便到那裏去的。」她的眼眶裏有晶光。「先生，你見了他的老阿婆後千萬要叫她找個好醫生，如果怕麻煩可以把人交給我，我會一手照料他，病好以後我會把他送回來。」

山芭地方出入不便，她的最後辦法也甚好。我一口贊成，並不去顧慮其他。

「一切交代給你了。」她沒有別的事，起身要走。我送了幾步。她又停下來，迅速打開手提包。

「X先生，這裏一百塊錢我先交給你。」

我愣了一下，她才接著說：「老傢伙的脾氣我知道，她恨我，那個辦法恐怕她會不答應，那麼這些錢就請你交給她，當作阿發的醫藥費。不過，千萬不要講是我給的！」

「那又怎樣講？」

「由你先生的主意去。」

「我的主意，何不交給秀梅帶回去？」

「這個不能！」她亂搖頭。「老傢伙多疑，要是查出了來歷一定不肯收，免不了還要受她一場惡罵。」

「這樣奇？」我不大相信。

「就有這樣奇，先生，你聽我講，這些是經驗過了的，不信問問秀梅就知道。好了，我走了，你千萬要幫幫忙！」

她離開，秀梅送她坐上路旁的汽車。我茫然坐下來，燃起一根香菸。煙霧繚繞裏我想起世間母愛的偉大。

＊＊＊

當天見著老太婆，她從貼肉處掏出一張黃紙條。「先生，你來得真巧，不然我要親身找你。昨天從神明那裏求來一張籤，你看怎樣解？阿發的病有礙沒有礙？」

我沒先看籤，只去看阿發。阿發雙眼緊合，小嘴微張。我叫他，他的眼睛睜開兩條縫，沒有喚先生。

「有礙！」我回頭對她說。

她的眼圈一紅。「先生，你看我要怎樣辦？連神明也是這樣講，我要怎樣辦？」

「你為什麼不去請醫生？」

「怎麼不請呢？靈符也不知吃過幾多了。」

「沒正正當當吃過藥？」

「藥怎比得上靈符呢？」

屋裏太悶人，我緩步走出門外吸取四野的綠意。她跟著出來，我聽見帶有抽搐的呼吸聲。「怎樣辦？我……怎樣辦？」

「你應該立刻帶下坡去看醫生！就是這樣辦。」

「上上落落，有病的人不太麻煩嗎？」

我想起了那件事。「下面不是有他的母親嗎？」

「那個？」她好像吃了驚。

「你儘管可以把阿發送下去。」我裝著不知情。「她可以照料他，不是省得許多麻煩了。」

她不睬我，徑直走進去，多皺褶的臉龐上一片冰冷。不睬我算是第一次，雖然如此我還是不以為意地說出了我的意見。

「老伯母，你就仔細思量看。」

「我不要聽你提起那個臭女人！」

「孫子的病要緊，還是記掛著仇恨要緊？」

「兩個都要緊！」

「再想看。」

「我要是有餘錢我自會去看醫生。」

女人的悲哀就是身為女人而不能去了解女人。看起來彼此間的仇怨已經到達無可彌補的境界，我還有什麼好說呢？錢，是的，我不會忘記這些。我打袋裏掏出來：「老伯母，阿發的病不能再遲了，錢在這裏，你先拿去用。」

她不肯收，我的慷慨行動驚了她。「先生，這樣怎麼能夠呢？」

「你收下吧，有話我們以後再來談。」

她仍是不肯收。不收也得收，我把它放在桌面上。她對著桌子亂念咒。我不聽，只想到現在是最適宜離開的時候。

「老伯母，時間已經不早了，要麼就把人帶下去，要麼就請醫生上來。一誤不能再誤，你孫子的性命就在你手裏！秀梅呢？」

＊　＊　＊

當晚做了一個夢，夢見阿發笑吟吟的立在我面前，還是以前那樣一副淘氣的神氣。醒來不久，來了秀梅。她的報告給我很大的不安：「婆婆叫我來，錢她不敢要。」

「還沒有去看醫生？」

「沒有，昨天自你走後她就一直沉默到晚上，晚上吩咐我明天打早送還給先生。」完了！我叫她先走，慢下我就來。我來了，可是對於那筆款子老想不出什麼妥善理由能叫她心安。說實話，也許會弄巧反拙。不說那麼就等於白送，憑什麼理由白送？我茫然。

「算我借給你老人家的。」除了這個沒有更適合的。

「借是容易，日後我拿什麼還你先生呀？」

「不還也不成問題。」

「你講些什麼？」

「還不來我不會逼你。」

她喃喃自語，我趁機把話岔過旁的地方去。她吩咐秀梅預備早茶，我不願意多打叨，出去忽又碰見那個不認識的中年人，他最近頻頻的在這裏出現使我忍不住多看了兩眼，高個子，瘦臉頰，濃濃的眉毛掩護兩個如古井般的圓窟窿。旁邊的魚尾紋是最好的年齡標記，然而卻又像極力要扮得年輕些的刨得唇上唇下一片淒清。腋下夾著一大包東西，紅色的招紙相當耀眼，將近籬門邊換了一換姿勢。我們打著照面，他看我我不看他，我看他他不看我。進去了，我嗅到一陣面膏夾雜什麼的香風。

他是誰？來這裏為什麼事？而又是什麼關係？我沒有明白的必要。可是我究竟站著呆了些時，聽著老太婆尖銳的嗓子歡呼了一聲：「阿榮哥，你又上來咧！」

我還沒有走，那裏傳來細碎的足音，偶回頭，離開縫裏擠出一個黑影子。「啊！你還在這裏？」是秀梅，她的形色有些不自然。我驚奇的朝她看，她低下頭：「先生，我們一同走。」

「你想去哪裏？」

「下坡去。」

「找醫生？」

「是。」

「看你好像有點不高興。」

「沒有呀！」她笑了。

我們踏著無人的小徑一同走。我記起那個阿榮哥。

「阿榮哥是誰？」我問她。

「哪個阿榮哥？」她問我。

「剛才進去你家的。」

「在坡底擺菜攤的。」

「是親戚？」

「你亂說！」
「朋友？」
「我不認識他。」
「他上來什麼事？」
「不知道。」
「經常上來的？」
「不知道。」
「怎麼不知道？」
「不知道就是不知道！」
她不肯說。從她的臉色上我有個近乎情理的猜測。

＊　＊　＊

有時我的確可憐那些人的無聊精神，有時卻又恨不得抓幾個前來大力摑幾掌。一個簇新的不利於我的流言在村民間互相流傳證實，在校董間互相流傳證實，甚至年紀大些的學生也在背後對我眨著神秘的眼巴子。
「先生藉學生生病為名利用金錢攻勢，施老伯母不為所動的拒絕了先生！」
為什麼他們一定不能放過我？為什麼一定要把些不名譽的擔子往我身上壓？我細心從頭檢討自己，衡量下造成不利於我的周圍環境，一個結論：我得走。再個結論：我得趕快走！雖然趁在這時一走了之可能招致人們更深的誤解，但是我卻寧願給人去背後誤解而不願給人作正面攻擊的靶的。我決定下來，趁著期考的方便便向董事部遞上了辭呈。

辭呈上去，無形中增加了流言的聲勢。我怕聽，剩下不多的日子我惟有把自己深深鎖在校門裏。中間也曾會見過施老婆子一次，她是聽見了消息而特地前來找我的。她替我辭職感到惋惜，也告訴我關於她孫子的病已逐漸痊癒的喜訊。最後她還還我借出去的錢。我再也不隱瞞，我把全盤秘密說她聽，要她權且收回去。她啞了半晌，不聽，一定要放下。返身出去時她唏噓著說：「先生，你真是好人，可惜你要走了，不能等待著那個時候。」問她什麼，只笑笑，不說。

未幾，我聽到秀梅訂婚的消息。對象就是那個陌生的中年人——阿榮哥。

＊＊＊

秀梅訂婚了不使我感到意外，只有對象是那個人我就替她感到難過。我沒有看低那個人的意思，總是覺得彼此間的年齡相差得太不如人意。我渴望見一見她，不為別的，為了交代老太婆還來那筆款的手續而又向她說最後的一聲祝福。

我到她家去，在假期開始的前一天。她不在，撲了個空。傍晚再去，也撲了個空。問起老太婆，她回答：「她下坡去還未回來，少有這樣遲的，真古怪！」

晚上有個美麗的月亮。早眠可惜，我獨自坐在校旁的草地上冥想，出乎意料秀梅竟像幻影似的出現在我的面前。

「我剛才到家。」她有著淡淡的解釋。「一聽得你來過家兩趟以後我就趕來了。」

「我找你正有點事。」我提起那筆款。

她冷冷地：「先生，你就收下吧。」

「怎麼？」她倒又會開我的玩笑呢。

「你聽我說，以後我會告訴你。」

「以後？最遲後天我就要走了。」

她抬頭望月亮，月亮在她的圓臉上灑滿了銀光。久久：「先生，好好地你怎麼想到走？」

「我想換一換環境。」

「是不是害怕這裏人的嘴巴？」

「不是關係這些。」

「我知道的。先生，你也太沒有勇氣了！」

我默然。她所說的勇氣不知指什麼，我惟有默然。

「你準備到哪裏去？」她又問我。

「我想回家去住一些時候。」

「能不能告訴我你的住址？」

「為什麼要知道這些？」

「你別問，你能不能告訴我？」

「告訴你又怎樣？」

「我們可以常常通訊。」

我笑著答應了，不過我告訴她住址不能固定，當教書匠的包袱就像是風前落葉，一會兒東，一會兒西，以後如有改換再隨時通知她。她滿意的點點頭，側耳靜聽遠處的狗吠。我打趣地談起那個中年人。她悠悠地望著我，悠悠地把臉孔轉過去。我聽見細微的聲音：「以後你就會知道。」

我送她回去，在寂靜得可以意味出各人心臟跳躍聲的歸途中她緊握著我的手，而且答應明天晚上來找我談一談。明天晚上她真的來找我，送我一副繡花的枕頭套。我們談得更夜，送她到家，又答應明天一早來送行。

可是，她失約了，我沒有見到她。

＊＊＊

帶著蒼涼的心情我回到兒時的家，本想逗留一月半月就走，誰料一住就是半年。半年以來我接過她的三封信。頭封信是我到家後的第三天接到的，她敘述著不能前來送行的理由：當晚我跟婆婆鬧意見，哭到天光。她又說那頭親事是婆婆作主，她毫不知情，婆婆因為要點急錢用，便糊裏糊塗答應那個人。她不承認，要嫁就讓婆婆去嫁他，她要離開那裏依靠媽媽去。不過她又自承不願丟下她的小弟弟。

我沒有回信，因為她囑咐我等候她的下一個消息。終之第二封信到達了，相隔足有三個月零五天。信裏有著欣喜的情調，她說現在已經住在母親家裏了，繼父對待她很好，並且答應代她解決那頭她不贊成的親事。

我立刻趕去一封信，表示對她的事感到非凡的高興，並且警告她人貴自立，長久依靠人家終非良策。信是直接寄去她繼父的家，照她所開列的地址辦。一個月過去，沒有新的消息，兩個月過去，來了第三封信。她沒說接到我的信，一開頭便是哀訴：「繼父原是人面獸心，對我存心不良，我抵受不了，想來想去還是回到我婆婆那裏去……我的弟弟又病了。」

我又寫了封回信，說了很多安慰的說話，要她振作做人。信是轉托那邊的教書朋友轉交的，還要她收到立刻給我回音。她沒立刻給我回音。再追上一封，依舊有如石沉大海。接著一封掛號信，竟連以前幾封信一齊打回頭，內夾一張便條：「查此人已於月前辭職他往，鄙人新任，恕不知情。茲將原件全部退回，祈點收。」以後我再也沒有接到她的信息，也沒有再給她寫信。剩下的日子忙著南征北討，帶著牛車輪似的包袱轆到西轆到東。有時閒起來也著實在心裏掛念起了這麼一個人，很想找個機會實地去拜訪拜訪看，可是機會一瞬即逝，幾經猶豫又過兩年。

年假來了，我又記念起了這麼一個人。湊巧家裏有信來叫我有空回家跑一次。內中夾有一封信，特別註明說是當我離家以後不久收到的，一擱擱在書箱裏，直到那天找尋舊書才翻到，所以順便寄給我。一看筆跡便知道是誰，拆開了，我的心在跳，幾行端莊的黑字竟像支支利箭似的刺上來：「他們統統要逼我，我只有死。在未死之前我要見你，你等著。試說，你喜歡不喜歡我？」

當天我便覆信查問家人，在我離家以後有無面生的女人到來找我的事情。回信很快，是父親的親筆信。他說大約十個月前來了一位不認識的女兒家，問起我。他不清楚什麼一回事，不理她。最後婆婆媽媽的一場教訓：「在外胡作亂為，非青年人立業之本也，你宜速歸，余極欲查詢詳情。」我把信一拋，納頭找地方便倒。爬起來，四下裏拾齊一些應用的東西，我決定不回家，決定抱著最大的勇氣和希望到另一個地方去探訪一個人。

＊　＊　＊

我走進去，映入眼簾的景物依稀如昔。屋裏有嬰孩的哭泣聲，摻雜著母親輕輕的慰藉，怪生疏。幾次我準備向後轉，幾次都讓腳跟夢樣的往前拖。到了門口，一個躲著玩耍的孩子駭得筆直往裏跑：「媽，人來啦！媽！」

做媽的出來了，矮矮的。我迅速掉頭走，她叫住我：「什麼哥，找誰呀？進來坐坐麼？」

我進去，她瞧定我：「哦，你不是X先生？什麼風把你吹回來了？」她認識我，我似乎也認識她。一套寒暄，我問起這裏原日的主人。一聲慨嘆，她告訴我許多的不幸：「施老伯母死在半年前。嫁過人的秀梅帶著弟弟跟母親一齊跑到沒人知道的地方去。」

「先生，」她的嘴角掛著神秘的微笑，「你總不會忘記秀梅吧？你有沒有見過她？」

「什麼時候？」

「好像是在今年頭吧，那一回聽講她偷偷逃走找你去。真奇怪，不到幾天又靜靜回來答應嫁給那個早已有了家小的賣菜榮。可憐進門不到兩個月，大小兩個吵起來，婆婆出面去，打了一場，誰知老人家回來忽然喊氣喘，兩眼一翻，倒在地上不能起，病了三天就斷了氣。」

我用哭著的心聲聽，我向她提出相當可笑的疑問：「為什麼老伯母會看上有了一家大小的男人？」

「你怪她麼？她也怪可憐的，兒子死了，媳婦跟人，留下一個孫子時常愛生病，那一次她親口對我說：『大嫂，你叫我怎樣好？不答應賣菜榮我找不出錢。我借了先生的錢，現在他走了，我要怎樣好？』何況呢，他的為人看去也老實，而且又說尚未有家眷，其實是騙人的，家眷早就有了，不過不在身邊。」

「還有，關於她的母親？」

「她麼？她是更早跟她的男人脫離了關係，獨自在外生活了一個時期。都是為著秀梅的事兩人鬧翻的，羞人喲！還是不要聽的好。總之是，女人專門想去依靠男人生活都是難！」我起身，她怪叫起來：「先生，就要走？你是為了探望秀梅她們而來的？多有心，可惜太遲了！當初怎麼你要一下就走呢？是呀，怎麼就走呢？試想看，秀梅和你多要好，她們一家多麼喜歡你。你要走，真奇怪！現在又要特地回來看她們，真奇怪！」

我疾步走，繞過伸長白頭的菜畦，推開籬門，心中像凝著無數的淚滴。一隻牛犢緩緩地打從面前跑過，忽然想起什麼似的發出一聲悲鳴。太陽斜了些，前頭掛著新鮮綠意的膠林暗了一大片，綠得有點淒涼。眼中模糊，只看見地下幾片殘敗的落葉。猛回頭，陽光分外暗澹的籬門邊恍惚站著一個黑衣人，招招手，風送來依稀銀鈴一般的呼喚：「先生，有空時常過來坐坐呀！」

搬家

一

黃昏，我從朋友處出來，一腳跨在回家的路途上。地下的柏油馬路，還冒著正午時候陽光所留下來的酷熱。風從建築物後的椰林裏吹來，著在身上反而覺得怪難受。我把恤衫上面的領子掀了掀，掏出手帕搧動著，一面加快了腳步。

在暮色蒼茫中，吉蘭丹河悠悠地流，那不遠的岸邊，便是我新搬的家。我低著頭向前走，隔著兩間屋子遠，便聽見阿狗站在門口向我叫：「好戲，好戲，現在你才回家哪！」

我對他笑了笑，從他身旁走進屋裏去。

但是，他從後面跟了上來，繼續在說：「阿香回來了，你知道嗎？我借回幾本公仔書，你要看不要看？喲！真緊張，包你看了滿意的。」

阿狗是同屋周伯的兒子，排行聽說第五，出世不久便沒有了親娘，現在已經八九歲了。

他整天滿街蹓躂，或是獨自挑張短木凳在門邊坐下來，唱起不知從那裏學來的歌兒，而且往往是翻來覆去地唱著：

「拍大臂，唱山歌，人人話我無老婆，激起心肝娶番個，有錢娶個嬌嬌女，無錢娶個豆皮婆。」

在同屋的幾個住戶中，周伯是歷史最長的一個。我搬進來不足三天，彼此間的關係便打得非常好，搬家譜、講鄉誼，似乎全是一家親。以後，他常藉口急需，塊兒八角的陸續向我身上借，有時也還得幾個銀角子，但隨時給「急需」搬回去，而且數目更多些。阿狗很聰明，他從他父親的行動上，看出了有跟我親密來往的必要。於是，每次我從商店裏下班回來，他總是像一頭小狗似地跟我走進房子裏，一面告訴我從外頭聽來和本屋住戶間所發生的新聞，一面在我的書桌上動這動那，翻開書籍雜誌看插圖，還發問一些可笑的問題。有時特地差他出去幹事情，我總是給他一點零錢做酬勞。他接了便一溜煙似地跑開，回來手裏多了幾本連環圖，坐在一角用手蘸著口水看，看完了用薄紙蒙著本子學畫圖，然後捧著畫成的傑作給我看，半瞇著兩顆小眼珠問：「財庫，你看像不像？」

現在，阿狗又像往常一樣跟進我的房裏來，嘴巴滔滔不絕的說著話。

「阿香她們去看戲，高佬福請。真的，我不騙你，高佬福很有錢哩！」

「你怎麼知道？」

「我不知道？高佬福叫我去買三張戲票，還給我一角錢，五分錢租這個，還有五分錢在袋裏，你看！」

「那你就穩當啦！」

他天真地笑了起來。

我把外衣脫下，一面探頭望了望悄然的正廳，心想這一晚總有幾個鐘點可以給自己的腦子一點兒清淨了，不然，每晚上幾乎拖到天亮的的牌聲和鬧聲，真叫人不好受！初來時，因不習慣這種熱鬧氣氛，而失眠了好幾夜，心裏不免懊悔自己找錯地方，所以立下了主意，假如有更好的地點，我還是趕緊找機會搬。今天我從朋友家出來，就是托他多為留心的意思。

「阿狗，你替我去買包香菸來！」

我已經準備，趁著今夜把未完的稿件寫完，明天打早好付郵。

二

我們的屋主婆是一個寡婦，連她在內，全屋一共住有四伙人。

這是一幢老式的大平房，給鬭做四間房子。正中偏右的留給屋主婆母女兩人自用；靠廚房那間本是堆滿雜物用的，又窄又暗，不明什麼理由給周伯看上而遷移進去，騰出的就租給我。在房裏推窗一望，可以望見扭動的河流在面前經過，不分晝夜的和風徐來，環境令人滿意。對面住個高個子的獨身中年漢，靠買賣舊貨過日子。

屋主婆一向保養得好，所以她胖。連他的女兒阿香也感受到了這種傳染，還沒有達到一般女孩子所應該發育的年齡，已經透出一股成熟的魅力，夠叫年輕的小伙子們在注視之下臉孔發起熱。日裏彼此無所事事，不是過房尋人談天，就是在家摸牌，對房高佬福便是現成的賭伴。

在當初打算租房子時朋友便說：「葵嫂那邊有房子，你一定滿意。」

於是，我知道那個電了時髦頭髮的老女人，就叫做葵嫂。

葵嫂的丈夫過世十多年了，一直沒有再改嫁。這期中雖有關於她的蜚短流長，但卻沒有減損她的名譽，一般男人女人還是樂於和她交往，恭敬得眉開眼笑。

這些秘密，周伯早就偷偷告訴我了：「財庫，我告訴你，以後千萬不要說是我說的，她呀，她和那個頂瓜瓜的大頭家……」

「你不要亂說！」

我懷疑周伯對她懷惡感，存心去破壞，像他這類人物，很容易就把人恨起來的。

「你留心一下就知道。」

但是，我那有閒工夫去留心人的私事，一天裏只有晚上時候在屋子，卻又疲倦得要命，倒在床上便不想再爬起來。

不過，也有一件事引起了我很大的疑惑，那就是對房買賣舊貨的高佬福，他的那對眼睛經常向我夾著不很友善的光彩。記得我來看房子那天，他和屋主婆母子全體出現在我的面前，忽然間他低低哼著，像卑夷似的掉頭走開去。我以為事情多半沒希望，那料他也是一名跟我同樣身份的房客，真叫我百思不得其解。後來聽阿狗說起，才知道他是患了多心病。

「高佬福常常要和阿香好，阿香不要，不睬他。」

那麼，從他對阿香的野心上著想，我當然悟出了他對我這個年輕房客心懷不滿的意義。

染滿了都市女兒氣息的阿香，她的豪放態度，實在也是驚人的。我搬進來的第二天，她從門外探進那張漂亮的粉臉，欣賞我房裏的陳設，然後眨著黑白分明的大眼睛問：「你叫什麼名字？爸爸和媽媽在哪裏？」

我一一說了，她好像沒有聽見，趕緊又問：「喂！你有沒有『打令』？」

看她那副認真的神氣，我感到並不是說著玩。但是，這句話出自一個面對陌生男人的大姑娘嘴裏，事情就不很平凡了。

誰料還有更不平凡的，就是可以當她老子無愧的高佬福，竟在虎視眈眈地朝她打主意。

我常想，世間竟有如此不加自量的人物。我真為高佬福的居心而可憐起來，像阿香這類都市女兒竟也會看中了他，那還不是天大的奇事。因為論財論勢，高佬福都沒有叫葵嫂母女一致心服的充足理由。

至於葵嫂，她的全副精神都放在打牌和享樂上，對於那些事好像懵然不知，又好像故意不加聞問，有時候也跟高佬福調調笑，表現親熱。

我是抱定不問別人私事的態度，因此自信與人無爭。高佬福對我從開始便發生誤解，這是一個很大的不幸，我應該從行動上去澄清他的齷齪的疑慮，盡量避免跟阿香接觸。

然而，世事總不像人所意料的那般容易。有一天晚上，阿香站在我的房門外面叫：「財庫，財庫，你出來一下！」

我以為發生什麼事，慌忙打開房門，只看見她微笑地弄著肩上的頭髮。

「我好像看見你桌上有一本歌書，能不能借給我，我要找一條歌曲。」

我沒有理由拒絕。但當轉身拿了交給她的時候，一個長長的人影在旁邊忽然出現了。我看見高佬福不高興的向她問：「你拿的什麼東西？」

「你管我？」

那是多麼不客氣的回答，我心裏正替他難過，他卻掉頭恨恨瞪著我，鼻孔裏一聲哼，重重踏著腳步走掉了。

「他這個人真奇怪！」事後我對周伯說。

周伯當時似乎抽足幾口，精神蠻好，他對那個的批評是：「癩蛤蟆想吃天鵝肉！」而且，他還透露出從屋主婆嘴裏得到的口氣，意思是要把阿香送到外地去學縫紉手藝，不日就要成行。

「這是葵嫂的高見，利用難得的光陰，實實在在給女兒學一門專長，總比在家胡鬧過日子的好。」

「高見嗎？」他作了個鬼臉：「還不如說是摩登的好。」

我不明他話裏的含義，一知半解地點點頭。

不幾天，阿香果然就道別了。可是，前後不到兩星期，阿香又悄悄地在今天回來，我不暇追問內中的理由，我只覺得逐漸明白當日周伯話裏的含義。

今晚有一輪很好的月亮，推開窗門，光華正好填滿整個書桌面。趁著柔美的壞境，平靜的心鏡，我要把文稿一氣寫完。

三

扭動的河水靜靜地在月光下發亮。對岸疏落的燈火，像遠天點點的寒星。掠過河面的夜風，帶著料峭的意味，從那敞開的窗門闖進來，把一處剝脫的壁紙掀得嗶拍作響，不時打斷了我的思緒。河岸邊的水上人家，有人唱起馬來小調，間雜有輕輕的笑話聲和敲擊物體的回應聲，我幾次離開座位探頭出窗外，究竟也不知道想看點什麼。時間好像還很早，全屋的人大概已出去。忽然，虛掩的大門一開，有輕微的腳步聲走進來，似乎在葵嫂的房門邊站住，我聽見一陣門鎖的震動聲，好像久久弄不開地在一直響動著。

「葵嫂回來了嗎？」我不禁暗暗在心裏納罕。

歇一會，門鎖又在微微響動著。一種預感迅速掠過心頭，我立刻起身拉開房門，映上眼簾的竟是阿香。她驚異地看過來，隨又撇過臉去，只一瞥間，我看見她兩眼含有晶瑩的淚光。

我假裝沒回事地照舊拉好了房門，坐下來以後久久為這件稀奇的事不能使腦子安靜。我希望阿狗在這裏，他大概總可以告訴我關於她的一些新鮮事。

阿香又出去了，我聽見大門的轉動聲。

由於她，我想起葵嫂，想起高佬福，想起阿狗那張天真的嘴巴對我說的話：「阿香她們去看戲，高佬福請。」

那麼，她一個人為什麼忽然回來，忽然的傷起心來呢？我又想起不問私事的宗旨，卻奇怪地一個字再寫不下去。

我靜靜楞了不知多少時候，給一陣叫喚聲和敲門聲把我再拉出房外來。

這一趟是葵嫂，從她的神氣上看來，好像剛才發過一場脾氣。

「喂！你看見我的阿香回來了沒有？」

「剛才回來又出去了。」

她不相信地朝我房裏探一眼，嘆一口氣：「唉！真是知人知面不知心，啊！你看又來了……」門外進來了高佬福，一根竹篙似的站在屋主婆面前，從鼻子到耳邊泛著赭紅色，像在不久前喝了好些酒。他一言不發地瞪著兩隻深陷的眼睛，突然跨進了一步。這一來，也把葵嫂向後逼退了一步，她問：「你想怎樣？高佬福！」

他仍舊不作聲，樣子實在有點怕人。

「你想打架是不是？你以為我怕你？」葵嫂的聲調有點兒顫抖。

我下意識的發覺到事情的嚴重性，當那個再逼前一步的時候，不得不說話了：「大家又不是外人，難道有什麼大不了的事不可以坐下來商量嗎？」

他看我一眼。我想起那些伺敵而攻的惡狗。

「我先炮製你這個雜種！」

他一下轉身，伸手要來揪我的衣襟，我冷不防竟給他揪了個正著。我向他評理，他沒頭沒腦朝我身上捶了一拳。於是，我聽見葵嫂尖銳的呼喊，接著頭腦一陣昏眩，額上又給著了一拳。由這一拳使我勾起了熾烈的怒火，我再也不遲疑地匯集了渾身的力量實行反擊。他似乎大大出乎意料，鬆開了手後忽又兩臂俱來要扼我的喉嚨。我把頭一偏，他轉把全身撲過來，隨著一起倒下地，在地上打著滾。我用不知從哪裏來的氣力猛撻著對方，腦子裏單純泛著一種可怕的信念，只求對手盡速躺在地上不能爬起來，不管用的是什麼手法。

附近的椅子，在我們的堅持中倒了下去，一張堆放茶具的小桌幾次險給碰得翻了個轉身，茶具滾落地上變成了碎片。我站起來了，隨時又撲落地上。我發覺左額劇烈的作痛，但我用暴怒來抵消了這份痛苦，一心領受由拳頭著在對方身上所引起的快意。到底他的身段比我高，力氣也比我大，我被扼得幾乎氣也喘不過來。我逼得拚著最後的力氣，朝他下腹蹭一腳，他喲了一聲翻下去。當我趁機躍起準備下一步的撲擊，背後有人伸出兩隻手臂緊緊把我拖住了。同時，也有幾個人同樣把對方挾持著，弄出門外去。

一場惡鬥暫告完畢，我拖著酸痛的身軀走回房子裏。

周伯已經回來了，他驚異的問我說：「你怎麼和他鬧起來的？」

「我自己也不知道。」

他沉默一會，嘴角掠過一絲神秘的微笑：「我知道了，為了阿香……」

我立刻嚴詞指斥，並把剛才的情形說一遍。他抱歉地說好話，一面把他所知道的告訴我。於是，我方才明白屋主婆原來是這般古怪的傢伙，她看透了高佬福的心理，巧妙地開口向他借了一筆錢，為了怕他不相信，答應還不來時寧願以阿香嫁給他。錢恭敬地由高佬福雙手奉上，阿香事前在外學藝不在家，高佬福以為宿願已償，心情寬暢下飛函通知阿香，好事經有母親作主，從此不能算是外人了。阿香一面讀信，一面挽行李，晝夜兼程回家找母親交涉。葵嫂心知誤會，找個偏僻地方跟高佬福評論，終而吵了起來。

「我一直被蒙在鼓中，你怎麼知得這樣詳細呢？」

「嘿！他們還漏得掉我嗎？吵架的時候我早已在場，什麼事情我不知道的。」

他又說高佬福想葵嫂索借款，葵嫂向他索借據，口說無憑，高佬福給氣得返身走掉了。

「我不知道他竟回來這麼快，要是有我在這裏，他敢胡鬧，一定得不到什麼好處的。」他猛拍了拍瘦嶙嶙的胸脯說。

四

月亮已經西移了，冷冷的光華透過窗口，投到床邊的板壁上。

河岸邊像是離人所唱的小調也已靜止，隱隱中傳來流水拍岸的低吟，和斷斷續續的搗衣聲。

我躺在一片冰涼的床上，澎湃的思潮在腦海裏起伏不停。我想起今晚的一場意外事件，想起那個像野獸一樣蠻不講理的傢伙，想起阿香和她的狡黠可憎的媽媽。我覺得在他們的糾紛中扮上一個角色是多麼愚蠢，又似乎覺得自己是給別人預謀誘入彀中受罪的可憐蟲。

接著，我又想起自己能挺身維護弱小對抗強敵，是值得誇耀的一回事，儘管被維護的本質上竟是這樣可鄙，動機的純正，卻無疑地可以原諒了自己的。

不過，在寥寥可數的住戶中，自己經已樹起一個仇敵，無論如何是十分令人不快意的事，我準備一到月尾便向葵嫂退房子。

阿狗現在才回到家，還遠在大門外，我便聽見他濃濁的嗓音唱：

「伯爺公，吹大筒，無女嫁，鼻哥紅。買個餅，又穿窿。買碌蔗，又生蟲。」

周伯似乎不很喜歡聽兒子唱歌，他用他做父親的尊嚴制止對方再作聲，然後趕他進房子。當他走近我的房門，輕輕敲一敲，像把鼻子貼著門板似的喚：「財庫，你還沒有睡嗎？」不得我回應，便走過去了。

我搬走了，阿狗一定感到寂寞的吧？我想。

……

「乒乓！」房門一陣暴響。

我從床上直跳落地上。我懷疑那個不服輸的又重新找上門來。

「鹹家鏟！要打架也好死出門外去呀，好好兩三個茶杯又給打爛了！呸！」

屋主婆在一邊掃地，一邊詛咒著。

立刻，我周身的血液突然加速，心臟像要爆炸似的發著痛。停停，我仰起臉孔朝天花板上喊：

「葵嫂，我明天打算搬出去！」

靜默了一下。

「為什麼？」

我返身上床蒙頭蓋了被子，籌備著明天搬家的問題，對於那為什麼當然是沒有回答的。

「嘿，阿香不在家，一定有點不習慣。」

我聽見葵嫂在自言自語地說，心房真要給氣炸了！

瘋子

許多年來我很少看見過瘋子，也許可以說完全沒有；雖然有一兩回聽到別人說那裏那裏有人忽然的發瘋，瘋成怎樣地出乎常人意料之外，但是總談不起一個具體的印象。前幾天我有事到某村去，看見一位頸掛念珠，鼻架眼鏡，下顎「羊咩鬚」飄飄的中年漢子，手中執著幾張紅綠鈔票站在路中央叫囂，罵別人熟視無睹不肯施捨他一點兒錢，肯施捨的又給得那麼少。他罵得多麼離奇，後來聽人說他是瘋的，常常村過村去向村人「捐」錢，不給的或給得少的一定要挨他罵。既然瘋了又明白金錢的可愛，這例子或許在許多瘋子當中能夠找到好幾個，不過在大體上說只有常人才懂愛錢，才懂得為什麼應該愛錢。我不相信那個是真的瘋，然而別人卻硬指是如此，那麼好罷，凡是愛錢愛得無理的都一起視為瘋子好了。

看到一個愛錢的瘋子，我又不禁想起以前家鄉地方的兩個不愛錢的瘋子來。

首一個該提到的是那個可憐的馬來人——「沙都仙」。「沙都仙」不是他的名字，實在的名字好多人都說不出，只知道他的渾號就叫做「沙都仙」。

「沙都仙」什麼時候瘋起的，好像並沒有誰去根究，他在我們做小孩子的眼中出現就彷彿從天而降一樣的感到突然。事實上小孩子們是不明白什麼叫做瘋子的，只因見了他的舉動特殊，樣子古怪，便自動地圍前來看詳細，看到可能跟他開點兒玩笑，便也跟他鬧著玩。

「喂！『沙都仙』！」一個頑皮傢伙向他伸出一隻小拳頭，另隻手捏緊一根燃著的菸頭藏在身後。「沙都仙」的黑而髒的手掌毫無考慮的伸出了，可是得到的赫然是根熾熱的菸頭！他急忙把手掌一縮，目瞪瞪的望著對方，並沒有露出惡意，但孩子們卻哄然一笑，走得乾乾淨淨。

他喜歡無聲地走到人家身後托砵似伸開五隻手指，那張頭髮和鬍子幾乎分辨不清的臉孔微笑著，只不作聲。等待人家忽然翻過臉來嚇一跳的時候他才用細微的聲音說了句：「沙都仙。」（一分錢）人家略一猶豫，他立刻垂手而去，覓過對象如法炮製。似乎討得著也好，討不著也好，絕不給人麻煩，他就是這樣得人高興。

在這裏我又說錯了，這個瘋子並不是不愛錢的，不過是這樣，他每次的討額鐵定是一分錢，給多一分他不要，給上一個銀角他看都不要看，強給他，他翻身走掉。總之只要一個銅板，袋裏有一個銅板便能令他乖乖地躺在陰涼的草地上睡一場覺，所以「沙都仙」的綽號，大概就是這樣的來歷。

除了討錢、睡覺，「沙都仙」還有另外緊張的工作：他每天必須巡遍整個街市，拾菸蒂是主要，地上的食物也是搜羅的對象，然後逐漸關顧到每一處角落的垃圾箱，舉凡果皮、爛魚、香蕉、菜莖，鹹魚、餅乾、蔥頭等等都好好的撿出來，把身上那套終年穿著的有四個口袋的對襟大衣都塞得滿滿地，到了這種情形下他似乎已感到滿足，慢慢找個清靜的所在坐下來，掏出衣袋裏的爛魚或者其他的食物細細的吃著。他的腸肚不知是怎樣的一副腸肚，不管生的熟的，鮮的腐的都一樣合適，當進食的時候我們看得很清楚，看得大家無不搖頭掩鼻，他卻吃得津津有味；同時長年長月這樣的吃著，在衛生家們眼裏看來早就該「不堪設想」了，但是卻也奇怪，他並不因此生病，反而活得比別人健康。

白天，「沙都仙」徜徉在街市上；晚上，他失了蹤；沒有人知道他歇宿在哪裏。等到明天太陽出現的時候他又一同出現，就像住在太陽裏面一樣，叫人感到莫大的迷惑。還有更感到迷惑的是他會忽然換上一套新縫的西裝，這個要他自己進縫衣店去縫製是絕對沒有，去偷的嗎？「沙都仙」一貫來保持最好的「瘋」格，東西不是從地上或垃圾箱裏面撿到的他不屑放進自己口袋裏。那麼他從哪裏得來呢？還是一道謎。直到有一回，「沙都仙」坐在習慣上喜歡的一塊草地上，不知怎麼忽然跟個同籍的中年人起了爭執，那個拚命拖他走，「沙都仙」拚命掙扎不肯跑，僵持了好久，惹動了一兩個好管閒事的人。後來一問才知道「沙都仙」原本有個很過得去的家庭，那個拖他走的便是他的哥哥，哥哥痛心這個瘋子弟弟，常常想辦法帶他回家去，可是瘋子弟弟酷愛這種流浪生涯，不願回去永遠關在家裏。他不願回去，而且又不能加以理喻，親哥哥儘管關心也是徒勞無功的。

這樣過了許多年，「沙都仙」的鬚髮漸漸泛著白，臉頰也漸漸窪下去，有一回似乎染上一場病，金黃的臉色襯著瘦骨支離的身體緩慢在街市行，逢人也一樣伸出手掌喚：「沙都仙！」不過聲音已微弱到很難聽清楚。以後有個時期看不見他，不久又告出現，出現不久又告不見，那時正是人心惶惶害怕戰爭的降臨，一個不足輕重的瘋子的失蹤哪能引起大家的關注。於是就這樣永遠不見，不知他的生死存亡。

有一個瘋子也是同時期的產物。他沒有姓，人們稱他「顯哥」，或是「顯叔」，老實一點的就率直喚他「阿顯」。這位阿顯不像前者浊氣，長得體高力大，氣概不凡，而且像凡人一樣靠勞力吃飯，應答對話也沒有牛頭不對馬嘴的地方，只是不肯多說話。他不論是站著或走著，常常嘴裏念念有詞，一面且說且笑，笑得嘴犄角邊白沫亂湧，兩排黃牙齒都露出來，不知道的以為他說的什麼好笑的事情，可是仔細聽聽，一點兒也聽不出什麼。

對於阿顯發瘋的歷史，據少得可憐的老年人說是這樣：阿顯以前有點錢，不幸找了個楊花水性的女人，那女人在某一個晚上席捲了他所有的錢物跟人私奔了，事後發覺已經太遲，因此一激便變成了瘋子。實際情形對不對可不敢咬定，當我認得他的時候他的鬍子已好多和好長了。

不論日夜晴雨，阿顯那副富有彈性的的上身永遠赤裸著，下身永遠是那條千補萬補的黃斜褲，褲腳往上捲恰巧捲到膝蓋邊。他比較有固定性的住址，凡是住著的房子又是必然的免費，那些見錢眼開的房東們無不對他特別表示優待，他們表示優待並不是出於同情一個瘋子的遭遇，因為瘋子也會替他們做工，工作所值足以抵償每個月只區區幾毛錢房錢而有餘。

阿顯喜歡跟人做工，他的工作卻又獨沾一味——只限於挑水。原來地方上沒有私家水喉的敷設，只有零零星星的幾處公共水喉，家家的用水大都由各家的婦女用兩隻火油桶盛了挑回去，全埠居民論千，公共水喉又有限，所以日以繼夜水喉頭邊老是人流不息，挑擔水兒也並不輕鬆。若是碰見旱天，那更不得了，水喉頭兩邊漆得紅紅黑黑的火油桶堆得像小山，婦女們往往為了「一桶之差」而互相用扁擔大打出手。這時最苦的還是一些用水特多的賣熟食的店家們，幸虧有了阿顯，他們就得了救，同時阿顯也應運而生，專攻挑水。

阿顯應主顧或房東的需求出門挑水了，別人一擔只前一隻桶後一隻桶，頂多加一隻在前面合三隻桶，他一擔卻前四後四合八隻桶！一到水喉邊輕輕把正在盛著的水桶搬在一旁換上他的，別人當然不依，把水桶亂碰過來，那也好，他一言不發忽然奪過來人的水桶往前一擲，最少擲開幾丈遠。還不服氣嗎？他兩手高高舉起那根杯口來粗的不像扁擔的扁擔，扯滿血絲的眼睛睜得像兩顆銅鈴，挑水的都是膽小的女人，看見這情形早已嚇得半死，就算是男人罷，誰又願意跟個瘋子鬥？因此阿顯始終是勝利的。別人守候一個整天還守候不到兩桶水，他阿顯一個不消半天，就把幾家主顧的水供應得齊齊全全。

假使阿顯沒有具有以上那種令人費解的脾氣，別人一定不以為他是瘋，認為純粹是一個蠻橫不講理的漢子罷了，他賣力的替人擔水，從不取酬，給他錢糧無論如何不收，只要給他飯餐他便感心滿意足；同時對於飯餐他沒有嫌棄好壞，只要飯足，菜肴是不成為問題的，沒有菜，他吃白飯，有菜，他光吃菜，菜完然後吃白飯，彷彿菜和飯一起下嚥是十分難受的事。他的勞力的代價既是這麼合算，自然主顧們一天天的在加多，他一樣的應酬，一樣的只要吃飯。可是他只得一張嘴。當然不可能吃遍每家的飯，不過不要緊，他肯替人操勞不一定就要為了那些，只要他心裏高興，隨便誰遇見他挑著水跑過都可以招呼他一聲：「阿顯叔，水給我！」他站住一看，不管認識不認識的人家他都一樣挑進屋裏去，倒完了回身便走，不說什麼，就像非常應份一般。

他有這份瘋的美德，無形中把他在搶水時給人蠻橫不講理的印象沖淡了，店家看重他，這是必然的，就是吃過虧的主婦們有時也對他眉開眼笑，恭敬三分，一個瘋子能得到像阿顯這般地受男女們的互相敬重，說來也許沒有人肯相信的。不幸他對於孩子的我們沒有半點好感，孩子們完全招惹他不得，這一層隔膜一直維持到淪陷初期。

淪陷初期市內十室九空，米飯成了比金子更重要，阿顯的水沒有了主顧，昔日當然的主顧也不再認得他，因為誰也不願意用可愛的米飯來換不中用的水。水既失了銷場，只懂得挑水的阿顯立刻陷進了苦境，水桶擱了好幾天，人也變得有神沒有氣。那時候，我家恰巧跟他住在兩隔壁，一連兩晚聽他呱呱叫，大概是抵不住過度的饑餓。第三晚靜下來，聽跟他同屋人說阿顯在一個清晨挑著七八個火油桶走了，看樣子他想遷居到離這二十多哩的鄰埠找生活去；沒有車，當然是跑、幾天後又聽人說阿顯果然真想到鄰埠去，可是沒有跑到，卻在半途遇著日本兵，不明不白的犧牲在他槍尖下。

此後，埠裏人再也看不見阿顯，跟失蹤的「沙都仙」一樣大家都不願再談起這個瘋子的名字。是的，橫豎死了，橫豎又是瘋子，常人對瘋子起了懷念究竟是不可思議的一回事啊！

栽培

帶著兩隻小皮箱和一顆忐忑的心，朱火生離開了年老的爹娘，打從沉悶的甘榜（鄉村）獨自到熱鬧的城市裏來了。

這是靠賣豆腐過日的爹娘的意思，以為兒子大了，待在甘榜裏一輩子也沒出息，撈世界必須到城市去，何況城裏還有個管理一間木枋廠的老舅公，總可藉他的大力栽培栽培。於是一封信去，一封信來，就決定了火生的行程。

找到了舅公的火生，被安頓在廠內的一間工人房裏，常日無可事事的過了幾天。初時還覺得清閒無事的舒服，漸漸地他有點兒悶，睡覺、看書、想心事，都不是味兒；他覺得最逼切需要的還是一份實額的工作。可是花白頭髮的經理舅公，早就吩咐他稍安勿躁，找事做不比栽花養鳥這般的簡單，全得等候機會。他相信舅公，但不相信機會竟這麼難得。他非常不滿意。

同房的是兩個年紀相仿的雜工，因為無聊的關係，火生也喜歡和他們聊聊天，只要在工餘的時候，窄小的房子裏還參雜了另一些工友，彼此一見如故，無拘無束，使到火生興致橫生，驅除了不少的寂寞。這樣又過了十多天，舅公仍舊沒給他任何機會，倒是家裏先後來了兩封信，最後一封信是要他設法寄點錢回來。爹娘的意思，似乎住到城市裏的人早該發了財，在信末還批上：即到即覆。火生氣得把信撕成了碎片，躺在木板床上長吁短嘆了半天，等到同房朋友回來追問起，都勸他樂觀些，一句話抄百宗：有了當經理的舅公，事情總是十拿九穩的。

「可是，我已住了半個多月了，一點消息都沒有！」他傷心得擂著床板說。

「慢慢來，慢慢來，欲速則不達！」一個自承念過四年書的瘦個子用手指點著自己的鼻尖：「我，當初一直等候了半年多！」

「那我寧願回家去！」

「回家去？回家抱娃娃看公雞打架去？我的天！」另外一個矮些的瞇著眼睛笑起來：「等著吧！我不相信你回家比這裏好得多。」

「沒有工作，沒有錢，在家還好，不必讓老頭子像討債鬼一樣來信催！」火生真覺得懊悔有此一行。

「安靜一些吧！」瘦個子拍拍他的肩頭說：「沒有零用錢，我們這裏有，多了你還是向舅公商量商量去，一定不會有問題。」

「向舅公商量去！」火生心裏想著，決定再去見見舅公，順便探聽工作的消息。在大家的恭祝聲裏，他走到舅公的家。

舅公湊巧不在家，年輕的二舅婆接見他。他提到工作，提到家裏來信要錢。那個不耐煩地聽，聽完裝成同情的嘆著氣，她說近來市情不佳，廠方聽說還要裁去一些人，而且前來謀事的人又是那麼多，介紹人都是和廠方有密切關係的，不過他既然來到了，無論如何也要設法安排安排。她答應等舅公回來促他注意這件事。至於錢，她不能作主，何況她家一直就窮得不亦樂乎。最後，她補充說：

「就住下去又有什麼不好？有飯吃，有房子住，又不必工作，許多人想也想不到哩！」

他好像是帶著感激的笑容離開的，回到宿舍裏就大發脾氣，對著兩個滿腔熱望的朋友罵二舅婆是人面獸心的臭婊子！誰不知道當初他的舅婆就是給她活活氣死的，他一看見她心裏就有氣。

「洋房汽車，穿金戴銀，沒有錢？你媽的裝什麼死？不肯借，我火生也不會跪著要！」他一屁股坐在板床上，又立刻彈起來。「我舅公也不是人，簡直是畜牲！觀音兵！……」

「不要這樣說，你舅公是好人，其中一定有原因。」瘦個子拉他坐下。他不坐，幾乎要打起來似的揮了揮手。

「好人？我的工作呢？拿來我才相信！乾說等等，等到他過世不成？」

兩個朋友相視著苦笑，火生沒發覺，他繼續大聲的咒罵，對著聞聲而來的其他朋友發誓，他絕不再承認如此一個老王八的舅公，立刻要向家裏寫信報告他受冷落的經過，現在就動筆。他到處去找紙筆，紙筆找到了，卻又坐在檯子邊猶豫著。

眾人七嘴八舌的，都勸他凡事應該從長計議，脾氣是解決不了什麼的，其中有個還特別提示說財庫房裏最近出了一個書記缺，也許是火生的運氣。

「書記？只要是工作，就是掃溝渠倒馬桶我都幹！連這個都沒有機會，還說什麼？」

他連續的嘆氣，一面說明他來這裏的希望並不要求過高，只求能獲得本身的溫飽，能夠給家裏寄回幾個錢，對於早年失學沿街跟隨老爹喊賣豆腐的他來說，在晚間能補習一些兒功課，更是莫大的理想，怎知道來到這裏坐冷板凳，那才一百個沒意思。

「你們知道做雜工的要不要請人？我真喜歡和你們在一塊兒呢！」他誠懇地向大家問。

「這又不必你去勞神，一切有你舅公作主意，乖乖！還是寬心住下去吧！」瘦個子代表了眾人的意思，不等火生的反應，就帶頭出門忙著工作去了。

「明天再對舅公說去，無論如何半份雜工都好，工錢少一點也不要緊。」火生想過一趟，很樂觀的拿起一面鏡子，遍身上下打量起來。

＊　＊　＊

昨晚睡得不很好，火生醒來時窗外的陽光已爬在床頭邊，一個專司行走的雜役恭敬地站在房門口對他說：

「朱先生，早安！經理先生請你到辦公室去一趟。」

「你說，是舅公叫我嗎？」火生幾乎是跳著起來的。

「是經理，朱先生。」

「對啦！你知道是什麼事？」

雜役搖搖頭。「不知道，他也吩咐我把先生的行李搬到對面財庫樓去。」

火生摸不清是什麼些玩意，跟著來人走到辦事處，舅公出去了，一個大個子的中年人走過來握握他的手，微笑地指著近旁一張空檯子說：

「經理先生吩咐，從今天開始，你就坐在這裏辦公，每月底薪一百五十塊，三個月後增加津貼三十塊，朱先生，請便吧。」

「你，你，你……說些什麼？」火生昏昏懵懵的追問了一句。證明沒有聽錯後，火生樂得幾乎要把對方擁抱起來。「好呀！這真是意想不到的好事！」他想。「書記，月薪一百五十塊，三個月後增加三十塊，按月給家裏寄五十塊，除去零用，還剩下幾十塊，那麼應該製些衣服，鞋襪，書記有書記的身份，不能像雜工一樣的沒有分別。」他要怎樣地感激舅公提拔的好意，一時間還沒想到妥善的辦法，不過他卻在暗裏罵自己該死！怎樣好當眾罵舅公老王八！舅婆是婊子？如果傳給舅公知道，那還了得？他一半興奮，一半憂慮。

火生正式上了任。工作雖說不上勝任愉快，但非常輕鬆，那大個子是他的上司，對他非常客氣，除了叫他抄抄文件，點點工人數目，就由他一直閒在那裏看風景，或者就彼此你一句我一句的聊天。「大隻佬，你真好！」有時火生很高興，溜口呼出對方的綽號，那個也笑著點頭，沒有半點不樂意。

晚上回到宿舍，自然是另一番情調，睡的不再是繃硬的木板床了，而是綿軟的鋼絲床，鋪著雪白的被單，掛著雪白的紗帳，隨時還有人服侍茶水。同房住的一個同事，火生很快的和他混得火熱，那個懂得許多城市的享樂玩意，會跳舞、會打牌、會唱貓王、會隨街盯俏女孩子。火生一直稱讚他是天才，尤其當他能順口說出外國女影星的名字，而一點不必猶豫的時候。

火生跟他同進同出，看過幾場外國電影，也聽過不少，居然也會批評哪個女明星鼻子太高，哪個臉上有一顆黑痣，哪個居然使他神魂顛倒。城市的文明使他不斷地進步，他自承已不再是土頭土腦的鄉巴佬，而且為了表示他的進步成績，就曾很內行似的對同伴說：

「密士特李（李先生），碧姬巴澤的戲很熱情，對不對？」

「yes！」那個一出口總是充滿異國情調的。「什麼？碧姬巴澤？哪個碧姬巴澤？」

「連哪個也不懂？可見我還比你行！」他開心地笑了。

生活充滿樂趣，日子過得蠻有意義，火生有空喜歡對鏡自照，他很欣賞鏡中那個文縐縐的身段，和那一頭烏油油的亮髮，襯著薄施面霜的元寶臉，斯文中透出高貴的氣派，連他自己也感到肅然起敬來。於是他想到全廠人都對自己客氣的理由：「目前我是小書記，再過幾年……就算十年吧，十年也不過是三十四歲，有舅公在還怕爬不上主任的位置？退一步就算大財庫吧！也許不必十年……」他隱約看見前頭一片亮光，像迎接他似的閃著七彩的顏色。

可是想起舅公，火生自動想到當日作過一場莫逆之交的幾個雜工來。他深切痛恨自己當日怎麼這般糊塗，把舅公舅婆罵給他們聽聽不算，還說明自己是賣豆腐出身，就連掃溝渠倒馬桶也肯幹的下流貨，這一來他們的眼裏好瞧得起自己嗎？他很擔心，因此見到他們聚在一起談談講講，渾身就不自在，一定要特地裝成無事的樣子打從他們身邊經過，偷聽他們談話的內容，就是在工人宿舍裏，他也不忘在門外伸長脖子站上幾分鐘。後來經過證明，從他們的談話裏和眼色中，沒有關係到他和瞧不起他的意思。「哼！他們敢？」火生寬了心，跑起路來也更神氣多了。

工作、吃飯、行街、看戲、喝酒、打麻將等，火生很忙，簡直沒有時間去睡覺，更談不上看書自修了。家裏老頭子也常來信，他從不作回覆，等到老頭子恫言要親自前來找他時，他才忍痛寄了一些微不足道的錢，作為打發冤魂一樣；而且錢還是預支過來的。清閒的工作沒給火生任何真實的補益，惟有用錢的本事有顯著的進展。至於想到日後，日後的高位置不是正在等候著他嗎？

＊　＊　＊

過了清明節不久，火生的工作算來剛好滿了三個月。他歡歡喜喜的等候著加薪，卻等候到一個非常意外的消息：舅公積勞成疾，經遵從醫生的叮囑辭職出國療病去，新經理不日將要正式上任。全廠上下的人都在交頭接耳，空氣浮泛著莫名其妙的緊張。

舅公的去職，對於火生只是感到一種親情上的惋惜，但他不明白這和其他人有什麼關係。

「火生！」他的上司——那個大個子的中年人就這樣問他，不再表現客氣了。「你有什麼打算沒有？」

「打算？」他摸不著頭腦，想一想，快樂的問：「是不是這個月加我的工錢？」

對方忍了好久，還是噗哧一聲笑了出來：

「你，你，你真好想頭！我是說，你的舅公……」

「他麼？他不在這裏算了，有什麼事？」

「沒有什麼，沒有什麼。」那個搖搖頭，心不在焉似的剝起案頭的花生來。

回到宿舍，火生一眼就看出情形不對勁，鄰房幾個同事都聚了過來，大家都像久病過後似的無精打采，連火生進來也彷彿沒看見。

「密司特李，今晚的戲……」他像往常一樣的向人提示晚上的節目。

「戲你媽的！你才樂啦！」密司特李的口氣從來沒有如此粗魯。「老朱，你聽到有什麼消息沒有？」

「消息？」火生不明白他們要聽什麼消息，而弄到如此不快樂。

「大隻佬對你說了些什麼？」

「他嗎？」火生閉上了眼睛。「他問我有什麼打算，嘿！問得真奇怪。」

「你大鄉里！『必虎』！」密司特李的中西合璧的話又出口了。「他叫你好好準備滾！聽到嗎？」

「滾！」火生睜大著眼睛。「我才不相信！他還說這個月起開始加我工錢的！」

「那就等著瞧吧！哼！」

儘管火生不表示相信事情的可能性，但見到每張臉孔的表情和談吐都顯得如此莊重，卻也不能不牽掛在心裏了。他仔細分析自己可能被滾蛋的理由，算來算去，舅公不在便是天大的理由。他開始感到心寒，不過還存有萬二分的僥倖心理，一面暗裏念著從鄉下親娘口裏學來的禱詞：「觀音菩薩保佑啊！千萬保佑！」藉此得到一些精神上的慰安。

人們紛擾的情緒，直到新經理正式上任幾天後方才逐漸平靜下去。新經理的熱而多肉的手逐一握過諸同事的手，自然火生的也在內。那是比舅公還和氣的老頭子，火生一見面就覺得他的顧慮是多餘的，他把意見轉詢同房的密司特李，那傢伙真怪。「瞧著吧！」他說。一點好看的表情都沒有。火生不想再跟他說，那朋友在他眼裏已失去了人情味。

「瞧著吧！」火生記得誰說的，卻一直平安的快到達了月底。

火生的上司大隻佬忽然缺勤，事前沒有一些預兆，火生還以為他生病了，直到位子上出現另一張陌生面孔，他才發覺事情又蹺蹊，一問，原來已經辭職另有高就。

「可惜，可惜！」回到宿舍還來不及脫鞋子，火生就嚷著對密司特李說。「這樣好的職位也不干了，你說大隻佬這人神經不神經？要是事前我早些知道……」

「知道？知道什麼？」

「知道他不要幹時……」

「他不要幹？人家不要他幹才真！」

「你說什麼？」火生恐怕自己聽錯了。「真的？」

「唔！」

「不見得吧？」

那個不再回答。這個好動的同事近來已規矩了許多，而且對於火生也逐漸採取疏遠的態度，火生不曾發覺這種微妙的轉變，還像以往一樣把他當作可以推心置腹的好友。他繼續表明自己的的觀感，或隱或顯的穿插著「野心」的成份。最後，就像被人呵癢了似的怪聲怪氣的笑著。

「朱先生，你的信！」那個專司行走的雜役站在房門口，恭敬的遞過一封信。

大概又是鄉下老頭子寄來的討債單了！火生極不願意接，但還是接到了手，嘴裏一面有氣地問：

「哪裏寄來的？」

「經理先生叫我送來的。」

「經理？」火生心裏卜地一跳，白了來人一眼，那個趕緊掉頭走開了。

「什麼信？快拆開來看！」密司特李早已親密地把脖子擱在火生的肩頭上，伸出兩指似乎要幫點忙。

「你猜！」火生不忙，往後退到牆壁邊，一封未粘口的信箋就攤開在他的兩手上。

「是好消息嗎？」密司特李幾次想過去共同欣賞，又臨時滯住。

像看見好東西似的，火生一直不回答，嘴巴朝向一邊歪著，歪著，眼睛越睜越大，忽然像遇熱的蠟棒似的全身一軟，癱在牆壁邊，仰著臉，結裏結巴的對著天花板發喊：

「什……什麼意思?什……從……從明天起，毋用到廠辦公！經理室面談！什麼意思?……」

「我早就告訴過你了，什麼意思?嘿！到底不差！」密司特李淡淡的應著，一面輕輕取過來觀看，看了又輕輕塞回對方手裏，然後躡著腳，彷彿怕被傳染似的朝向門外走得飛快。

現在，房子裏只剩下火生一個人了。他接二連三的讀著手中的公函，倒希望是雜役送錯了。但上面明明寫著「朱火生」，沒差錯。「無理！無理！」他悲哀的想著。他要向好友們訴說心中的委屈，要他們主持公道，但誰是他的好友呢?房裏沒有一個人，而唯一知曉他的痛苦的所謂好友，又剛從他的身邊溜開去，他發覺自己原來是孤獨無依的。

飛了！他的前途，他的光榮，他的大財庫和主任！他迷迷糊糊的望著房裏的一切，雪白的紗帳、雪白的被單、柔軟的鋼絲床……片刻中都化成一張張可憎的臉孔，朝他眨著譏笑的大眼。他想避開不瞧，但當他一閉上眼睛，又像有許多無形的大手壓制著他的胸膛，使他覺得怪難受的。睜開眼，有晶瑩的東西在他面前閃呀閃，原來是眼淚。

「朱先生！朱先生！」

他聽見有人叫，可是連頭也不抬起來看一看。他覺得世界上已經沒有值得他注意的東西了，除了大量的委屈釀成的悲哀。

「朱先生，你在裏面嗎？」叫的人已經走了進來，而且似乎不止一個。

「是我們幾個好朋友。」

「有什麼事？」火生聽出了是一群給他冷落了的舊朋友。

「聽說你不在廠裏做事了，我們特地走來看看你。」

火生倏地轉過臉孔，嘴唇翕呀翕的，像要說點什麼，但只是咽著唾沫。他朝每個人上下打量著，腳下蠻費勁的慢慢走上前，一把握著一個人的手，默默地對視，輕輕地搖，然後引著傻子一樣的朋友出了房門，冷不防一個轉身突然跑回頭「碰！」房門應聲門得牢牢靠靠，火生俯身就伏在床褥上一動不動。

「朱先生！朱先生！開開門！……」

門外的人喊一聲，床上的火生便不自禁的搐一下肩頭。

等到喊聲靜止了，雪白的被單上已濡濕了一大塊。

後來娘

阿珍妹要賣給人家了，那個大嘴巴的什麼媽已經來過三四趟，聽說價錢講定著幾多幾多，隔兩天就交人。

本來呢，這事全不關我的，人家賣女兒也好，嫁女兒也好，高興嗎多看兩眼，不高興嗎壓根兒可以不聞不問，橫豎人家不會批評我高傲，講我閒言。不過呢，事情並不這麼簡單的，一個十一二歲的女孩子嘛，論吃會吃，論做會做，家裏雖說不上殷富，米甕卻不常空，總有個原因呀！嫌女兒太多麼？不對，算起來她居長，姐妹才兩人，莫非是貪人的錢麼？也有個道理，女兒遲早是人家的，若趕得上價錢不如趁早兒賣，省得多，合算。然而不呢，買方不是什麼大戶人家，我明瞭得很，爺子吹大煙，兒子擺街攤，不用說這場交易是半帶送的了。這事情悶在我心裏已不止一朝，早想向人吐出來才痛快，然而又為了某種原因忍到如今，現在好啦，人既然要去了，是非黑白，應該來個清楚交代，我這人歷來講話都是爽爽利利，不知什麼地方該保留，該顧忌，不嫌棄嗎那麼就且聽我道來。

讓我先介紹一下自己吧，老夫瞿姓，賣豬腸粉出身，今年五十有出了。二十歲來過番，三十歲「交因」（結婚）做新郎，娶個老婆刁姓，蠻摩登，明年生下個小寶貝，後年跟個專門走私貨的白臉雙雙溜了。女人大多數是這樣的，愛俏，愛富貴，老夫無法絆住她的心。也罷，她既然不留戀我反而為她傷心幹麼的？十年如一日，我撫養著我那小寶貝到長大，進的是洋學堂，讀的是洋書，講的是洋話，八號位尚未讀完就在洋公司裏做洋事，前幾年搬開去住小洋房，結識一個女人，是混種籍的，從此翻臉不理我老子，真造孽。目前豬腸粉沒有賣了，營業執照難辦理，不過就算辦得著也沒有法子，年紀一把，閻王老子寅時卯時都可以召去，勞力事，不能了，當日幸得跟個唱小生的學過幾首曲，二胡也拉過兩下子，靠這手藝走走山芭小埠，撈他一塊幾毛吊吊命。有時碰見先生太太心情好，出手慷慨些，一有所獲就斬他一元半元燒味，半斤咸脆花生，另加半瓶「山芭貨」，然後拿回房子裏獨自享受，唱幾句「和尚思妻」，醉了蒙頭一倒，管他今晚的月亮是由西方起來東邊下去。

我住的是郊外的一座白鋅屋，全屋五夥人算我資格最老，從淪陷期中筆直住到現在，房租五毛錢起增加到八塊錢，八塊都說是看在老房客的臉上顯得特別優待，上個月老夫據理力爭，反挨了頓罵，屋主唬我再吵搬出去！我哪裏要呢？當今八塊錢一個房子哪裏找？這口氣的嚥下去，嚥不得時我就採取破壞政策，在不當眼處的板壁上挖他幾個窟窿，到現在為止已經挖了六七個了，最大的可以伸進一個拳頭。第二個資格老的要推住在尾房的阿和叔，和叔比我遲搬進來幾年，其他的面目經常在變換，有些姓字還未搞明朗又說搬走了，老夫一來記性壞，二來沒閒心，到後來弄到哪個是同居哪個不是都分不清，索性在屋子裏碰見所有進出的人我都打招呼，普通上是點點頭問一聲吃過飯嗎？睬不睬是另一回事。

全屋子的房客惟有尾房的和叔能引起我的注意，那傢伙一身結實，是在什麼運輸公司裏當跟車的吧，有時幾天不出門，有時一出門就是幾天幾夜不回來，家裏放著一個女人，兩個十歲左右的女兒，那女人大概有三十來歲左右，看去很不肯安份，男人家一出門她就溜去賭紙牌，賭厭了回來就找女兒打，似乎總是找那個阿珍妹的。本來呢，那個生就的樣子就像隻臘鴨干，臉色永遠黃裏透青，幾乎大力吹一口氣就可以把她吹上屋頂去；講一句，搐一下氣喉，跑起路來瑟瑟縮縮像小偷，看得人家眼窪都冒火，不挨打是有鬼的了。不比那個叫阿鳳妹的，臉雖俗氣，牙擦擦地十足像母親，可是活潑呢，活潑的女孩子最惹人愛，難怪老娘的鞭子不忍落在她身上去。後來一打聽，那女人是阿珍的後來娘，拖著這個油瓶女來跟和叔前後不到四年。老夫生平不大愛管人閒事，不過卻又愛打抱不平，這一聽，不平之心自然油然而起。「什麼東西後來娘！」每當那個挨了打，我就在背地裏批評起來。可惜單只批評於實際並無絲毫補益，屋子裏人雖多，卻沒有一個肯出來講句公道話，看他們的意思似乎不虐待前妻的女兒的就不是後來娘了，既然是後來娘就應該這樣才合理。什麼叫合理呢？被虐待的是自家親生骨肉才叫不合理，真是笑話到極。

和叔本人的意思我不明白，照理有他老子挺身站起來，絕對的話我不敢說，起碼也可以使阿珍妹少挨幾頓揍，我曾細細留心他的行動和對待女兒的面色，覺得平平常常，並不表現出討厭也不見得愛惜，一句話，漠不關心。這就包攬了一切。他大概還蒙在鼓裏吧？老夫有機會一定要找他談談才行。

還有呢，那死妹丁阿鳳妹，我不愛她了，一臉子陰尖，一肚子鬼怪，我沒有親眼看見不敢講，她比阿珍小個一年半載吧，看見老娘不時地炮製異父異母的姐姐，她也學起樣來了，一覺不遂意便用拳頭去舂她的背脊，用指甲去擰她的手臂、臉頰和大腿。有一回，那死妹丁不知受了什麼刺激要追著姐姐打，因為下雨過後地面太滑，一不留心跌了個五嶽朝天，半晌爬不起來，一起來事情可鬧兇了，哭得像殺豬一般跑去找老娘告狀，說是阿珍妹推她跌倒，好痛！娘一聽簡直心肝都裂了，「臭爛貨，好大膽！」不由分說，大步上前一把揪住阿珍妹的頭髮狠命一拉一推，把她送出一丈開外才撲個餓狗搶屎，久久都不會動彈，後來爬起了，鼻孔、嘴角全是血，一直抽搐著氣喉還不敢放聲哭。

「哼！詐死我就怕你？這叫做搭信，看你以後還敢麼？」

後來娘的心真是鐵鑄的，佩服！那死妹丁這次可樂了，躲在老娘脅下瞇瞇地笑，直叫人看了手癢，很想過去賞她兩巴掌，後來不知怎樣又給我忍下去了，等那狼狽為奸的母女倆一轉背，我的惻隱之心又起，幫那個受傷的人洗去身上的泥污，揩去臉上的血跡，在擦傷處塗點兒藥，我不這樣做眼見是沒有人肯挺身而出的，卻不料反惹了做後來娘的妒嫉：「看到就衰啦！伯爺公，假好心，叫阿珍妹認了阿公不是好？」假如和叔肯的話我也歡喜，教她唱幾首小調，嫩嗓子總比老夫的漂亮得多，從此一個拉一個唱，公孫倆相依為命，每天出門討利市，早出早歸，有餘時間叫她燉燉「當歸」，搥搥腰骨，成大佳事，然而想起這不過是談談而已，滿懷豪興登時又歸於索然。

看那毒婆娘怎樣折磨她的哪，遲睡早起，大人懶得做的操作都一股腦兒推給她。阿珍妹那有爺沒娘的從沒見她有過歡喜，露過笑臉，只管聳起兩隻小肩膊，模樣兒像是隨時等挨打，吃飯時包尾，一碗粥湯，幾根菜莖也算做數。「窮苦人家哪！她爺又沒大把錢交給我買肉吃。」這算是毒婆娘的理由了。騙騙外邊人倒相信，她女兒飯碗邊一大塊一小塊噴著油香的難道是豬屎？爽快地表明我某人是後來娘好了，幹什麼要惺惺作態呢？我越來越看不慣，越來越擔心我這老頭子有朝一日按捺不住會強行替她出頭，跟那毒婆娘吵一通，吵起來打一場也有可能。一個女的，一個老的，打起來大家講哪兒的話呀？要真的我倒不怕，屆時往地上一賴不起來，看那毒婆娘同我雄哪！我把這獨特的秘密計劃考慮幾遍，又不擔心了。

是早晨下過陣雨的一天吧，一屋子男人都出門找活兒去了，只剩下老夫躲在房裏百無聊賴，想起了已經過期兩日的房租還沒有著落，全身就更加提不起勁來，猛地記起床腳下昨天喝剩的半瓶燒酒，正好藉來澆愁。下酒物是兩包花生，偷空兒叫阿珍妹做跑腿在小檔口買回來的，一半為了酬答功勞，一半為了某種原因我遞給她一包，請的。她寶貝樣揣在懷裏捨不得吃，合該有事，竟給那個死妹丁看見了。「給我！」她命令式的說，動手就搶。阿珍妹忙用手一格，不答應。「好！我告訴阿媽說你偷錢買東西吃，哼！」那死妹丁真的翻身就走，像去邀件什麼大功似的。

後來娘來了，兩眼碌成銅鈴樣：「喝！你哪裏來錢買零吃？講！」那個經不起嚇，一身索索地抖，眼淚大顆大顆地向外湧。「啞了嗎？講呀！」撩起衣袖就打算扭耳朵。禍事由我而起，還能看得下去麼？於是我踏出去，這舉動大大出乎後來娘的意料之外。

「不許動她！東西是我給她的。」

她急忙退後一步，張大嘴巴聽我的。

既然頂撞出去了，我就顧不得這麼多，一隻手指著那個死妹丁：「掌她！掌她！古靈精怪，投是投非，掌她就對！我就從來沒有見過這樣的。」

毒婆娘向我瞪眼！忽然……

「我教我的人要你管？死伯爺公，你好行開麼？」好！敢罵我，我就偏不行開，要拚趁早兒拼了吧。

「看你的心腸壞成怎樣？她不是你生的吧？是嗎？就折磨死了對你又有什麼好處？」你再這樣毒，哼！日後落入陰間地府，閻王老子不叉你下油鍋，我老子就跟你阿爺姓！她高聲大嚷，說我故意侮辱她，罵我烏龜王八！引動全屋子的女人都眼晶晶地看住我，私私講我壞話。女人都聽信女人的一套，我知道，可是不退縮，我有方法使大家都相信我的話。「喝！你還好吵，趁和叔不在家的時候，半夜裏開門出去的是誰？你還好吵，你當我伯爺公耳朵聾不知道，賭紙牌輸給那個的呀！哼！你以為你是好東西？慢著，等和叔回來先不剝去你的皮我都不相信！」

她的臉孔立刻走了色，凶焰煞得多了。本來這話不該從我口中說出的，雖然是真有其事卻也不應該，但是誰又叫她先惹在我頭上來呢？不給她點兒顏色只道老夫毫無法寶，可以任意欺侮。試著瞧！

我算制服了她，她翻身便走，光景恨死我，她這一恨我倒覺得心中十分痛快！毒婆娘總有在我手裏摔下去的一天。當晚卻不痛快了，阿珍妹遭了報復，活活被拒在房門外不得其門而入，全屋子人都睡了，她還躲在門角里嚶嚶地哭，老夫吹了兩口鬍子，也沒得她後來娘的法，只好暫時收容起來等明天再看如何，不想竟成了額，連續收容了兩夜，等足了兩個明天。同居們背後裏批評我多事，說不定還有什麼野心。我急了，幾次想把她送出去，但又忍不下心，現在沒有好盼望，只盼望出門了幾天的和叔快點回來，若然他回來也不管，那麼索性實現我原先的計劃，要起來好了。

和叔回來了，在一個半夜裏，那鬼不聲不響只把房門擂得像發炮，害我從睡夢中跳起來，以為發生什麼變故。「阿珍妹在你這裏麼？」他的臉上毫無表情，眼睛賊溜溜的在滿房子旋轉，一眼瞥見睡在兩張條凳的小人兒便不再說話，徑直上前向她瘦削的大腿一擰：

「婊子，起來！」也不理那個恢復了知覺不，就連揪帶拖一路呼喝著走了。

明天，後天，和叔沒上工。大後天來了人，一個女的，我聽見她在跟毒婆娘談論著阿珍妹的事，和叔也在那邊，一聽見他大聲說著：「隨便！隨便！」我就打冷顫，知道不妙，果然就是這麼一回事。

現在已經成了定局，老夫沒有什麼好說了，趁著肚裏還有股不平的怨氣尚未完全消失，那麼讓我來個按語：「且看那做後來娘的，將來是個怎樣的好下場！」

五塊錢

朱紅鼻背轉身去打了個哈欠，一面用手掌按著嘴巴，似乎怕從那裏走散了什麼，一面把眼線朝那裏撩，眉頭堆起兩道縫，從那表情和姿勢便知道他對於一位客人的突然造訪心裏感覺不暢快。

那位客人在站著，雖然經過朱嫂子再三的催說請坐也不發生效力，他直那麼必恭必敬的站著，微微弓著背。

朱嫂子從廚房裏捧上一杯滾熱的咖啡來了，她的右手輕輕向著靠墻的檯面上一放，左手的食指靈巧地對著茶杯口一劃，於是親切地對來客叫了一聲：

「阿昌，坐下來飲杯茶先囉！有事慢慢商量，又不是外人。」

叫阿昌的年輕人彷彿嚇了一跳，茶的香味頃刻間衝進他的鼻子，刺激出了滿嘴涎沫——在今天打早他是空著肚子走來的。但是他卻蠕了蠕嘴唇，咕碌地吞下一口涎沫，兩隻手掌互相搓了搓，像給人冤枉誣陷趕緊開口分辯似的神氣：

「哎呀！我飲飲才來，才來——喔喔！」

「你飲囉！」

朱嫂子很不高興客人在故意鬧客氣，何況對方還是自己的妹夫——一個不常來的自己人。既是自己人還論什麼客氣。她把一張花旗椅拉得端正些，招著手：

「來囉！」

這位妹夫依舊弓著背，一隻腳已經開始在移動，不過還沒有放膽讓另一隻緊隨上去，眼光一直瞟向那個打完了呵欠的人，好像在徵求那個的同意。可是，人家一聲不發，甚至沒正眼瞧他一下，低著頭，在瞧腕上的手表。

「九點鐘了！」吁了一口氣，朱紅鼻想起要做一件事，或者想睡一回覺——昨晚在朋友家消遣了一夜，今早才回家。只是面前這個人他得先應酬應酬，而且他想不出這位襟弟忽又找到他家裏來的。他瞧著那個了，右手無意觸著長在下巴角邊那顆痣上的兩三根長鬚，索性擰了擰，隨擰隨把臉孔仰得高一些，似乎那顆會長上長鬚的褐痣正是他神氣的泉源。

「三十塊錢？你要借三十塊錢？」

「正是，嗯嗯！」對方堆上一臉子笑。他似覺那個的耳朵十分不行，連這遍已反問過他三遍了，然而難得的是人家總算肯和他談上幾句話，這就不能不表示萬分的高興。

「三十塊錢？啊！這也不算多。」那個點點頭，手往衣袋裏摸，卻摸出一包什麼藥丸似的東西，倒兩粒放在巴掌心裏朝嘴巴一拍，慢條斯理地把剩餘的放回袋裏去。

叫阿昌的一陣歡喜，他真做夢也沒想到人家竟會答應這般容易，三十塊錢！他十分懊悔錯過了機會，譬如五十罷，那就不止救救燃眉急，也許能夠正正經經辦點事，無奈既已開出了數目，那也該滿足了。他想起感恩的話，只要一接過對方的紅綠鈔票他就準備說，必要時還得鞠個躬，他相信應該這樣做。等看清了對方掏出的並不是自己急切盼望的東西，他倒抽一口冷氣，耳根子微微走過一陣熱氣，背更弓了一些。

當然，人家朱紅鼻對於錢財方面並不是十分隨便的人，彷彿有一點錢的人大都害上這一種脾氣：

用錢不用在換不回利益的用場上。借錢等於冒險，有抵押品算是例外，到期本利兼收，這是利益。那個帶著什麼來呢：一條黃的滲上許多縐痕的西裝褲，白的撒著一把黑星點子的恤衫，領子一半張在外面，一半埋在裏頭，衣袋裏隱隱約約的裝著一點東西，那不脫是隨身的「身分證」，還有一枝墨水筆，一看也知道價值不出兩塊錢的廉價貨。人像是大病剛好，瘦嶙嶙的腳板套著的那雙樹膠拖，便像是從半路拾著的，頭髮倒往後梳得漂亮，但是漂亮卻不能典押錢！

那個暫時不作表示，只管把舌頭攪得嘴腔裏面嘖嘖響，無意間也溜了自家女人一眼，意思是希望她能貢獻一點兒主意。

朱嫂子決沒想到這事也要她來作主意，她正惱著來客，把她的那杯傑作——咖啡擱著不理。因此又趁隙喝了一聲：

「冷了囉！唉，你這個人真……」

「唔！唔！」

客人像從夢中醒過來，帶著滿臉的歉意點了點頭，眼光自然落在桌子上——那杯黑色的液體慢慢搖起一兩根煙柱，左屈右屈的似向他賣弄風騷。往身上那裏搔了搔癢，忍著頭皮挨上兩三步，這就已經扶著了椅背。

「嘿！你要借錢，到底有什麼緊用？」

這位襟兄還弄不清楚來人所以要借錢的原因，趁他將要坐下去的時候一把給問住。然後又趕緊替他回答，一邊帶笑地問這樣猜得對不對：

「是賭博輸了錢，欠了人的罷？」

「賭博？啊——賭博？」對方聽不懂這個的話，瞪起了兩顆圓眼珠，只一會兒便輕輕嘆口氣，他已經聽懂了：「不敢，不敢，我從來不玩這個。」

「那麼？」

「我生病，我不做生意已經兩三個月了。」

「你生病？」看起來不是說假話，主人家不想去深究，他只想到這位做小販的襟弟好奇怪，年紀輕輕便愛病，一病便要伸手向人家要錢。

「生病就應該吃藥囉！你有吃藥沒有？」

朱嫂子想起妹妹，自然就對這個關點心。她介紹那裏的醫生頂出名，新來掛牌的某某也不錯，不過後者是聽說，她不敢保證。

這位親戚似乎不是很熱心聽那女人的意見，他一手扶牢了椅背，閉起了眼睛，一手按按那露著幾條青筋的額角！

「現在，我的病已經好了。」

「好了就好，你不是可以開始做生意了嗎？」襟兄在替他高興。

「我的身邊沒有錢！」那個慚愧地低下臉。

「做了生意不是有錢嗎？」

「本錢呢？病了兩三個月也用完吃完了！」

做生意當然要本錢，小生意有小生意的本錢，三十塊錢大概足夠作為冰水販的本錢，朱紅鼻心頭一算，一點不算過分，就答應他罷。這裏，他沒精打采的伸手打了個懶腰：

「嗚——呵呵呵！你要……呵——好……」

可是，他只背轉身子，又沉吟下來：三十塊究竟是三十塊，憑一個冰水販子也值得商借這數目？

他偷眼掃下對方，那寒酸樣越看越不放心，於是覺得凡事應該三思而後行，索性拒絕了罷。

怎樣拒絕呢？姓朱的為難起來，因為要不是彼此攀了點親戚關係那倒容易，乾脆向門外揮手就得了，這個有點兒不同，他不能不擺出多少兒情面。想來想去忽地恨起了太太，怎好把自家的妹妹胡亂嫁了這個窮骨頭，看來有借得第一趟必有第二趟，有第二趟必有第三趟，他朱紅鼻一生只講究賺錢不講究借錢，那樣三趟兩趟走來找他那才叫人煩死了！

「你真的要借錢來做本錢？」

「是的，是的。」

「這能包你的生意一定能賺錢？」

「這個……這個……」

「你也沒有絕對的把握是不是？」

接著，主人家微微一笑，他爽朗地說這一點錢不見得什麼，就算借去以後當真沒有辦法還也是小事，彼此親戚間守望相助是理所應當，不過抱歉得很，他剛好身邊不便：

「你昨天來就好的，唉！昨天你怎麼不來呢？」叫阿昌的完全出於意外，昨天——他想。昨天他本真的要來的，不料一拖便找到今天，今天便不巧！除了懊悔外還有什麼話說。

待了那麼一陣，他考慮著還有沒有留在這裏的必要：現在人家是拒絕他了，不，人家說身邊不便。三十塊錢也不便？堂堂一位樹膠收購商說來由誰肯相信，乾脆是不肯，他覺得留著也是多餘的。

「你在昨天來就好！」主人家補充著，像讚賞自己的托辭說得妙，掉頭過去跟自家的女人打了個對照，然後默默地望過來，表示十分替來客可惜。

暫時的沉默。雞聲打屋後飄過這裏再送到四面八方。

朱嫂子不能再緘默了，她先拍拍印花的綢衣裳，眼光從自家男人那裏轉到那個那個跟實際年齡老上十年的瘦臉上。

「阿昌，孩子乖嗎？英近來沒有什麼事情罷？」她想起了她的妹妹英，這幾年來大概折磨夠了，人真不好窮，當初她就曾經勸英要認清貧窮的害處，無奈英迷信愛情至上，有情可以飲水飽，得了，到真正要吃飯時看看有情還是有錢好。但是，她也想起自己總算找得個有錢人，生活卻不見得怎樣有情趣，那就有點兒難以解釋了。

對方含含糊糊地在喉結頭響著，沒人聽清楚說些什麼。

主人家已經懶懶地拖前了一張椅子，「呼！世界真正艱難！賺錢也難，賺吃也難！」吹一口氣，搖了搖頭，屁股往下一頓隨即又往上吊開：「啊！」

門外走進一個胖子，一見著主人油光密布的圓臉立刻笑縐了。

「發財！發財！」公事包朝桌上一放，從裏頭撿出一兩本東西：「來哪！五十張還是一百張？」

「哪裏，哪裏……」主人家一並接過來。

「這次包你發財！看你的鼻頭紅得更加亮！」

「哦這——嘿嘿嘿嘿！」

那個是推銷彩票的，朱紅鼻不知買了多少張，用鈔票送走那個後沾著唾液數了數換來的紙鈔：

「三十一，三十二，三……」忽然猛地把一疊紙鈔往掌心一敲，掃了掃來客一眼：「什麼都是應酬，都是錢，你看，單只這個月中就花上我不知多少錢！其他的呢？其他的我不說，你一定不知道，好像，好像……」

「張伯伯在昨晚上過來說陳家的賀禮每人分攤實出三十五塊八，錢已當下拿去了。」朱嫂子一時想起！覺得應該及時交代清楚。

「啊！什麼時候？昨晚上？嘿，你看！我說的一點不錯吧？單只是一份賀禮就去了——多少？」

「三十五塊八！」

「三十五塊八？怎麼這樣零丁的？」

「不知道。」

「死人！怎麼不問問清楚！啊！老弟，他聽清楚了罷，三十五塊八！照我平日的交遊來說，每個月要接到多少柬？要看出多少的三十五塊八？你替我算算看就得，我又怎得不常常，不常常……所以你就來得很不巧！」

這個可憐的親戚一點沒聽清主人說什麼，錢借不上手便一切希望都完了，他想不起還有別的什麼門路可走，真的除了這位有點錢的親戚外。他咬著牙根，用力搓著手心，身子忽地顯得不平衡，不得不一攤手扶著近旁的椅背就勢坐下去，朱嫂子特別注意他的舉動，唉聲唉氣地又嘆息起來：

「唉！你看，茶都冷了！」

那個看都不看，吃在他已經是不怎樣要緊，他全副精神集中在某一個地方——襟兄的衣袋，因為他親眼看見那個掏錢出來把剩餘的袋回去。可能要求的數目太大——他想。譬如二十罷或者十五，這總比較容易商量些，也勝過完全沒有。似乎在黑暗摸索出了一線曙光，一聳身恭恭敬敬站起來，他想一口氣便把原意說得明明白白，可是舌子卻在嘴腔裏打轉，半晌說不成一個字。

「呃……呃……」

「呵……呵……嘘！」朱紅鼻不覺又打呵欠，他真的太疲倦了，無奈對方並不準備走，不但不走而且好像還有什麼意見呢！他掩著嘴巴等著瞧，心底裏簡直是萬二分的討厭。

那個結里結巴了半晌，到底把要說的說出去。這裏，他傻笑著往兩邊大腿上磨去掌心裏的汗，有意無意地瞪緊對方那隻紅鼻頭：二十塊錢算是降低了三分一，看在親戚上頭總可以答應。——他想。

「什麼？」主人家似乎一驚。

「我說——我說——如果有便那就……那就……二十怎麼樣？嘿嘿！」

「可以！」朱紅鼻響亮地應著。但是，他提醒來客別以為三十跟二十又相差到哪裏去，只是來得不巧，什麼也沒有話說。

「老實說我的身上只有……只有……十五塊！」從他袋裏掏出來，晃一晃：「不錯罷？我這人從來爽爽快快，一句是一句，多一張錢都是偷人家的！你看！」

「唉，阿昌，十五塊就十五塊罷，贏輸先拿去，不夠再向其他地方想想辦法看。」

朱嫂子老想插嘴，這次卻誤會了男人家的意思，因為她不認為一個窮親戚求上門來能夠不花多少的送出門去，先前的拒拒絕絕也不過是一種應酬手腕，現在的折衷數目總不離題太遠，做好做歹已經是非常適合的時候了。

「十五塊，什麼十五塊？」姓朱的不了解女人家的意思，隨時將鈔票歸原。「這個是不能動的，我還有別的用處，唉！就是這一些了，真沒有辦法，對不住，實在對不住！」

來客張大著嘴巴，在對方的對不住聲中不由得打了個冷顫，全身都涼了起來，他知道最後的希望脫不了幻滅的悲哀，這麼著他慢慢向後退一步，無力地瞅了女主人一眼，意思像說：那麼我就只好走了。

女主人留神自家男人的表情，一面心裏感到不自在，她不認為他的舉動是十分得體的事——直接說是給來客以難堪，間接說她也有上這一份：誰不知道這位親戚是拉娘家關係的人。可是她完全無能為力，眼巴巴看著那位可憐的妹夫對她投來冷冷的眼神。要是背後裏見她或者——她想。她惋惜著這位妹夫偏走來自討沒趣。

朱紅鼻一心要想睡場覺，手指頭輕輕捺著兩邊太陽穴，另隻拳頭捶著額頭，也許捶得作痛，他咬了咬牙，然後胡亂向角落裏啐了一口痰。擰過臉來，大概看見來客還沒有要走的意思，這又邊用拳頭捶著額頭，邊用眼角射著：

「還有……還有什麼事嗎？呵呵……唉！」

來客傻子似站著，好幾次都準備掉頭而出，但卻又搬不動腳步——他是在想著當空著兩手回到家裏時將給家裏人怎樣的失望。

尤其是自己的女人對這一條路子深抱著厚望，她老是一口咬定對方是有錢的親戚家，如果也借不到的話，那麼平常的朋友那裏根本就不必去想了。在過去，他從不想起那位有錢人是他的親戚，他身強力壯馬虎混得下，親戚有錢即管有錢，那是別人的事。現在不幸因病鬧了窮，女人一開始便叫他找上這條路，他拒絕了幾次，結果在其他地方碰了幾次壁，不得不硬起頭皮遵照著女人的意思走一遭，誰知一樣碰個軟釘子，跟自己本來的意料絲毫不差。他恨起自己的女人來了，因此反而覺得回去給他一個失望的消息也是非常快意的事。

他決定就這樣空著兩手告辭著走開，或者就不告而辭罷——他總得趕緊走。

「你要走嗎？」女主人吃了驚。「哎呦！你這杯茶……」

「是呀！你的茶……」

來客翻過那張全無表情的瘦臉，只一忽兒又翻了回去。

「唔！阿昌，你，你停下來。」朱紅鼻像有點兒感觸。「你過來！我和你說。」

那個沒走過來，他卻趕上前去。

「這裏五塊錢，五塊錢！你拿好，回去別再來啦！看哪裏可以想個辦法，嗯。嗯……辦法一定有，有了辦法你還我好了。拿去！」

那個睜大著眼睛。

「五塊錢，你別看不起五塊錢，有人做一天工作也賺不到五塊錢呢！」

朱紅鼻肯定的嚷著，他這種一刹那的慈悲的決定連他自己也感到意外：五塊錢！對的，五塊錢，買斷一個窮親戚的糾纏代價不算十分重，而且別人心裏還在感恩呢！

「拿著！」

不等那個的同意一把塞在他的口袋裏。這麼著便像完結了一件心頭大事般的伸了伸背脊：

「你可以……」

外面畏畏縮縮地探進幾張臉孔，一個長臉型的陌生人帶頭走進，衝著屋裏人的面便問：

「借問一聲，XX號的頭家是住在這裏罷？」

朱紅鼻心裏數著來人：一個，兩個，三個，四個！他摸著下巴，不覺退後了兩步。

「有什麼事呀？」

內中有人使個眼色，一個捧疊印刷紙張的矮個子立刻挺身上前，從紙堆裏揀了一張遞過去：

「我們是住在XX的，這次為了建新校舍的事……嘿嘿，呃！久聞你頭家素來非常……嘿嘿！你頭家這次應該多多幫忙。」

「這樣嗎，這樣嗎？呃，呃！」

「是的，是的！」伸出手掌準備握手。

「這樣嗎，唉！你們來的真不巧了。」

「怎麼？」伸出的手掌趕緊縮回去。

「頭家一早就坐車出去，我是他店裏的財富，倒不便作主呢！」

「喔！那麼他在什麼時候回來呢？」

「這倒說不定，一天半天，三天五天，都是平常的事。」

「啊！」

「不過這樣也好！」朱紅鼻斜掃了老像傻子似的襟弟一眼：「等頭家回來我跟他說，要捐多少再從郵局寄給你們，你們看好不好？」

「……」四個人面面相覷，一會兒又竊竊細語，最後還是那個矮個子開口：

「那位不是頭家娘嗎？頭家娘也能作一個主意，啊！頭家娘……」

「別誤會，她是這裏的阿嬸來呢！」

「阿嬸？」矮個子失聲叫，一臉子狐疑的對那個打量了一番。

「她是阿嬸。」朱紅鼻再加解釋。「我們幾個都是吃估俚工的，頭家不在，沒有辦法，實在對不住，嘿嘿嘿……」

關鍵全在頭家不在，那麼來的人幾乎全無理由再多待下去了。

「既然這樣我們就……」內中一個來的這麼說，其餘的都作個轉身的姿勢，忽然大家都楞住了——面前一個人帶著聲音跨過來。

「頭家不出我出罷，我就捐這些！」

「你——啊？」

「五塊錢，五塊錢太少一點罷？」

「不，不，不，你先生真熱心！真熱心！」來人一起叫起來。

叫阿昌的慷慨地交出了身上僅有的那張五元鈔票，微笑著向告辭走開的人點點頭。人都出去了，他不再點頭，一直望著外面一直向外走。

「阿昌！」

他聽見背後不止一次的喚他，可是他反而走得更快。

走到路上，他猛然想起自己女人交代的話：「多少你總得拿到手，孩子的牛奶先買一兩罐，還有，你吃的藥也該買回一劑來，病尚未好完全，別鬧著玩！」他不覺摸摸口袋，到手的五塊錢已經沒有了，藥可以不買，孩子的牛奶沒有不行，怎麼辦呢？他低著頭走。

「我想我做的並不會錯。」他喃喃地自言自語：「教育問題人人有責，力量做不到的沒話說，那傢伙……你別怕呀！錢我當叫化都要找來還你的，我不領你的假慈悲，我不要你的臭錢！你……哼！虛偽的傢伙，你好走遠去罷！」

一下子翻過頭去，他大聲罵著，彷彿真有個誰在背後，其實一個人的影子都沒有，倒是他昂起了習慣垂低著的臉孔，讓升起好高的太陽映得兩頰發亮，同時看清楚了路是隨時隨地都展現在自己的面前。

帶工

管理天面工作的「帶工」出了缺，黃金仔升做了「帶工」。

一夜都在亢奮中渡過，今天打早爬起床來也是興沖沖的。

換上一套比較「潔白」的衣服，帆布膠底鞋子是昨天漏夜洗刷乾淨的，而且給抹上一層免曬白鞋粉。當然囉，「帶工」該有「帶工」的資格，打扮得盡和做工仔般無兩樣，那還成為什麼「帶工」呢？

頭髮破例塗些髮油，梳梳整齊，那頂髒得令人傷心的氈帽不合時了，拿在手裏也費事，將就不戴吧，有錢時再買頂新的好。

出了門，鼻孔可朝著天。天剛泛著魚肚白，風吹來，額角有些寒。帽子到底少不得的。他想，心裏一邊在盤算「帶工」工錢兩塊八！比做工仔多三角，一個月多九塊！兩個月就——帽子總可以買了，該要硬殼黃斜布面的，像那個「總管」的一樣戴起來那才神氣！別急，慢慢來，低下頭，再想想看還缺乏點什麼：是了，襪子！穿鞋子而沒有襪子太不像話了。還有煙斗，做「帶工」的該和做工仔們有個分別，不能要學他們用「羅咯草」捲菸絲。唉，算起來缺乏而當用的東西還盡多，好像鋼筆，不是「派克」的起碼也得「犀化」的！好罷，用心做去。一個月買不齊那麼兩個月，兩個月不成又三個月四個月——那時候說不定「總管」看了他滿意再一升，呃！他不明不白的忽然噗哧地笑了出來。

腳步加緊些，初初上任應該留給人家一個好印象。到了，靜靜的，整間工廠像還在睡覺，走過去，看門的「孟加里」冷冷朝他瞥一眼，摸摸八字鬍子，跑開了。大概那個不明白黃金仔已升做「帶工」，一副表情使他不好受。瞎眼狗！他暗咒，心平氣和了一些。站住了，一時很無聊，側起頭朝天幕望望，怎麼，太陽好像比往日遲得多呢，究竟什麼時候了？沒有錶，唉，所缺乏的東西還這麼多！

等了半天，第一個來了不大關事的。第二個來了不關他事的，第三個第四個——啊，都來了嗎？那班契弟！嘛一口吐沫，黃金仔心頭怦怦怪跳，本來是跟他們一夥兒的呢，大家稱兄道弟開得玩笑慣了的，不知可會瞧得起現在的他？故意迎上去，擋著當頭一個喊，聲音可一半打從鼻孔裏冒出：

「大頭福，才來嗎？」

「唔！」那個頭也不敢抬。

「他們呢？」

「在後面就來了，『帶工』！」

「唔，很好。」看情形大家都沒敢亂來，都尊敬。黃金仔有股勁，他抓得穩。

「人來齊了叫他站在一邊，不許亂跑，聽到嗎？」

「是，『帶工』！」

噓！這班骯髒鬼，怎麼穿得像叫化子一般的！晦氣，做了他們的「帶工」。扭下鼻子，打從眼窪直噁到心底，黃金仔不願意面對他們多一會，背轉臉吐一口痰：呸，什麼味道酸溜溜的，骯髒鬼！不如到「烏必」（office）找「大財富」去。

「大財富」夠鐘夠點才來，那矮胖子一到隨即發下工作的命令；黃金仔一班人照舊到後芭鋪路去！

「啡！夥計！啡啡！」

黃金仔的口哨怪響亮，那班死鬼還在頭噉噉的呢。他們到底昏什麼？

「啡！喂！這裏來，拍拍拍！丟那媽，還想撈世界嗎你們？」

怪不得人撞火，要是說「出糧」來恐怕不必人多喊一聲哩。黃金仔深知其中利弊，真是天殺的一班懶骨頭！

像囚犯一樣的統統趕上了一架「羅里車」，「帶工」不能跟佑俚們擠在一塊，得有個分別，坐在車夫旁邊，背脊靠著墊褥，兩隻腳一直往前伸往後伸，挺舒服的。摸摸額門，忽然想起了他之有今天應該要多謝「總管」提拔的恩典，還有那個矮胖子「大財富」人也蠻好。出了糧買他兩支「佛蘭地」罷，一人一支。唔，什麼都得講人情，小錢是少不了的。黃金仔很堅決，自己不住在點頭。前途似乎隱隱閃著光。

車戛的一聲在一面芭場地方停下來，把混混沌沌的黃「帶工」抖了一跳，用一對三角眼探頭向外邊望望，不錯，是到了，這地方他昨天還親手鋪過幾簸箕泥土的。

「下車！下車！」

他首先一個跳下來，叉著腰，向右看看，又向左看看，空氣幾好的，正好做個深呼吸。一掉頭，那班傢伙還在等什麼？

「集合！點名啦！漏了不關我卵事。」

摸出了名冊，鉛筆在舌尖上一醮。黃金仔有底，念過三年小學的，粗說那些豬名狗名總看得懂，低下頭：

「李大生！」

「嚇？」

「不要嚇！」他有了火：「嚇你骨頭，叫有！」記得在學校裏念書是這樣應的。

「有！」李大生補應一聲，看的人笑起來。

他媽的還笑！黃金仔兩眼一翻，頃刻鴉雀無聲。好，再念：

「林……林晨字！」

怪！沒有應聲。聽不見罷？又來一次：

「林晨字！哪個是？啞子嗎？」

仍舊沒有應聲。大夥兒你瞧我我瞧你，還是一個瘦小個子的小聲問：

「是林震宇嗎？」

「唔，是呀！哪個人？」

「就是我。」

「廢物！怎麼叫你總不出聲的？下次不可以了，聽到嗎？我沒有時間跟你玩笑的。」

鼻尖聚著汗，額上的青筋可爆起了，這些豬名狗名好拗口的，幾次黃金仔都摸錯了向。完畢，再數一遍：九男三女，連自己一共十三個。不錯，沒有漏，姓黃的一向做事絕不含糊。

背交起手，走過來又走過去，「帶工」應份是這麼地走過來走過去的。眼光時刻拋在那些勞動的背影上，嘴雖然沒嚼什麼可不給閒著。

「傻仔賢，半箕仔半箕仔的你究竟做些什麼啊？」

「半唐番，鋤頭有病嗎？站著老『打脈』做什麼？」

真姓名雖不懂，花名倒幾熟悉的。

「大頭福，唉，你又看錶了，告訴你，不準的，你那個最少快有點把鐘！」

「不呢，今早上我才校準的。」大頭福不服氣。

「校準了也沒用，你會扭快的！」

不作聲了，好！那是說在根子上。從從容容站下來，嘴角掛著勝利的冷笑。心在念：黃金仔，你真聰明，合該燒一口菸。

摸出菸盒，猛想起裏頭是「牙菸」，不大方的，藏起來吧，到那邊矮青芭去。再摸摸，糟糕！沒帶火柴來。側側腦袋，對象並不指定哪一個：

「哪個有帶火來的？借一下。」

看都沒人看一下，那班死鬼！黃金仔忍住，漱一漱喉嚨。走過去自己動手找罷，那些菸鏟帶來的食鹽裏總有，老老實實，估俚敢對「帶工」不巴結？想定了，腳步一提，剛巧跟斜潑過來的黃泥土碰個正著！粉白的鞋面立刻給印上了點點繁星。

「哎唷！哪個死雜種！眼睛盲了麼？」看一眼，淚水差點奪眶而出了，他趕緊把腳亂蹬，蹲下身去吹吹撲撲。

「你又不行開！」肇禍的正是傻仔賢，他還嘮嘮叨叨嫌人呢。

「行開？」糟了！估俚管起「帶工」來了！還成個世界？「我是『帶工』，你算什麼？行開！別多講，割你半工才對。」

威望是該建立起來的，像現在這個公然敢用泥土潑他還怪他不行開！將來個個學起樣來那他還想撈？對！殺雞教猴，十分應該。匆促抽出簿子，鉛筆頭放進牙齒縫裏一咬，不覺猶豫了：單憑這點理由不大充分，萬一那傻子不服氣起來走到「總管」那邊一吵，這就有了新問題。放過他罷，不過嚇嚇是要的。

「一定割！一定割！」走幾步，翻回頭：「一定割！喂，你們做工呀，僅看我做什麼，不識你阿爺？」

只顧發脾氣，借火柴的事給忘記了，行進一叢矮青芭裏呆了好久才想到。跑回頭，鼻孔老是朝著天，行近一看，唔！人都躲去那裏了？丟下了鋤頭畚箕在地上。挑起眼皮看真點，啊！那不是大頭福嗎？坐在樹蔭底下燒煙哩。還有，好多人都在坐著。

「喂！你們怎麼啦？大頭福。」

「休息下㕭！」大頭福好像不愛睬。

「哪個叫你們的？」黃金仔記得本人並未下過命令。「回來，做工有做工的樣子，要休息可以回家去！」

多威風！都起來了。那不是，「公司」出著糧銀來給你休息的麼。一個人該要摸良心，他黃某人就是對於這套有研究，要不然廠裏「總管」看起他而不看起你？

「看他的『沙塵』樣！」人堆裏不知誰在批評。

「哪個契弟講我？」黃金仔心眼細，一聽卻聽進耳朵去。整個人幾乎是抖著的：「哪個契弟？講呀！明人不做暗事，有本事的行出來講！『沙塵』，怎樣『沙塵』？講呀？」

全都變了啞巴。嘿，啞巴就算什麼，不行！應該要徹底查辦。斗膽！

「大頭福，是你麼？」他問。下唇貼著上唇。

「你聽見沒有啊？」那個老實人長聲長氣地。

「那麼一定是傻仔賢了。」他以為有點傻氣的人好欺侮。

「哪個敢講你『帶工』啊？」傻仔倒又不傻的。

「半唐番，你罷？」他直數過去。

「峇米！」半唐番到底不離那老套，猛可頂撞起人來了。「亂講！」這豈不是反了！「峇米」？什麼叫「峇米」？堂堂的「帶工」給估俚罵「豬」！雜種！跟他拚了罷。衝上去，立刻要給一個下馬威。有種！那個不驚，退後一步突擊起手中那把鋤頭：「來！」

「你你你！」黃金仔只得三個字眼前便覺烏星亂飛，一顛屁股趕緊跳回幾步再算。

「你野蠻？」他可憐地在眨眼巴。

「嘻嘻！」半唐番忽然顯得高興，回眸看下傻仔賢，傻仔賢再向那個看得入神的矮個子背上一敲！哄然一聲大夥兒都笑開了。

粒粒牙齒就要在舌尖下咬成粉碎！沒辦法，黃金仔沒辦法，看起來他們是有了黨的，壞是壞在他「帶工」，只一個，這個虧可吃定了。走，別睬這班無娘教的。回去，「總管」面前一定要報告，老虎不發威就當病貓，只當他某人好欺侮，哼！

「做工，做工，不准多講話！」

回頭吩咐一句，不再多說，明白人自然清楚他的意思，裏面究竟包含些什麼。做「帶工」的如果沒有一點把柄可以抓，換句話說就是沒有一點把握，那麼就不成為其「帶工」了。

下眼睛就快過了正午，天頂上白花花的太陽光曬得整個芭場像面熱鍋子。

黃金仔吁出一口熱氣，從矮青芭裏略略探出一張瘦臉向前望，縮縮頸項暗地裏偷歡喜，還好，那些沒偷懶，這麼熱天就曬癟他們一兩個都是好的，壞蛋！統統都是壞蛋！太陽頂好變出兩個越發妙。他不同，他是「帶工」，「帶工」無理由跟估俚們一起曬太陽，躺下吧，黃金仔真舒服，現在吹來一點兒風。

昨晚太遲睡，精神不見好，躺下來便覺恍恍惚惚的不知有沒有睡去。給什麼東西驚起了，抬頭看看天，太陽稍微偏向西，涼風拂拂，煞是好天氣，什麼時候呢？黃金仔想起了錶，要好還是趕緊買一個吧，那怕是幾塊錢的，一出糧就去！

爬起身，眼光夾著焦慮，果然不出所料，那群懶鬼都歇下了，到底歇了多久，這點他要明白，不能含糊，撲撲屁股，頭髮整理好，剛移步，什麼？旁邊那叢矮青芭怎地向兩旁倒起來了，重甸甸像有重物行來的形跡，這一驚可非小，黃金仔跳起來就想逃什麼東西都及不上命貴。然而不慌，出來的人，一個少女！

「呼！嗄！」手摸著胸口吹一口氣，心定了好些，黃金仔有時間來打量下對方了。

「我就要給你嚇死囉！呼！嗄！咦，你進去裏面做什麼？」他認出是他轄下的女估俚。

那少女一臉子驚惶，用衫袖抹著額角的汗：「拾點乾柴罷啦，『帶工』！」

好嬌的聲音，黃金仔的心旌蕩漾了一下，「拾柴嗎？才這一點點？」

「是呢，沒有什麼時間喲，『帶工』！」那個放下了心開始在媚笑。

「不要緊，以後你儘管去好了，我是很隨便的。」

「多謝『帶工』！」

「不要叫『帶工』，叫金哥好了，嘻嘻！」

好開心！她是不是對他有意思？不懂得，美中不足的是並未叫他「金哥」，光笑笑地。笑笑地也難得，黃金仔反手朝背脊上搔一回癢，瞇瞇眼，忽又從那兒鑽出一個來。

「站住！」這回火氣大了，姓黃的看清楚那是誰。「老雞婆，有工不做你做什麼？」

老雞婆翻起對澀眼皮：「拾柴㗎！」

「拾柴？『公司』叫你來做工的還是來拾柴？」

「少少嘛！」

「哪個管你多多少少？放下來！」

黃金仔一股氣往上沖，把剛才從半唐番處得來的「冤屈」都一蜂窩地全照顧了她。「叫你做工你拾柴，割半工！簿子拿出來。」

「天哪！」老雞婆忽地仰天大叫：「拾一點柴就要割半工，那麼她？」。手指指著前面，「她又不割？割我？」

著實給這鬼嚇了一跳！估不到這麼潑，幸虧他有料，不慌。

「我是『帶工』，由我中意！」

對！得力！聲音沒有了，掉開臉走罷，那些鬼眼晶晶望來這裏做什麼的，工作不做，怕是不想再撈世界了，黃金仔大步踏出去。

背後的衣領似覺給人扯了一把，急旋轉頭，嘿！「老雞婆，你動手動腳做什麼？」

「你真的割我半工？」

「那還有假的不成。」問得真好笑。

「我跟你拚了！我跟你拚了！」老雞婆把頭撞過來啦！牛一樣。

「你發癲了？」黃金仔一手握著來人的髮髻，「牛種！你是癲了？」

「我跟你拚了！」亂撞呢，叫人手腳都發了忙。

用力點，用力點，黃金仔對自己說。果然有勁！頭給壓低了，可是手來了呢，在下面亂抓。攞命！側側身，儘量把屁股翹起些。好的，黃金仔運氣沒給抓著命根子，冷汗卻給出了，遍身黏膩膩的。歇歇罷，他媽的手不能放，怎麼辦？

一隻粗壯的胳膊從背後直探過來，沒長眼，落在黃金仔的脖子上。真是要命！一隻大螺絲鉗樣箇直使他無可能動彈。急忙用雙手去撥，什麼都不顧了。然而大螺絲拳突然移開，黃金仔空勞一番急。

「你怎麼去欺侮人？」背後天神樣站著個大頭福。老實人不老實起來卻又相當野蠻，咬牙怒目，像要吃人。

「捶死他！」傻仔賢幾時也爬過來了。

不妙！他們一班人都是有黨的，黃金仔大氣都不敢喘，退後最少有三步，臉色泛著青，三角眼在眉毛下眨呀眨。「大頭福」只道出一句，不知死活的老雞婆發了癲，一臉子眼水鼻水的埋頭又撞過來。

「我的命不要啦！不要啦！」

纏下去沒有意思，他們人多，那些狐群狗黨！還是逃罷。黃金仔真的逃，一支箭似地逃了一段路，看看背後，沒有來。嘿！這口冤氣可大了，逞人多，雜種！無論如何總要找機會報復的，看看倒楣的到底是他黃金仔還是誰。

「顧好，顧好，你們大家顧好啦！」他老遠的在指手劃腳。「慢下來你麼就知道，哼！」

黃金仔不是蠟槍頭，請等著厲害瞧。

改天，這群估俚裏頭少了大頭福，傻仔賢，半唐番和老雞婆。奇怪的是「帶工」也換了人，據說因為他不善和洽估俚而被「總管」褫了職，換進廠裏扛鐵枝。

開張大吉

在山芭地方教了幾年書，卻未見其利，先見其弊，人都瘦了許多。其實呢，誰不知道教書是件清苦的工作。別的不談，單就讓你管理那幾十個猴兒似的小頑皮，不叫你每天少吃碗把飯才怪。我知道孩子們都是好勝的，全都有一副敵愾同仇的氣概，誰多瞧誰一眼都是毛病，誰多說誰一句話都是戰鬥的引子。你要維持校規，實際執行教育下一代的良好品行的神聖職責嗎？得！客氣一點的父母當面不跟你談什麼，背後裏吱吱喳喳地把你說得一文不值，見了面用一對死魚眼刮你。碰到雙方家長間存有私見的呢？有一方便會不客氣的「踵門拜候」你，「喝！我的孩子是上學讀書的，還是來受鞭子的？不讀了！」這時你得忍下一百口氣，決不能意氣用事，因為山芭不比城市，學子即是金子，多一個有多一個的好處，少一個便會影響到全校的經濟大局，誰敢負這個擔子。何況個個家長都是自己的上司老闆，跟老爺慪氣總是兇多吉少的。

早就發憤過寧做乞丐也不當教書匠，隨便幹點什麼難道還不比這個強？可是一年接著一年，老還是這個名堂。午夜沉思，一肚委屈，深覺前人所說：「女人最怕嫁錯郎，男人最怕入錯行。」是最富人生經驗的至理名言。不過，那還有什麼好說呢？一錯只能將錯就錯，只怪當初自己怎不少讀幾年書，落得今天戴頂清高的帽子，慪從四面八方來的閒氣，拚盡腦力氣力依然換得清風兩袖。雖然我不敢幻想發財，（一個教書匠還想發財？）但起碼也得餵飽肚子上課呀！月中拿著薄得可以的薪金，維持家裏大小三四口，又不像其他人那樣另有「甘仙」可分，硬斧打硬鑿，用去一個是一個，幾年不餓癟了那才僥天之倖哩！

「那不是辦法，我得掙扎！」

每當看見太太那副倒胃的愁眉苦臉時，我就恨恨的對自己發脾氣，但卻不因此找學生們的晦氣，那些太子爺們誰還敢惹他們麻煩？我只是痛下決心，看怎樣使自己長年吊兒郎當的一家，生活得還像是人。

有那麼一天，機會來了，因為鄰校的同行老吳向來與我有著過往，每次大家聚在一起談談講講便是唉聲嘆氣，當然是英雄所見略同。都認為設法衝破生活的難關為當急務之，辦法便是改行。我不小看自己也不小看老吳，但我始終懷疑文不辨秤棒，武不堪挑擔的我們，到底能幹點兒什麼？老吳不愧才思敏捷，頓時眉頭一揚，眼珠一翻，喜洋洋地對我說：

「我們合夥做生意怎樣？」

好傢伙！我幾乎笑得從椅上跌下來。做生意，誰不知道是頂呱呱的行業，可是錢呢？像我們這些窮光蛋顧自家的嘴還不夠，那裏來作資本的錢？老吳一派正經，似乎胸有成竹，果然不慌不忙地說出他一番道理來：

「大資本做大生意，小資本做小生意，我們可以做小生意。」

「做什麼小生意？難道去賣『加占布爹』？（印度炒豆）」

「書店！我已經考慮過很久了，最好是書店。」

我的天！他還說書店，書店也算是小生意？無論怎麼說，我的頭總是弄得像搖鼓。老吳笑我膽量小，看來我只好潦倒一世，全沒出頭的希望了。其實這不是膽量大小的問題，總結一句，荷包「哥松」（空）做鬼也不靈，還說做生意？老吳可一派正經，說是目前的生意人，哪個不是打「空頭」，大生意有大「空頭」，小生意有小「空頭」，譬如你有資本五百，起碼就可以滾上別人五百湊成一千。假如時來運到，生意還算馬虎，那麼越滾越大就成意中事，捱他三年五載，不賺他個上萬也得上千，那時粉筆匣子也可摔進廁所裏去啦！不想這一來倒把我動了心，說實在，發財誰不想？要發財唯有設法做生意，一百巴仙的正確。

「預定資本金多少？」我硬起頭皮問。

「一千。」老吳不假思索。

一千塊錢開張？包括租店舖和置傢俬？我忍不住打起哈哈，老吳真是吃麥不知米價，不想城裏的舖子單只頂費就得論千上萬，別談再要置傢俬，他神經我可不神經。老吳兩顆大眼睛睜得渾圓，先罵我一聲傻瓜！凡事應該由上而下，由簡入繁，萬丈高樓平地起，我們難道不可以在偏僻角落物色一間廉價屋，有了舖址何愁沒有生財傢俬？我以為傢俬舖子都是為獎勵勇於開張做生意的人而設立的呢！但我沒有說，只在心裏嘀咕，這辦法行的通嗎？對生意我雖外行，總之到店舖最講究的是論地位，在狗也不到的地方開舖子，捱得十天半月不關門大吉才有你的本事。我把這意見告訴他。

「我早就想到這一層。」他親熱地拍我的肩膊。「你不是懂得畫畫嗎？我們可以半邊開作書店，半邊闢作廣告室，一人負責一門不就得了。呃！現今畫廣告的可賺錢哩！」

到這時我才明白，老吳說要開的原來是綜合性的生意。我一想，老吳的確是聰明絕倫，書店的對象是職業青年和學生，廣告室的對象可就是頭家，此不來彼來，拉長補短，希望有的是。值得冒這個險。不過，我說還應該多多考慮，因為我怕……

老吳不容許我怕，在一半慫恿，一半說服的情形下，我點了頭。經過點頭，我們的綜合性商店便宣布擇吉開張了。

舖址是全城碩果僅存的一處貧民區，地窄人多，濃煙四佈，屋子是花一百塊錢頂費弄來的，白鋅做頂，木板做壁，又低又暗，夾在許多最少有一百年代的陋屋中間，誰會想到它竟是未來的一座「藝術之宮」兼「文化之庫」呢。

場地有了，那麼就準備敲鑼出臺。事先在傢俬店訂製了一小列全新傢俬，就把整座舖子塞得幾無轉身的餘地。老吳雄心萬丈，說什麼功夫不管好壞，架勢應該先聲奪人，外面只要好看，誰理你裏頭盡是草包？所以門面要裝，招牌要掛，逼我漏夜趕就美術市招兩面，掛上去，果真蓬蓽生輝，途人側目，滿屋都是小把戲。至於店裏的貨物概由老吳負責採辦，因為他說外坡的頭家們都是他的老朋友，除了他還有誰合適？而且為了徹底負責起見，忍痛辭去了糟糕的教職，全心當他的頭家。我呢？說來慚愧，為了一筆開辦基金，使我終日神情恍惚，失眠了兩三個晚上，結果逼得厚起臉皮，向一位也還談得攏的董事老爺商得一個月薪金，再半哄半騙地把太太從娘家帶來的一條金項鏈典當了湊合起來，還不足三分之一。辦法想盡啦，我對老吳說。老吳不相信，不相信我退出好了，他這才願意折衷辦理，大家在簿子上寫明，投額我占三分一，他占三分二，慎重地簽了字。不過老吳是否確實夠了三分二股額，我沒有查究，信任人便該信任到底，人家甘願辭去職位幹什麼？別以小人之心度君子之腹，凡事都不應該太認真。何況我已負上一筆債，當然走不了，全店有關的業務只有全權委托老吳好自為之，老吳先是客氣了一番，跟著正色問我附設的廣告社打算怎麼辦？他可不懂得這套。經過考慮，我答應撥出每個周末和例假的時間到店裏走走，順便實地的工作。以後業務真的招呼不開來，以後再作打算。老吳沒有話說。

忙了整個學期假，我們的綜合性商店便像一朵含羞的小花似的，在極不為人注意的角落中間放起來了。老吳全家大小已搬了進來，我也帶著太太和孩子特地撥冗趕來參加這個開幕禮；沒有燃炮仗，也沒有送匾牌，但滿舖子吱吱喳喳的哭鬧聲，倒也透著非凡的熱鬧。這一天毫無生意可言，老吳卻是一片樂觀，他計劃著關於今後業務進展的步驟，並且還提議要買多一架收音機方才夠氣派。他勸我趕緊設法籌多一筆資金放進來，免得日後攤分紅股時使我吃虧，朋友間常不好意思的。我一壁唯唯諾諾。心裏也感到一股奇異的高興，尤其是當一宗生意到我手裏的時候，簡直興奮得連連氣也快要透不過來了。

這是我們的房東介紹的，他問我人像畫不畫？我說天地萬物，說得出的全畫。於是改天便從一個老頭子裏接過了一張照片，老天！到底是幾世紀前的遺物，畫面已經褪了色，隱隱約約的顯出一個年輕女人的全身照。據房東說，這是那個早年亡故的愛妻，幾十年來一直想找人描個像，總找不到適當的，現在神差鬼使碰到我，就把這份生意薦過來，言下的意思我們當然明白。老吳笑得只露出兩排雪白的牙齒，竭力慫恿我寧願免費，也要把這宗生意接下來。我可苦了，接嗎？這勞什子的東西要怎樣搞的我可沒有準兒，不接嗎？為了名譽，為了生意的前途，在在都說不過去，終於我橫下心，一幅碳筆畫討價二十塊，老吳自動跟我減到十五塊，結果十塊錢落墨。生意既然接上手，那我就得負起當然的責任，這時學校已經開了課，我只好找在課餘時間抖起精神，超額地工作，記不清忙了多少天，少吃了幾碗飯，然後歡歡喜喜把作品趁夜送到三十英里外的店裏去。老吳沒口地讚。我問起店裏情形，他說生意新開張，總免不了一場淡，所以他提議開張初期誰也不支薪，不過他有孩子要吃奶，那就例外支半薪，我沒有意見。

我說過，為了工作上的關係，我只能在周末和星期例假中報到，一到時候我便趕著溜下去。到了店裏，還沒等我開口，老吳便對我展開一副苦臉說：

「你那張畫不妥當，他說不很像，死都不肯拿，你還是設法改一改。」

「哪裏不像？」我的心一沉。

「我也不知道。」他的臉上使我感到傷心。

看來老吳對我的信心已起了動搖，我越想越氣，自己花上一場心機卻落得這場沒趣，我不幹還好，但轉而一想，雇主永遠是對的，我看有哪裏不妥吧？「好的，好的。」我說。當下也不多問，拿了抽身便走出大門，沒有聽見老吳說什麼。

回到家，就是太太也不敢透點聲，那多丟人哪！只等到夜深人靜時，才偷偷拿出作品來研究，但總研究不出壞在哪裏，我嘆口氣，這回準糟定了，算了罷！我把它往那裏一塞，不再去想它。

可是，第二天，老吳去托人來催，想來想去，不要麼？撕掉以後拉倒這筆生意算了。那些人懂得什麼叫藝術！我把原物交出去，心是滾熱的。

又是一個周末，本想不進城，可是自己是股東，下過一筆心血錢的，怎能不愛惜。我只好去了。這回出乎意料，老吳見了我笑得眼睛剩下兩道縫。

「喝！你真要得，的確有兩手，他很滿意，拿去了！」他喊著要跟我握手。

「是倒是不容易搞的。」我說，這喜訊使我感到有如中了小搖彩似的舒服。

「那當然！那當然！」

老吳像招呼客人一樣的殷勤，倒使我有點兒不大好意思。由於這次的成功，老吳說了好多話，可見他內心的興奮，也可見我們這間商店的前途正閃耀著炫目的光明。老吳還接著說他已得到一些介紹人的報告，當陸續可以接到一批廣告生意，可惜我在一個星期裏才能抽空一天下來的工作，那只要眼見它溜了，不然這商店不當天起色，他寧可不吃飯。

我默默的想，老吳說的對，但吃人頭路，身不由己，那是沒辦法的事呀！後來老吳替我出主意，半天由太太代課，半天就讓自己支持門面，那不是時間有的是？這意見可不壞，不過每日上下奔波，身子受不了不說，百把塊錢的薪金只好替車公司幹了，不行的。

「那你就在這裏住幾天，又回去住幾天，輪流工作，兩方兼顧，還不妥當嗎？」老吳快要不高興。我不能立刻回答，問題是當我離開工作崗位太久，會不會引起校方的不滿，那群野性難馴的小頑皮們又是不是女人的威勢所能鎮制得住的？而且，太太能同意嗎？老吳無論如何要我作個肯定的答覆，我只好期期艾艾地說出我的苦衷。

「怕什麼？」他兩眼朝天說：「只要這裏搞得好，你就乾脆搬下來好了。管他滿意不滿意，百把塊錢難道沒見過？」

我朝店裏掃一匝，心裏想：就這麼辦吧，誰叫我下了一副血本呢，下了血本當然希望有進展，希望長久性，顧慮不了那麼多。於是我便開始在店裏住下來，一住就三幾天不定，上面的事只好委屈太太了。

做生意的事我雖然外行，但總知道有顧客必定有生意，以前我不常在店裏，眼不見便當作過得去，這趟我有機會實地觀察一下情形了，我的天！書店的冷落景象不由得我倒抽幾口冷氣，一天賣那些筆呀簿呀的，總共還不夠老吳抽香菸的錢。我奇怪他的樂觀思想從何而來的，一面又感到自己責任的沉重，事實上老吳就勸我努力地工作，以長補短，康莊的大道永遠擺在我們的面前。我哪還能說個不字，而且書店生意儘管冷淡，裝飾門面的招牌廣告還零星地有人送著來，每次我都以盡快的手法一一完成交貨，一交貨老吳便讚一聲好！真沒有東西好接了，冒著寒風細雨漏夜站在街邊替人趕寫貨車上的招牌數目字也幹。晚來一頭破枕，一襲薄被，局促在店前靠壁的一張冷而硬的舊酸枝榻上，等候天明的雞聲。我沒像老吳道一聲苦，老吳也以為我生活得和他一樣好，白天只忙著吃飯打瞌睡，真無聊時也跑到屋後那間小賭館裏看人搓麻將，偶爾也乾脆地下下場。

太太下來找我，因為我那兩歲的女兒出水痘，山芭裏醫藥不便，要我回去看看，順便在這裏買一點藥，這才叫我想起已有四五天沒有回去了。老吳不在店裏，只向吳太太招呼一聲便走開。幾天後我又回到店裏，老吳見了我好像心裏不高興。奇怪，每當我回家後再來總碰上他這副喪氣的臉色，莫非我不應該來？等到晚來收市後這疑團才讓他自己打開了。

「年輕人總離不開太太，回去也不作一句聲，前幾天有一處生意，因為你不在又溜了！」他像在教訓他的學生。

記得開張初期。我還以開玩笑的口吻對他說：「你呀！對顧客可不能像學生一樣的看待。」他是不是照辦我不十分留意，但現在我卻親自在他面前領略到這份神氣。當下我按下了要說的不說，肚裏好悶。他不想到我是股東，不是倒楣的夥計，多賺點錢難道我沒有份？什麼回去也不作一句聲，他太太可不是耳聾的，要說我還有我的工作，誰能老守在這裏無事看人搓麻將？而且，一上一下的車費也得自己掏腰包，難道我真的喜歡多花這筆冤枉錢？我真後悔，幹嘛當初竟要答應合夥做生意；既然如此你何必要找他，不如索性自己開？「吃力不討好！吃力不討好！」這一晚我一夜思量到天光，一直在肚裏悶。

校方因為我時常離開工作崗位，已有不甚滿意的批評，風聲傳來，不免使我暗暗著急，老吳哪裏知道我的苦衷，一個勁還在嫌我住下來的日子太短暫，於是我逼不得已的把實情告訴他，希望為我的處境著想，給我一個好辦法。

「怎麼，這裏你不要了？」他的聲音把廚房裏的太太都招了出來。

「我沒有說不要，只是想恢復以前的辦法，我不能只顧到自己的利益……」

他沒等我說完就攔截過來：

「那麼我的利益你就不必顧到了？」

我想了半晌，還不明白他話裏的含義。我說：「這樣吧，必要時你通個信息給我，假如走得開一定下來。」

他忽然推椅而起，我聽到他嘴裏嘰哩咕嚕地叫：「早知道這樣我就……」

早知道什麼呢？我沒有白吃過店裏的飯也沒有得過店裏一文錢的津貼，說好的，喝杯兒咖啡烏還是自己掏腰包，嘿！要是我早知道……

站在一旁的太太明白了就裏後，不像他男人的見解，反而笑吟吟的在我背後說：

「有空趕緊下來呀！別忘記了這裏的生意……」

這才像話，何況我早也就說過的，我絕不放棄那應盡的神聖義務，但要放棄一部份責任，因為太太和孩子還得吃飯，店裏可不曾想到要給她們預備點兒什麼的。

老吳毫無理由地對我表現出不滿，很使我感到痛苦，想起以後的日子還長，改天應該找個機會向他詳細解釋解釋，多年老友了，別因一點兒誤會便弄壞了交情，那是不值得的。主意打好，這天還在店裏宿上一晚，明早便在老吳冰涼的面孔下打道回家。哪知一回到家裏，卻碰到一個大難題。太太老實告訴我幸虧回來早，不然她準備要親自下來催駕了，原來前天有兩個學生打架，不想竟鬧得天翻地覆！

學生們哪個不打架？算不得稀奇事，不過據說這場架打得好兇，一個學生竟給對方打傷了，碰巧兩方的家長本存有心病，這一來正好給予一方的藉口，於是趁機鬧起來，一面揚言要報「馬打」（報警）。職責攸關，我不能推說不在這裏便落得清閒。除了應酬事主雙方此去彼來的不客氣「拜訪」，還忍受了不少外間的批評和言罵。太太是女人天生量窄，聽不順耳老在我面前囉哩囉嗦，我一直如啞子吃黃連，規規矩矩的守著我的工作崗位不敢動。

等到局勢稍微和緩下來，我想起了城裏的店子，因此又匆匆趕下去。

老吳從寫字檯上抬起了一對驚訝的眼睛，朝我掃了掃，也不打招呼，忽然打抽屜裏撿出幾張什麼單子，臉孔朝過一邊說：

「外面來了催帳單，五百多塊，一個月的店租水電還沒有繳，你欠下的股份錢什麼時候交給我？」

「什麼？」我問。

「股金每人五百塊，你不是還欠下兩百塊？」他說。「現在我已清理過了，抵除存貨和現款，一共虧本兩百多，假如還要繼續幹，你就交出欠下的股金，不要幹就把它結束掉，我要回到星洲的老家去了。」

我向周圍看看，一邊在盤算，開張一個月光景，除掉收入的現款還虧去兩百多！怎麼搞的？我想索取賬本查看，但我沒有，心裏已經一片冷淡，想到結束也罷，反倒了卻一件麻煩的心事。不過聽說欠下的股份錢竟達兩百塊，不禁使我吃了驚：

「別開玩笑，我們不是早就言明我只占股份的三分之一，你占三分之二，簿子上不是寫的明明白白嗎？」

「嘿嘿！簿子上寫……」他冷笑著。「老實告訴你，你湊足了股金五百塊，那麼你可以搬一架櫥子去，我也搬一架櫥子去，東西大家平分，單只要我吃虧，那是不行的。」

「假使賺錢呢？」

他不回答我的詢問。我再也沉不住氣的和他吵起來。住在一起的房東和吳太太也聞聲出來看熱鬧，房東一直保持沉默，袖起兩手陰陰地笑。吳太太呢，那不必說，有理無理女人都是幫助丈夫的，她雖然也不作點兒聲，但我從她臉上的神色已看得出來。

這場架並沒吵得多久，過度的氣憤反而使我口訥訥地說不清心中的意思，想起一向我都把老吳當作好朋友，直到今天才認識他的真面目，原來是個反覆無常的卑鄙傢伙！我一面安慰自己：那些錢就當作丟了吧，花了錢認識一個假君子，也不算毫無代價。

我一口氣便衝出店外，發誓永不再朝這裏看一眼。走了一段路我又考慮到在太太面前要怎樣交代？尤其是她的金項鏈……

「喂！到哪裏去？」

迎面碰到了另一個同行老張。老張知道我們開張的事，也到店裏來坐談過。我忍不住心頭的憤怒，趁便把這場是非告訴他。

「我早就想通知你，」他聽完了我的投訴後表示同情無限說：「老吳是我的同學，他的為人我最熟悉，頂靠不住，不過當我聽到的時候你們的事情已經成功了，因此我就不想來破壞。你也是，怎麼事前不跟我商量商量呢？」

「我一直都信任他，認為他是好人。」

「好人是不能認為的，你知道嗎？他也曾向我遊說邀我參加，我才不幹，聽他的口氣根本在利用你，可惜你一點都沒發覺，你這個人真是……」

「利用我？」我瞠目地望著他，再轉移到他背後的天空。天空密布著烏雲，眼看一場大雨就要落下來了。

剛才還是那麼碧澄澄的天呢，真是使人難以預料啊！唉……

迷途

我租下一間店面做書報生意。前座歸我，後座住了老房東一家人，至於樓上的情形我不清楚，因為人來人往都是在屋邊進行，只知道住了好幾個單身漢。老房東靠租錢養命，我靠生意過活，樓上的住客呢？不用說都是靠勞力吃飯的一群異鄉人了。雖然同是一間屋子的租戶，但樓上的朋友倒很難認識清楚，比如辛辛苦苦認清了一副臉孔，轉個身又說離開了，舊人離去，新人走來，簡直像旅店似地。這世界大概不甚適合勞力者的理想，不然他們一個兩個老遠的趕來了，何必睡還未暖蓆又匆忙趕了去呢？

老房東似乎沒有計較這個，有人找空房子來了便趁機吊點兒價錢，還有聲明特別條規，聲調常是那麼充滿愉快。房客住得久不久一回事，頭期錢先付嘛！遊神似的外來客那麼多，還不怕房子租不出去。一句話，除了有家眷的莫問，誰出得起錢誰就住房子，諸色人等，三教九流可以不論。我是在樓下管做生意的，顧客第一，要說對樓上的人事變遷一些不留意，那是太說不過去。好像是從那一天開始，每天清早必有一個做泥水匠模樣的青年人到來，在門前仰臉大聲喚人，說些粗話，一面把胯下的摩多車弄得嗶嗶叫。然後從屋邊踱出一個慢吞吞的人，鼻梁上架著一副金邊眼鏡，波浪式的頭髮斜斜地覆在眼眉頭，腦後又長長地拖了一把，蠻有女人味的。看他極不願意似繃緊一張微帶瘦削的四方臉，連個招呼都不打就一屁股跨在車後座，「嗚」一聲雙雙走掉了。有時候他會讓來人空等一陣，在樓上的窗子邊交代一些話算是打發。有時候連聲音都沒有，可能一個晚上沒有回來睡覺。

本來嘛，樓上的房客不只他一個，為什麼特別對他留點意，自己也說不出理由，大概在平時他會到我這裏來翻翻撿撿的，問問有無新出版的流行歌書，但從來沒有交易過。說實在話，他會唱歌，屋裏除了「麗的呼聲」外就是他的歌聲，甚至在一些喜慶場合上也曾見他上臺放開大喉唱，真奇怪他不知從哪裏學回來的。人算是認識了，只是不懂得他的尊姓大名，聽別人稱他做「四眼仔」，又叫「阿福」，更有開玩笑的尊他一聲「歌王」，他都答應。我和他見面連頭也不必點，什麼稱呼倒沒有關係，不過有這點不好，時常有男男女女上店裏找人，纏了半天才知道是找他，真叫我不勝其煩起來。記得有個傍晚來了個年輕的女客，我以為是生意上門，哪知道不是這回事。

「老闆！」她只叫了句，掀一把飄到臉上的髮絲，左彎腰，右彎腰，一股勁朝店裏頭望。望得差不多的時候方才真正對我望來，忽然皺起眉頭，轉身要跑了，可是又捨不得就走。

「樓上是不是住有人？」她豎起食指往上空那麼一戳，神氣地問我。

「為什麼沒有呀？」我說。

「那就不會錯了。」她露出點兒笑意：「他在不在樓上？」

「你說是誰？」

「什麼名字我不知道，他只是叫我來這裏找他。」

我用心把她打量起來，看她穿得很入潮流，人也長得蠻清秀的，就是腦子比較糊塗！大概她自己也發覺理由不通罷，背過臉去看什麼東西，終於給她捕捉到點兒靈感回來了。

「人家叫他四眼仔的。」一說完就掩著嘴巴笑。

「原來又是他！」我暗裏噓了口氣：「不知道他在不在樓上，有什麼事嗎？」

「沒有什麼事。」她想了想：「我們去參加歌唱比賽，你能不能上樓去叫他下來？」

這場差事多麼不中聽，我的意思還沒有決定，他要找的人剛好出現在門外，全身穿得又紅又綠，看去更有女人味，可惜沒有掩去唇上兩撇又疏又長的鬍子。他雙手插腰死命瞪著來人，來人也瞪大眼睛向他對視，似乎彼此都不相識般的。這樣呆了一陣，不知哪個先露齒笑一笑，然後一個打頭，一個跟尾，走了。

明天清早，那個坐摩多車依時到來叫人，叫到隔壁的孩子都吵醒了，還不見「歌王」對罵的呼聲。快到正午時分，「歌王」從那裏跑出來，精神奕奕的一手托著個盃子，像托著個寶貝，打破慣例的在我面前揚了揚，吊起嗓子打起交道來：

「老闆，你看這是什麼東西？」

我認真一看，那不過是一只小銀盃，只有雞蛋般大。

「歌唱比賽獎品！」他搶著給我說明。

「哦！」我放下心，以為他要變賣給我呢。

「同場二十多個人參加比賽，真不容易！」

「哦！」我又是一個驚嘆：「你老兄真是個天才！」

「哪裏，哪裏！」他笑得很開心，身體一扭一扭地不知怎麼好。停一停，又輕輕說：「你記得嗎？昨天來找我的那個女子也得到一只！」

「真的？哦！你倆真是一對天才！」

「哪裏，哪裏！」

他一面在嘴裏謙遜著，一面把手裏的東西左看右看，好像他在忽然之間改變了樣子，一張四方臉漸漸繃緊起來。

「老實說我得的不應該是這樣小！」他竟意外地發起了牢騷。

「為什麼？」我問。

「得冠軍的那個唱得有什麼好？咬字不清，中氣又不足，連拍子都弄錯了，那些評判員也不知道評判些什麼，真的囉！阿貓阿狗都隨便拉上來做評判，他們懂得什麼？叫他們唱首歌來我聽！我就第一個不服氣，喔！」

「真是可惜！」我搖搖頭說：「你的歌唱得本來不錯，應該不比他壞。」

他笑了一笑，臉上登時又有了光榮，嘴裏忙著應：

「哪裏，哪裏！你太客氣了，嘻，嘻，嘻……」

我真的是太客氣了，說句良心話，一見到他就自然而然心煩煩的，因為聯想到經常吵得上下不寧的所謂歌聲。

＊　＊　＊

參加歌唱比賽會後的「歌王」似乎已經名成利就，時常見他閒悠悠地在門前踱著方步，或是逗著小孩子玩，不然就是陪著幾個來找他的「怪人」出門去，三更半夜哼著歌兒回來，快樂得像神仙一樣。每天清晨在門前撳得「啤！啤！」叫的車笛聲還可以聽得見，慢慢地在時有時無中完全沒有了。「歌王」難道改了行？我有點兒奇怪。但是看他的行動又不像有職責在身似的，不然哪有整天在家享福的道理。

有這麼一個下午，好像要來場雨，我站在店外看天色，前面有人走來，陸陸續續的，我沒有多大留意。

「老闆！」這是一個熟悉的聲音。

我急忙一看——啊哈！「歌王」打頭，肩上扛著一個長長的六弦琴，身後隨了五六個高高矮矮的男女，人接人，操兵一樣。其中一個女的正是前次來找「四眼仔」的，這麼空閒地也走來了。我呆了一會，「歌王」向我搖搖手，一邊解釋的說了句：「練習！」

「練習？」我目送這一隊人馬過去，還有點轉不過念頭，樓上已經叮叮咚咚的吵起來了。不但琴聲在吵，歌聲在吵，似乎還有人在跳，熱鬧得很。我想：「歌王」準備開生活「爬地」（派對）罷？那個老房東臉青唇白地走出來問我什麼事？我怎麼知道。他凝神聽了一會，大概聽不出味道，一邊搖著光頭，一邊嘮嘮叨叨地不知咒些什麼。他們這一鬧就是到入夜，後來還是老房東上樓去干涉，和「歌王」真正吵了一頓，方才了事。

「歌王」眼巴巴送走好友們，卻很不服氣，找鬥公雞似的這裏碰，那裏碰，向我發脾氣來了。

「那條老蛇真沒有理由！」他的額角淌著汗：「房子租了給我，就是我的自由，我不過是找幾個朋友來練習練習音樂，你不喜歡聽，可以走開，憑什麼來干涉人家？王八蛋！」

「是的，是的。」我不知怎樣說好。

「本來就是的！你以為我怕他？最多去告我。我還不是當他死的！」

他的語氣很堅決，表示這種高尚的音樂會還要再上場。可是以後卻不見動靜，也許他有這種蠢幹的牛脾氣，人家可沒有如此的厚臉皮。同好們沒有來，「歌王」卻忙著出門去，隨身老是一把「六弦琴」，或扛或抱，怪有派頭的。看他真像有回事地時出時進，可能躲在某個地方埋頭苦練，不管成績如何，倒不能小看了他。不過苦練是一回事，卻練不飽肚子，吃飯問題總要解決，他好像不忙著做事找錢，我很不明白。直到有一天，我才明白他心中的抱負。

「老闆，有新歌書嗎？」他抱著琴，滿臉春風的走進店裏來：「近來實在太忙，沒有時間進來看。」

「我看你真的很忙呀！」我順口應答著。

「誰說不是呢？你以為組織一個音樂隊這麼容易！」他的臉色一下變得很嚴肅。

「哦！」我感到一場意外，真要對他另眼相看了。

「不過，現在好了。」他恢復輕鬆的神氣：「練習已經到了七七八八，出場大概可以不成問題，你老闆能不能多多介紹？」

「介紹什麼？」

「哪！結婚啦！做壽啦！開喜慶宴會啦……我們都可以到場，除了音樂，還有歌唱，包你滿意！」

「很好！很好！」我說，還不免有多少懷疑：「你本人擔任什麼？又彈琴又唱歌？」

他忸怩了一陣：「我和阿芳只擔任唱歌。」

到現在我才知道那個長髮女郎叫阿芳。我想起她，不由得又看看面前的「歌王」，有許多地方好像很符合，其中的奧妙處我說不出，總之同是性情中人就是了。

「很好，很好！」我還是這句話，因為我是外行人，實在沒有什麼好意見貢獻。

他在書堆裏去翻翻揀揀了一會，老規矩的沒有結果，卻抬起四方臉向周圍研究起來。

「老闆！」他的兩道掃帚眉猛然一擺，側起頭問我：「為什麼不賣唱片？你應該兼賣一些呀！」

「算了吧！」我苦笑著搖頭。

「為什麼？賣唱片好賺嘛！」

「我知道，但現在的情形不同了。」

「有什麼不同？」他大聲問：「人家開了一家又一家，不是好好的嗎？」

光說沒有用，他不是瞎子，聽也聽到了，哪家唱片店不是吊起買一送一的布條子，有些還送二呢！還不是照樣的「門可羅雀」？

「你說得對，讓我考慮考慮。」我說，其實根本不必考什麼慮。

他莫名其妙地表現很興奮，講了許多唱片業的好處，似乎非把我打動不可的樣子。我耐著性子裝作很用心聽，聽到半天慢慢聽到了意思，原來他有計劃灌唱片，正在鑽門路，看情形他的野心有實現的可能，如果我考慮好了，到時就有用得著我的地方了。

「真是恭喜你了！」我有點羨慕他。

「哪裏，哪裏！」他一直笑，「叮」一聲撥了琴弦：「請你多多指教！多多指教！」

看著他倒提著琴柄離開，耳邊送來輕輕的口哨，我似乎看到一個所謂歌星的成長。這下「歌王」可算入對了行，從此大可一展抱負，也不枉他天天在沖涼房鬼殺般吵的苦心了。

樓上的住客們雖然雜，但一向太平無事，除了「歌王」那次召開的音樂會熱鬧了一場，白天住客一出門，整座樓便靜得像廟堂，要想找人吵架都難。不想這樣和平的壞境，居然鬧起賊來，聽失主阿明哥說，他在午間回房睡了一覺，醒來發現擱在檯面上的褲子不見了，當時房門是虛掩的，為了貪點兒風涼，誰料就那麼巧！更巧的是當天失物在靠廁所間的亂草堆裏找到，褲袋裏的零星東西還在，單只荷包裏的一些錢沒有影子。

警察局裏來了人，查不出頭緒，留下的工作便是由住客們胡猜一氣，疑神疑鬼，不過唯有這個意見獲得一致同意：必然屬於內賊，知道屋主有不掩門午睡的壞習慣。但是大白天有誰留在樓上呢？一向口不擇言的老房東太太說看見「四眼仔」回來一趟，論起嫌疑算他最大。老房東聽了連忙整了她一頓，因為要落人罪名應有憑據，這樣糊塗的證人做不做沒有關係。

「歌王」當時不在場，什麼時候回來不清楚，明天一早就聽見他像牛吼一樣的聲音，和老房東在吵架，從樓上一直吵進地下的沖涼房。我以為是那件事情鬧起來了，聽聽又不很像，老房東一口一句：「點得卡！」那個卻糊了滿嘴牙膏泡，咿咿唔唔的一味頂：

「你驚死我不還嗎？驚什麼？丟！」

「快三個月囉！點得卡！」

「我不是說過，做一次還你嘛？」

「還鬼還馬？你哪裏找錢來？又沒有做工！」

「你知道我沒有做工？時間一到，一個月賺千把塊『比拉比拉』！」

「你想嚇我，做什麼工這樣好入息呀？」

「你不相信就罷！」

「相信！要等多久？」

「多久就多久，作一次算！」

「多久就多久？點得卡？」

「……」

我一面聽一面替「歌王」感到難過，事實證明，他所搞的音樂隊一定是沒有什麼起色，不然絕不會如此來丟自己的臉。但聽聽口氣倒又像有什麼好路數等著他，不久就會發達起來似的。那是什麼回事呢？難道真找到他所希望的門路，還是說來討人歡喜而已。一個人在窮途末路時還有滿懷希望總是好的，有事不做而依賴渺茫的希望就不好了。

從這次開始，三天兩天就聽見兩人吵架的聲音，老房東已經發出恫言要把他連人帶物扔出馬路去，「歌王」發了惡，一動手，差一點反把老房東震落樓梯下。這樣安靜了一個時候，「歌王」照舊早出晚歸，肩上扛著的傢伙不見了，人好像是消瘦了一些，偶然和他遇見作個招呼，頭老是那麼一仰，唇角往下一拉，不說話，神氣倒沒有變。我左右打聽關於他的動向，有人說看見他在坡底某家酒樓的歌臺上出現，也有人說時常在某會館的麻將檯上碰到他。只要一提起，老房東的眉頭就皺起半天高，連咒罵幾句都似乎覺得費勁，一味發怔就是。當然，他比任何人都更注意「歌王」，逢住客就問：「你知道『四眼仔』現在做什麼工？有錢了沒有？」真的面對面遇著了又一句話不說，大概對於那個怪物還帶點兒希望上的尊敬。

一天，來了個老婦人，指名要見「四眼仔」，人不在，改天又來，還是不在。問到住在隔壁房的大叔，他說似乎有好幾個晚上不見人回來。老婦人一聽竟賴著不走，拉著房東太太又喊又叫，很像發生了一場大事。後來聽房東太太說來人是阿芳的母親，因為有幾天不見女兒回來，聽人說她和「四眼仔」有來往，想來問問情形好放心一下，那裏知道兩個人都這麼巧。

「阿芳本來是車衣妹，後來到什麼地方唱歌就沒有做了。」房東太太補充說。

「不會到什麼地方去問嗎？」我說。

「去哪裏問？她又沒有講。二十幾歲妹仔囉！有的是自由……」

阿芳是帶了隨身衣物和證件離家的，不聲不響就走，笨人也想得到不是一件好事。「歌王」偏偏趕上時候，不背點嫌疑都不可以，知道有這回事的人都談得很興奮，但老房東卻像失了自己的的女兒一樣著急，幾次都想打進「四眼仔」的房間裏去看一看，人家阻止說不可！萬一他回來報失了百萬怎麼辦？好歹還是等一等。等等又近半個月，老房東横了心，三下兩下撬開門鎖一看：靠壁掛著幾件舊衣服，一張席子，一個發黑的枕頭，一個洋鐵罐盛滿香菸頭，東一個紙盒，西一個木箱，滿地板的廢報紙，小小的木桌上灰濛濛的擱了幾本電影雜誌，比較值錢的只有一個小鬧鐘，並排擺著那個榮譽的標誌——小銀盃。還有便是一張鑲上鏡框的小肖像。我聽老房東說整間房子像個垃圾箱，還要在門板上寫了幾個碗大的粉筆字：「房間重地，非請莫進。」

照老房東的意思，早該收回來出租給別人才對，現在「四眼仔」不辭而別，趁這機會連同房裏那堆垃圾一齊滾蛋不是很妙嗎？問題是萬一人回來怎麼辦？「他還敢回來？回來做什麼？」老房東說得對，聰明人到了這個地步，還不是有那麼遠走那麼遠嗎？於是兩個老傢伙加女兒一同動手，大家掩著鼻孔把房裏的家當請出去，和「土地神」做了兩隔壁。

空下的房子很快的給租出去，也許老房東有「前車之鑑」，這次的租戶是一對年輕夫婦，而且實收房錢先來兩個月，按月再收費。至於不知所蹤的「歌王」，除了一些可憐的紀念品外，算是整個兒給人遺忘了。哪曉得就有不合情理的事情出現，給遺忘的人居然有膽子走回來，公然找老房東理論，站在自己的房門口大呼小叫：

「我的房門鎖得好好的，你不是不知道，什麼原因你要另租給別人？什麼原因你不先得我的同意？什麼原因……」

「你不聲不響走了這麼久，我怎麼不租給別人？」

「你又不是我的『老豆』，為什麼走一步都要通知你？」

「我怎麼知道你還要回來呀！」

「我又還沒有死，怎麼不回來？」

「那，租錢呢？」

「錢，錢，錢！你那麼老了還整天想要錢，難道想帶進棺材裏？告訴你，錢在我的袋子裏，怎麼樣？」

老房東大概氣昏了，不理他。「歌王」卻越鬧越兇，「乒乒乒乒」在擂房門，進一步用腳踢。看看太不像話，在場的人都來勸。「你們說，有道理嗎？我剛剛回到，要睡在哪裏？」他問。

「歌王」的道理很充分，老房東對他沒奈何，最後商量妥當，暫時把他安置在客廳裏，等找到新窩後必須搬！

事情才算熱鬧過了，打後又來了大大小小一群人，前次來找阿芳的老婦人一馬當先，不知消息如何這樣靈通。逕直來找「四眼仔」要人。

「我的阿芳呢？」她一見到面就嚷。

「奇怪，你為什麼要這樣問？」「歌王」應答得同樣大聲。

「她不是和你一起走的嗎？」

「一起走又怎麼樣？」

「她人呢？」

「她自己有腳嘛！我怎麼知道？」

「你不知道誰知道？人是和你一起走的，你敢不承認？」

「我哪裏不承認？但是她自己願意的，干我什麼事？」

「你還要嘴硬！到底把她帶到什麼地方去了？」

「給我賣掉了！怎麼樣？」

「歌王」狠狠一頂，老婦人這下可傻了眼，追上對方要拚老命。「歌王」且戰且退，一張四方臉滿是水氣，退無可退時打橫門溜走了。老婦人聲言絕不罷休，除非從那個身上擠出人來。「歌王」一聽，更嚇得人影都看不見。直到上燈時分，才見他一閃一縮的在我的店面前出現，我迎上去，他好像見到了親人，對我訴起苦來。

「他們個個人都來欺侮我！」他用力抽口氣，一面向左右望：「我自問沒有得罪人家呀！為什麼個個都用難看的臉色對著我？回來沒有房子住，那還罷了，連找女兒的也向我要人，那不是頂豈有此理？我幾時替人照顧女兒來了！」

「你真不明白她的去向？」我細聲問。

「天地良心！」他指指胸口：「我們一班三四個人出門，到現在誰也不知道誰的下落。」

「你總有個耳聞呀！」

「聞什麼？她有她的路，我有我的路，她到哪裏去沒有告訴我，我怎麼去留心她？」

我仔細觀察他臉上的表情，希望從話裏證明我所思疑的。

「你們到底去做些什麼呀？」我問。

「沒有什麼，唉！總之不要去提了！」

他搖搖頭，像正好問到他的傷心事，然後扶了扶眼鏡，凝望著遠處灰黑的天空。我發現他的臉上泛起一片落寞的形色，久久一動不動。我不禁有點同情他起來了，問他以後有什麼打算，他似乎吃了一驚似的瞥過一眼，唇角露出一絲苦笑，沒有作聲。這時背後有人喚我，我轉過身去，再回頭時不見了他。以後我沒有看見他，問老房東才知道已搬開多時了。

「現在後生做人總是虛虛浮浮的，說得那麼容易，什麼千打千入息，不先照照鏡子，想學人家！他呀，要是一直規規矩矩的勤力做人，哪致到今天弄得神憎鬼厭？這個人如果還是不會變，遲早要走上絕路了！」

老房東的批評自有他的出發點，事實上「歌王」的所作所為，丟開和老房東的恩怨不談，的確十分不得人心。雖然說他是為了美麗的理想而奮鬥，但奮鬥不是要先把自己弄得半天吊，然後飄飄搖搖地去尋找飄飄搖搖的東西，結果可以想像得到。當然，話是這麼說，當初「歌王」在興致上頭竭力蠻幹，並沒有想到有今天的收獲，就是我又何曾看出他的蠻幹有不妥的地方來呢？

* * *

「歌王」搬走了，不知搬到什麼地方。聽說那個尋女兒的老婦人陸續來了一兩趟，可憐她還不死心，一直認為「四眼仔」在騙人，準備遇上了就拚老命。大概失去了對象，便留下口語，以後不見再來。這件事看來還沒有完，不過暗地裏我總相信「歌王」是無辜的，他人並不傻，不是敢回來領罪的這種人，不幸的是他成為失蹤者唯一的線索，麻煩就在這個地方。

是一個下雨的晚上，雖然已經歇下了，馬路上少見有人跡，時間也不太早，我準備收市休息，一個灰濛濛的人影匆匆進了店，站在書架面前湊近鼻子仔細找，手上挽著一個紙包，隨著身體一晃一晃的。從背後看去很覺得眼熟，他忽然回過頭來，對我露齒一笑：

「老闆，你好嗎？」

我幾乎傻了，那不是「歌王」嗎？半年多不見，人看去好像有點兒不相同，又說不出哪裏不妥，四方臉還是那麼刻板板的，眼鏡也在，只是唇上的胡子不見了，頭髮似乎修短了些，一身深色的粗布衣服，腳上一雙膠鞋，配起來儼然就是另一種人物。我再三打量，他胸前有一行紅色的字，看不出代表什麼。

「我現在做夜班，想找本書看看。」他一說完又湊近鼻子去。

我想了一肚子話，卻不知從何問起。他要離開了，我及時想起一件事。

「你有遇見過阿芳的母親嗎？」我在他的腦後問。

「什麼事？」他表示愕然。

「她要找你好久了。」

「找我做什麼？」

「阿芳的事難道你忘了？」

我以為他一定感到吃驚，果然不錯，他那麼地全身一抖，好像平白地高了一些：

「她不是早就已經回來了？現在新開的夜市場裏賣熟食嗎？」

這下輪到我愕然了。他走出店外，我送出去，有意無意地隨口問了句：

「你們的音樂隊怎樣了？還在唱歌嗎？」

他狠狠瞪著我一會，慢慢又是露齒一笑。這一笑的意思我想了許久想不出。

改天，我把遇見「歌王」的事告訴老房東。他聽了只顧燃起一根香菸，坐著翹起一隻腿，兩眼倏地一睜：

「真有這樣的事？他早就應該這樣做啦！現在工作有了，不知有談起以前還欠我房錢的事沒有？」

浮沉

下午，外頭打來一個電話，我拿起聽筒，耳邊隨即響起一道親切的鄉音：「先生，你好嗎？嘻嘻嘻！……。」

口音是男人的，聽來十分耳熟，只是老想不起來。

「你是哪一位呀？」我問。

對方又嘻嘻地笑了一陣：「張林呀！」

「哦！」我有些意外的驚喜：「什麼時候出來的？住在哪裏？」

「昨天傍晚到，住在老地方樓上三十六號房，晚上有空嗎？」

「好，到時見！」

擱下聽筒，我陷進了沉思中。張林，這個一向在東海岸地方討生活的中年小商人，又老遠地跑來吉隆坡做什麼？難道為了前次偷偷出走的那個迕逆子的事，到現在仍舊放心不下嗎？還是事情另有什麼新發展，逼得他不得不抱著多病的身子再次遠出家門呢？時日匆匆，回想起當時的情形經過歷歷還在眼前，但已將近四年了。

好像是一個周末的下午時分罷，我從公司裏回到家，從大門外便望見一個矮小的女人背影，斜斜插在一張稍嫌寬大的藤椅裏，只要一聽那特殊的聲調，不必見她那張鑲滿金牙的大嘴和微帶土氣的瘦臉，我便猜想到究竟是誰了。當然啦！十多年來彼此曾經是朝夕相見的老鄰居，雖然不見已有二三年，卻還不至於在另一個陌生的環境中把深藏的印象完全磨滅掉。

「先生，你回來了！」她打個招呼。

我一想起當年在東海岸一個小山村教書的時候。她的當家是當地的商人，又是學校副董事長，大家時有往還。後來停了教職改在商場中打滾，直到現在千里迢迢跑來這裏當個窮編輯，不想她還只管「先生，先生」的叫。

「林嫂，真沒想到，你怎麼找到來了？」我向廳裏四下張望一會兒：「只有你一個人嗎？」

「那還不是？」她的笑容突然斂了下來：「我一個人來也是不容易啊！你看，我怎能有時間出來，先生，你不是不知道，店裏人手本來就不夠，我一走開，巴剎裏的檔口就只好暫時關起來了！」

「難得有幾何呵！出門吃下風也應該了。」我打趣著說。

「有這麼好福氣就好啦！」她嘆口氣：「不是阿志這個衰仔，你就用繩子拖我也不會來這裏的。」

「阿志幾時來到吉隆坡？」

「已經有三個多月了！」

「真的？我從來沒有遇見過他。」我愕然。

「所以我很放心不下。」

「他從來沒有給家裏去過信？」

「從來沒有，他和爸爸吵了嘴，自己偷偷走出來了！」

「你就知道他一定走來這裏？」我有些懷疑。

「記得那個阿順古嗎？」她反問我。

「他？記得，我搬來這裏不久就見過他。」

「他不是好人，是鬼！阿志就是信了他的鬼話……」

她接著大聲數說阿順古種種的不是，怎樣居心不良，常常想要從他們身上打主意，阿志就是受了他的蠱惑，要老頭子籌出一筆本錢，到吉隆坡去合夥做生意，這件事不知和老頭子吵過多少趟了。

「先生，阿志以前還是你的學生，人是怎樣的應該知道，雖然現在年紀大了一些，不夠精明還是沒有變，叫我們怎能答應他？」她雙手一攤：「況且我們店中一直周轉不靈，實在抽不出多餘的錢！」

我面向她坐好，發現她那對細小的眼睛裏已泛出了紅暈。阿順古，那個短頭髮的年輕小伙子，從記得起的那一段日子中，他就在他叔父張林店裏當助手，我和他們是鄰居，因職位上的關係，張林常是我談天說地的對象，又因年紀上的關係，阿順古也成為我推心置腹的朋友。張林一談起他這個從大陸過來的侄兒就搖頭，他說哪裏是做事的，簡直是到他店裏來度假。阿順古呢？提起叔父兩老就生氣，又刻薄，又小器，對他沒點兒人情味。大家日久相處，我明白張林的苦心，他體弱不能多事勞神，兒女尚幼，女人的才幹又只能劈柴燒火煮飯帶孩子，一心寄望在這個唸上中學的侄兒能多少負起店中事務，好讓自己清閒清閒，多點時間搓搓麻將兒。林嫂到底是婦人家，她信任丈夫，卻不信任外人，侄兒沒來以前她還算是獨當一面的人物，辛苦打到的天下她總算是有一份，哪能這麼簡單就袖起雙手聽任小孩子去胡來呢？阿順古年紀雖然不大，但對事業存有不小的野心，他的發展計劃和叔娘的保守方策剛好背道而馳，於是心中顯得不大痛快，做事就敷衍起來。叔父看在眼裏，又聽在耳裏，免不了擺出點兒長輩的尊嚴，後來就乾脆認定這個侄兒已經無可救藥，不再當他是一名左右手，而是可憐他在賞碗飯他吃看待了。

「先生，這個山芭地方怎能有發展的一天呢？也難為你住得慣！」阿順古對我不只說過一兩次，在他天真的思想中，所有自甘居處在窮鄉僻壤裏的人都是非常奇怪的，一定沒有出息的。不料他到底遠遠離開了所憎惡的地方，隨一架推銷貨物的車輛到他所憧憬的天堂去。這一去大概不像夢想中的得意，有時是人回來，有時是信回來，不論如何張林每次都表現得不愉快。「錢！又是說要借錢！」他冷笑著對我說：「做生意，哼！有本事何必來求我？那邊的大頭家多的是。」

我真佩服阿順古的韌性功夫，儘管每次都碰到叔父的硬釘頭，要錢的信件還是像催賬單似陸續送到，張林一概按下不理，有時可能按捺不住火氣過來找我代筆，一邊罵一邊叫我照錄，罵得我都感到傷心。私底下我也曾給他去信，勸他長些志氣，好自為之，別在叔父身上枉費心機了。他有沒有收到我的信而受到感動，我不清楚。不久因時局動亂，在戒嚴法令下的小地方謀生困難，張林一家背了一身的債務溜到市區另求發展，我也扛起可憐的家當東飄西蕩，終於流落在這裏安定下來。以後我曾為些私事回去一趟，張林已經開了一間稍具規模的商店，還有分檔在百貨市場裏。我們見面沒提到阿順古，差不多把他完全忘記。真沒料到正當忘記的時候，又給面前的女人從我的記憶裏把他推出來。

「你見到阿順古？」我問。明知道這是多此一舉的。

「沒有。」她回答得很快：「阿志的爸爸吩咐過，到了先來見你，阿順古和你先生是老相識，會有往來也說不定。阿志的事就要多麻煩……」

「我只見過他一次。」我打了岔。那是我到來這裏的頭一年，阿順古忽然在我屋門前出現。後面跟著抱一個拖一個孩子的少婦，身材高壯得像頭駿馬。我不知他何時成了家。更驚異他的靈通消息。

他開口轉達他叔父的意思，要討取我以前所欠下的一筆生意往來帳。我推說要和當事人面商。他再談起生活情況，目前正在搞批發生意，很想設廠製造商品，遠景很光明，可是缺少一筆錢，要我入夥或借錢都好。我把這事都婉推了。他勸我多多考慮這個偉大計劃，走時留下他的住址，卻沒有門牌。「你隨便到一家店鋪去問，提起我某人沒有不知道的。」他這麼交代，一走以後就沒再見到影子，他留下的紙條也不知要在哪裏去找了。

林嫂隨身帶來阿順古以前在信上留下的通訊址，我經過一番考慮，覺得有必要盡一份老朋友的力量，雖然我極不願意去親近那副帶點虛浮色彩的嘴臉，但眼前的林嫂又何嘗樂意去見往日的仇家呢？「見到阿順古時少說話，聽我的。」我吩咐下來，別要仇人見面，分外眼明。事情尚未清楚就先吵個不亦樂乎，我可不高興。她的愁臉登時綻開笑紋，只那麼一瞥又消失無蹤。

我們啟程往市區走，由「的士」車夫送到離市區不遠的一處偏僻地方。下來一看，傍著馬路邊有幾幢歪歪斜斜的店鋪子，高高低低的木屋在熾烈的陽光下弓起背脊，到處亂草野樹，看去真像是扔在荒野裏的一些殘箱和廢鐵罐子，想不到在這繁華的的大城裏，還有這麼糟糕的地方。我就近走到一家雜貨店打聽，那戴老花眼鏡的阿伯想也不想便朝遠處這一比那一比，另外交代了一些話。再走上一段路，碰了幾次壁，總算碰進了阿順古的大門。

在灰濛濛的光線下，一個女人從水盆裏抽起一雙濕漉漉的手，一面往衫角上揩，一面向我們打量：「你們找誰？」她似乎不認得我了，但我依稀認得她，臉龐比以前稍瘦了些，挺著大肚皮朝我們走來。

「你們好像沒見過面罷？我來介紹。」我弄清了她們之間的關係。

做侄嫂的顯得一臉的迷惘形色，客客氣氣一番招呼，前前後後呼喚來三個小傢伙，團團圍著林嫂喊「叔婆」，高高興興地接過見面禮，一哄又走了個乾淨。

「真不巧！阿順古又過埠去了，不在家。」她抱歉地說。

「不要緊！」我說：「他的生意還不錯嗎？」

「生意是有的。」她的眼角掃過叔娘的臉：「唉！就是少了點本錢，你知道現在的店家都不大肯放期貨，什麼都要講現錢，苦就苦在這裏。」

「這是真的，也難為阿順古，的確很能幹。」

「還要說？挨了這麼多年，連這間亞答屋還是租來的。」

她繼續嘆息著說日子越來越難過，不是每天收些別人的衣服來洗洗補貼家用，單只依賴阿順古恐怕連水也沒得喝了。

旁邊這個叔娘似乎聽不出興趣，一對小眼珠只顧東溜西望，屋子的面積不大，一眼便可以從半掩的後門望出屋外的人家，她起身前後兜了幾轉，像要找尋些什麼，又像在研究屋子的形勢和構造，準備整座買下了似的。

「阿順嫂，我想問你一件事。」我悄悄指一指那個焦燥不安的叔娘：「你認識阿志嗎？有沒有來過這裏？」

「阿志？有的，什麼事？」

「那就好了！」我鬆了一口氣：「他在什麼地方？」

「不知道！」她用力擰頭：「大概在三個月前來過，住了十多天就走了，我以為他回家裏去。」

「他沒有說要到哪裏去？」

「沒有。」

「阿順古知道嗎？」

「要問他本人，我不清楚。」

「他什麼時候回來？」

她掉頭查看壁上的日曆：「快了，大概在這幾天內。阿志有什麼事嗎？」

「哦！沒有什麼事，他出來這裏久了，你叔娘想來見見他。」

「他早就離開了啊！」她急速的說：「我親眼見他提了一個旅行袋，阿順古送他出門去……。」人是有了著落，但又莫名其妙的不知跑到哪裏去了。我問林嫂的意見，她沒有什麼表示，只顧和新見面的侄嫂比手劃腳的談，一邊把鼻頭弄得悉悉響。

辭別出來，太陽已偏到前面一株古樹的濃蔭後，另一邊的小山頂湧起一堆堆的黑雲頭，山色已經朦朧一片了。

「林嫂，你要回家去，還是要住上幾天？」我沒精打采的問。

她沒理我，回過頭去向來路直視。我再問一句，她像驚覺過來，眨眨眼睛，聲音細得幾乎聽不清：「我不知道，怎麼辦？我沒有這麼多時間……。」

「住多幾天也好，等等阿順古的消息。一個二十多歲的人了，總不會給人拐走的。」

「先生，他從小到大從來沒有出過門，就怕他身上沒有錢！」

「沒有錢不是更好？他會想到要趕快回家去咯！」我說。

她不作聲，嘟起兩片乾癟的唇皮望著地下的馬路。陽光忽然在眼前一暗，刮起一陣風，一場驟雨恐怕就要到來了。

＊＊＊

林嫂在客棧裏已經呆了三天，市區地方雖大，她老是揀著我家裏跑，日裏我有公事，餘下的時間實在沒有多少可以為她奔波，其實呢，這麼大的城市去打聽一個人，傻子都會覺得好笑，何況阿志究竟還在不在這裏，天才曉得。唯一的希望是能見到阿順古，再不然就是指名道姓的堂皇登個尋人廣告。阿順古鬼知道他什麼時候回來，至於登廣告的事不過是我的想法，諒她一個女人在這時也作主不了。

「先生，我不能再等，明天要回去了。」林嫂終於這樣決定。

「回去也好，一有消息我會去信通知你們。」

她的聰明決定使我稍稍鬆了口氣，但意外地擱在肩上的擔子彷彿又沉重了一些，想起以後每天都有人在遠方焦急地盼望著我這裏的消息，心頭不覺就發起悶來。送走了林嫂，看看時間已近傍晚，橫豎靜不下心情做其他的事，倒不如再去訪問阿順古的好。

在萬家燈火中我走近一度拜訪過的小木屋，屋旁的空地上蹲著一部黑色的小房車，三兩個孩子傍在那裏捉迷藏玩。屋裏有碗碟碰擊的清脆聲，一個男人放粗喉嚨間歇地說著話，我站住門外一陣遲疑，背後有孩子的喊聲響起來：「爸，有人來！」我跨步進門去，燈光下兩個男女在飯桌邊朝我瞪起詭異的大眼，那個男的似乎跳著站起來。

「啊！是你？先生，我們好久不見了！」

「真的好久不見了！」阿順古的出現給我意外的驚喜：「你在什麼時候回來的？」

「今天中午。」他說，掃了一眼身旁的女人：「我聽得她說叔娘和你來，正想吃過飯去找你呢！」

他殷勤地讓我在僅有的飯桌邊落座，順嫂子捧起小半碗飯，邊扒邊起身走開了。

「你的生意做得不錯罷？」我坐下去，對著他那張比記憶中較為憔悴的臉孔，心底裏忽然泛起一般陌生的感覺。

「這種小生意，能賺碗飯吃就不錯啦！」他狠命噍了口飯，打開嘴噓氣。

「你也算作有本事，一個人走出來，現在已經有了一個家，真不容易啊！我說的是真心話。」

「本事？嘿，嘿！」他低頭微微一笑，忽地兩眼一睜，右眉角堆起一顆小肉瘤，正像一頭觸了怒的什麼小動物：「假如當日親戚能夠幫忙我的話，先生，不是我阿順古誇口，今天早就不住在這間茅寮了！」

「這是真的。」

「怎麼不真？你先生不是不明白我的底細。我有我的計劃。可是我那個叔父無情無義，一個錢都不肯借，沒有錢，你能夠做什麼大事業？」

他把前面的飯碗一推，索性吩咐女人把他收拾了，擺出一副準備和我長談到底的神氣。

「就像去年的三月間罷，我看準了一間好店鋪，做什麼生意都合適，正是一個發展營業的好機會。」他繼續說，猛向檯上一拍：「哪裏知道機會白白錯過了！」

「怎樣錯過了？」我奇異地問。

「怎麼不錯過？我三番四次寫信給我叔父，不要多，只要先拿出三五千塊錢來，其他的由我想辦法。他總不睬我。眼巴巴看著別人拿了去，生意老早做到大得不得了！當初我還說得分明：不想投資，就當作借我的罷。不行就不行！你看，這就是我的親叔父！」

「他可能真的沒有錢。」

「沒有錢？錢哪裏去了？到處欠下人的，不還賬，你以為我不知道？在吉隆坡和哪家商店有來往，我查得一清二楚，老實說不要使我太傷心，我只要去一翻他的根底，貨源登時絕斷，那時看他……哼！不要以為我辦不到！」

說來說去，到如今他還念念不忘當初借錢不成的仇恨，彷彿他落到今天仍舊非奔波受苦不可的地步，都是他叔父一手所照成。我默默地掏出一包香菸，他伸出焦黃的手指接去一根，極有姿勢地夾在指縫裏。

「先生。」他那眉頭上的肉瘤忽地一亮：「不是我一個人說我叔父的壞話，就是他的兒子罷，還不是一樣鬧翻了？」

「我在最近才聽到。」我想起了正題：「阿志到過你這裏來？」

「怎麼不是？幾個月前他一個人走來，帶了幾套衣服，問他，他說和老子吵架，出來這裏，要另求發展，他這個孩子志氣是有，可是錢沒有，我罵他一頓，沒有錢出來發展個屁！在我這裏住了不久，我趕他回家去了！」

「他真的回家去了？」

「這個人，我也沒有他的辦法。」他搖頭微微一笑：「他死都不肯回去，不肯回去怎麼辦？難道要在我這裏住一輩子？我就說：好罷！你有本事就留在這裏我理不了。他在流眼淚。流眼淚有什麼用？誰叫他笨，有決心要出來自尋發展，總要想法子帶來筆錢呀！現在回去還有的是機會。我一直給他解釋，他沒有作聲，我以為他已經轉心，送到車站時我先離開，過了十來天忽又在一間飯攤裏遇見他，他正在低頭洗碗碟，原來還在這裏！」

「我從來沒有聽你說過。」阿順嫂遠遠地把話接了下來。

「這有什麼好說呢？」

「他是你的兄弟呀！看你就不怎麼關心……」

「兄弟又怎樣？」阿順古嚷起來，猛地朝我一瞪：「就算是我的親叔父罷，他又何曾關心過我？先生，你說是不是？」

我連忙避開他那對莽牛似的眼睛，不置可否的點了點頭。他似乎很表滿意，可能因此勾動心事，一口氣把他的叔父和叔娘痛快淋漓地罵了十來分鐘，我惟有恭聽的份兒。

「你知道阿志在什麼地方？能不能見一見他？」我看看時間不早，該談到正題上去。

「這個你放心好了。」他伸出剛扔掉菸蒂的大手，好像要抓我呢，但只那麼虛按了幾下：「今天下午我早就見過他，訓了他半天，說真的，這些日子也夠他挨的了，當我一說起家裏來了人，他還沒有個主意，我逼得急，他才說很為難，不是不想走。」

「什麼事？」我急著問。

他把食指和大拇指迅快地摩挲幾下：「是這個！你說該死嗎？三兩個月下來，錢沒有撈到，卻撈到滿身債！問他什麼原因，不說。眼看這樣下去，就是死路一條！」

說到錢債的事，我也沒有主意，好歹有他的親娘在這裏，用不著由我這外人來傷腦筋的。我追問阿志的下落，他告訴我仍舊在某條街的飯檔裏洗碗碟，不過現在不合時，飯檔早已收市，人也不知往哪裏閒蕩去了。

「你沒有說他的母親就等在客棧裏？」我感到奇怪。

「沒有用，一說起母親來了他便先怕起來，問我有沒有地方躲？」

「萬一又躲開去怎麼辦？」

「明天不妨去找找看，他這個怪人，我可不能保證了。」

匆匆起身離開了阿順古，心中沖塞著莫名的興奮情緒，我想：當那憂愁的母親聽見了這個喜訊，該如何的開懷呀？來到市區，走進林嫂住宿的客店，這時大概是旅客們正當出門的遊樂的時候，店裏很靜，一個管房模樣的中年人從煙霧迷濛的檯子邊抬臉注視我。

「啊！那個女客不在，出去了。」他嗆咳著說。

我就近找張椅子坐好，等了一會似覺不是味，起身走出店外。外面車來人往，車頭的燈光像條條利劍，一下子刺透了騎樓下的陰影。一個矮小的人影沿著一邊的走廊慢慢移近來，被橫掃而過的光閃映清了一張熟悉的女人臉。

「林嫂！」我輕輕地叫。

她像吃了一驚，霎一霎細小的眼睛。

「想不到你會來。」她說：「我閒得無事，出去街邊跑跑，看見一個卜卦算命的，就在那裏多停留了一些時候。」

「你決定明天回去了？」

「是的，不回去又怎樣呢？」她邊打開衣箱也似的手提包。

「我剛才見到阿順古。」

「他回來了？怎麼說？」

「他說見到阿志。」

她的一隻手停留在手提包裏，像拼盡全身力量似掙扎出一口氣：「真的？在哪裏？」

「不遠，現在來不及，還是等明天罷！」我說。

她呆了一會，突然發覺到停留在手提包裏的一隻手，匆忙搜出一張小紙頭，隨手一捏，拋進旁邊的水溝裏。

「衰鬼算命佬，給他嚇了我一跳！」她的臉上居然有了笑容。

＊　＊　＊

阿志已經有了消息，林嫂可以說不虛此行，等一會他們母子相會的一幕是不是抱頭大哭，還是一個追一個趕呢？我實在不敢去想。在路上的林嫂一直沉默，她的心情緊張複雜是理所當然。我呢，就有點莫名其妙地感到心頭空虛虛的，又彷彿氣鼓鼓的很不舒服。

「大概是這一家了。」我端詳著一家飯檔的招牌說。

這是一處熱鬧地區，一連幾家的熟食檔，在我面前的這家四五張桌上都坐上了人，掃過一張張人臉，看不見有阿志的在裏面。林嫂筆直往裏走，老主顧似地在廚房裏打了一轉，伸長脖子左張右望。一個夥計迎了前來，把椅子敲得震天價響。

「我想問一個人。」我細聲地說。

「誰？」他像有點意外的皺起眉頭。

「阿志。這位是他的媽媽，找他來的。」

「找阿志嗎？」一個大姑娘接了話，圓圓的臉，透出幾分憨氣：「他說家裏有人找他回去，昨天就辭工走了！」

「他到哪裏去？」

「不知道。」

「他住在什麼地方？」

「就在這裏。」她指指裏頭的一塊空角落。

我瞧瞧林嫂，她還在左張右望，似乎不相信呢！我很了解作為一個慈母的心，但為人子者偏偏不能體恤，只憑自己的意氣用事，怎不教我這個外人見了要生氣。大姑娘似乎很熱心，問長又問短，可是談不出一個頭緒來。

「我們走罷！」我對林嫂說，打頭走出外面。

「他會不會在客棧找我？」林嫂還存有一線希望。

「試試看，最好是如此。」我嘴裏應著，暗裏在想，他有意要相見的話，也不等到今天了！回到旅店查問，證實了我的猜想正確。林嫂發怔了半天，又妙想天開起來。「他會不會自己先回去呢？」她喃喃說，自個兒又搖搖頭，把眼睛揉得通紅。

「可惜你就要走了，不然我……」我猛地記起阿順古對我所作的手勢：沒有這個，他走不了！那麼他不可能就溜得蹤跡不見。

「我還是走好。」她想了想，從大提包裏掏了掏，拿出疊鈔票：「這件事還是請先生多多幫忙，假如見到他，就請你把這一百塊錢交給他，叫他無論如何要回去……唉！好好的人不做，要在這裏當叫化子，這個人……」

「現在就走？」

「還要再等嗎？」

「我想再去見阿順古。」

「我看沒有必要了。」她想了想，把錢塞在我的手裏：「如果阿志有意來見我，早就來了，用不著再跑來跑去。現在我知道阿志在這裏，就放得下心，以後你先生見到他，千萬要替我解釋解釋，他這個人肯做事，就是脾氣固執些。」

林嫂既然決定要回去，我只好說聲再見！茫茫然走到市街上。公司裏已經告了半天假，空閒是有了，可是心情卻不輕鬆，老覺得我應該向某一處地方走，卻又踟躕著不知有沒有這個必要。阿志似乎是有意躲避著老母親，難道他真和家裏人決裂到不可彌補的程度？或者說這個大地方的環境更適合他的愉快生活，但據阿順古的評論來看，他簡直在受苦受難，就在剛才所聞所見的，更證實他不比在家當少爺的開心。「他的脾氣固執些！」我又想起林嫂的話兒。固執到連受苦受難都不怕，那是很好的事情；但固執到和我捉起迷藏來，那就不太近情理了。

我決定再到阿順古家去一趟，儘管他對阿志的忽然不知去向也表示非常意外，多少總可以幫個忙代為留意一下，鬼叫他們是兄弟輩，我又是被多多拜託的所謂老朋友呢？當我行出旅店不遠，似乎有一道十分熟悉的聲音在附近叫住我：「先生！先生！」我抬頭回顧，一個人站在對面的店鋪走廊下對我招手，臉上笑得張牙咧齒，想不到竟是阿順古！

「我正想去找你呢？」我說。

「我知道，我知道！」他一把抓住我的手：「我也等你好久了，這裏來！」

「怎麼，你在等我？」我跟他走進一家咖啡店。

他不回答我，卻指著靠壁的一張茶桌：「你看，那是誰？」

茶桌旁有一個人站起來，愛笑不笑的歪起嘴巴，兩邊的眼尾往下垂，正在強打起精神似圓睜著。

「先生！」真像是女孩子的聲調。

我仔細看清些，他正是該打的阿志！當年見他時，還像是只被陽光炙壞了的馬騮精，現在站起來居然跟我平高了。我從頭到腳再把他研究一遍，越看越有氣，阿順古反而呵呵笑著要我坐下來，勸茶勸水的忙了一陣。

「我看見你們去找阿志，知道你很快要回來，所以我們就在這裏等。」他說完又笑：「果然給我猜著了！」

對他我只有瞪眼睛的份兒，看看阿志，不由得我不發點兒脾氣，把驀然相逢的驚喜心情都壓了下來。

「阿志，明知你的媽媽老遠過來了，你不去見她反而躲開去，算是什麼意思？」我大聲問。

「我……我不是有意的。」他的眉尾垂得更低些。

「唉！不關他事，不關他事！」阿順古趕緊搖搖手：「他說不知道媽媽住在哪裏，今天一早來找我，我陪他出來時你們剛好就走了。」

「那還不遲，你快去見她，大概還沒有動身。」我催促他。

他沒有動，用眼角撩撩對面的堂兄。

「行李還在我的家裏呢！」做堂兄的接了口。

「你去見了她再說！」我起身催駕：「這裏一百塊錢，你媽媽托我交給你的，不要掉了！」

他一把接過，只是屁股擺了擺，沒有起來。

「才只有這一點錢嗎？」阿順古忽然發出驚訝的呼聲：「也好！阿志，你就去見一見，不要緊，今天走不了，還有明天。」

「一定要我去見她？」

「怎麼不要去？」我真不敢相信天下間有這樣的混蛋兒子。

他又用眼角撩撩堂兄，卻不像剛才的滿臉哭喪相了。

「你就去吧！」堂兄用手那麼一揮。

他開始起身，兩眼直視，鼻頭悉悉有聲，左一擺，右一擺，雙手搖得比雙腳還來得快，正像當日小時候叫他出來站堂的樣子。我的心裏忽起了另一番感觸，他似乎只信任那位堂兄，我這個以前作為老師的，在他眼裏早已失去尊嚴的光彩了。

旁邊架好大腿的阿順古一股勁在抽菸，半瞇著眼正在享受什麼無窮樂趣，猛地從椅子上一跳，在我身邊掠過一陣風，見他趕上剛下完石級的阿志，交代完什麼事情又猛拍了一陣肩頭，回過頭來滿臉是笑容，一隻手還搭在衣袋口。

「先生，我們好久不曾坐下來靜靜談過心事了！他伸手打個懶腰，看了看腕錶：「來，我們找個地方談談去！」

他打頭先走，越過一段馬路又走過一條長長的走廊，推過一道彈簧門進去。迎面一道寒流襲來，眼前隨即一暗，彷彿從光明世界一下掉進陰森的地窖中，我聽到他在我身邊說：「這地方你未曾來過罷？坐坐沒有關係。」

我站立著，極力壓制心中的一股奇妙的陌生感覺，朦朧中一隻飛鳥似的身影掠上來，在阿順古的肩頭上猛拍一把，嬌聲嬌氣的嚷：「衰鬼呀！現在才現形，我以為你失蹤了呢！」阿順古似乎痛得有趣，只管呵呵大笑，兩個人一攙一扶著往裏走。

「咦！你還站著做什麼呀！」阿順古在那裏叫。

我的眼睛逐漸亮起來，在血也似紅的黯淡燈影下，我找到阿順古和一個長髮的女郎。

「我替你們介紹。」阿順古儼然成了主人身份：「她叫莉莉，這位先生是……」

那長髮女郎一直吃吃地笑，我真懷疑她有神經病。看阿順古和她相好的情形，就明白彼此的交情可不只一天。

「你看她怎麼樣？」等女郎轉身到櫃邊去了，他目送著背影問我。

「什麼怎麼樣？」

他直瞪著我一會，自管自笑了笑，沒有回答。

「你好像是常客呢？我微微有些奇妙的感觸。」

「那有什麼辦法？」他極不願意似拉長了聲調：「一個人出來大州府地方，交際應酬能免得嗎？人家談生意，談交情，都找到這種場合，你好意思不來？你先生是少見多怪了！」

也許他說得對，我是少見多怪了，不明白在大州府混的人，那能脫離交際應酬拉關係，與其正板正眼地，談談說說，拉拉扯扯，倒不如左美人右醇酒來得夠風雅，更有人情味。可是在這樣優美的氣氛中，我老感到心裏不自在，彷彿有一道無形的鎖鏈，把我思想上的自由都給束縛住了。

「怎麼？你不舒服嗎？」快活的阿順古忽然回頭問我。

「阿志不知怎樣了？」

「有什麼怎樣？」他拿起酒杯：「我的話他能不聽嗎？來，來，來！這裏不談他，我們喝一杯！」

他真的一仰臉，滿滿一杯酒就見了底，然後把杯子往小几上重重一頓，嘴裏嘖嘖作響。長髮女郎趁機依偎過去，他一手繞在她的腰肢上，就像很應該有的禮貌般的。我連忙把頭擰開去，不禁想：他已不是以前土氣十足的阿順古了。想不到幾年的城市生活，給他滾得渾身的文明氣味，一經比較，便顯得自己的庸俗，我們之間相距太遠，好像沒有什麼可以談論的，我真後悔不該一道來。

＊＊＊

阿志回家去了，那是阿順古特地前來告訴我的。他說還有一件秘密的事。要出外去商量，商量的結果大家不歡而散，因為他懷疑我發了財，要求我周轉周轉。

我很難過，卻落得清靜，當然我不希望他因此絕裾而去，除了傷感情的錢財事不提，大家還可以做好朋友嘛！

一天，我在外辦點公事回到辦公室，見檯上壓了張便條，那是同事寫下的，條上說有姓張的來過電話，約我到某一間旅店見面，沒有寫下姓名，我猜想可能是老友張林。後來會了面可真是他，還有一位花白頭髮的王姓老朋友。

張林素來身體不見好，這次突然發起遊興來，真是意料不到的好事。我見他比往日消瘦些，本來就不見多少肉的臉龐更顯得皮包骨而已了。

「先生，我真不好意思再驚動你。」他極力裝作歡愉的表情，但隱藏不了流露在眼神裏的憂鬱：「這件事又不得不麻煩你，千萬不要見怪！」

「大家都是老朋友了，你說說看！」我暗中嘀咕。

「你遇到阿順古罷？我想見見他。」

「大概在半年前見過，你真想見他？」

「正是。」

「我可以帶你上他的家去。」

「我們已經去過了！」他望望身旁的同伴：「他搬了家。」

「我一點兒都不知道！」我驚奇地說：「你們這次到來就是為了要見他？」

他低頭不語，似乎在考慮什麼問題。姓王的朋友卻接口了：

「他要見阿順古，查問阿志的下落。阿志在三天前從銀行裏提了三千塊出來，就沒有回到店裏，懷疑他又跑出吉隆坡來找阿順古。」

「有這樣的事？」我大吃一驚。

「我也不相信他有這樣大的膽子！」張林完全不隱瞞心中的激憤：「自從那次回來以後，看去倒很安分，店裏交代下來的事，都做得不差，我想大概是受了一次教訓，已經變好了，慢慢就相信起來，你知道我的精神一向不好，女人又不識字，他能交代得下不是最好不過？哪裏知道他敢冒名簽了一張銀行支票，錢領到手竟溜走了！好得給我查到，登時就追出來。」

「事前你一點都沒有發覺他的不對？」我問。

「發覺？我怎能懷疑到他忽然有這一手？」他深深嘆氣：「不怕你先生笑話，我正在全心全意替他物色一個對象，二十多歲的人，結婚不會太早罷？有了個家以後無論如何會改變想頭，使他安分下來，誰知那件事才講妥當，那個鬼呀……」

「他沒有表示不滿意？」

「沒有，相親過後回來什麼也沒有說。」

假如張林說得不錯，阿志早存有離家的計劃，絕不是為了反對這頭婚事的問題。他這次帶了筆錢走，很有可能和阿順古有關係，以前阿順古不是口口聲聲嫌他身邊沒有帶錢，便出來撈世界的不對嗎？那次他勉強答應回家，就是為了實行這個目的也說不定。

「阿志和阿順古之間，有沒有時常書信來往？」我要進一步證實我的猜測。

「好像有的。」張林想了想：「我沒有特別去注意。」

我呆呆望著這個半生營營逐逐的小商人，前一次兒子的出走他可以無動於衷，今次為了三千塊錢竟抱著病體匆匆趕來，看起情形錢比兒子還要可愛，不追回手裏他會不甘心的。

但是，他有辦法嗎？唯一的線索在他的侄兒身上，現在連這一條線索都斷了。

「我要報警！」他的額角暴起了青筋，整個人彷彿高了一些。

「報警？告阿志還是阿順古？」我緊張起來。

他傻了似直瞧著我，又掃掃那個同伴，好像在徵求別人的意見。

「你說告誰好？」他問我。

我幾乎要笑起來，王姓的朋友及時代我回答：

「唉，算了罷！財去人安樂，總之錢不是落在別人手上，要告嘛就告阿志，難道你要和自己的兒子打官司？」

「你的意思是由他去？」張林簡直是喊著說。

「只好如此了！爺賺錢，子享福，天公地道。你當他這次是預支好了！」那個朋友說完後哈哈大笑。

張林的瘦臉上迅速掠過一道迷惘的形色，嘴角微微牽動，大概也想來一個會心的微笑，然而他只是嘟噥起來：

「什麼都是他的媽媽誤事，我早說過：要討飯吃也趕得狗開了，由他去。偏偏要找回來敗我的家，丟我的臉！別的還好說，那女家方面要怎樣去安置呢？」

「還不容易？對他們說不成了，推掉就是了。」

「王老兄！」張林顯得很吃力的說：「照你看來，什麼事都可以不要緊，難道這次我約你出來是特地吃風來的？」

「唉！到現在你還看不化？不趁這個機會出來散下心，人海茫茫中你真想把人尋出來？」

「我要報警！」又是那句話。

「和他打官司？」

「何止打官司，我要劏了他！」

這個瘦弱的中年人一骨碌從沙發椅上跳起來，一臉扭曲得不成樣子，像要直撲向對方身上去，可是卻一個轉身走進洗手間，「乒乓！」便推上了門。

王老兄直搔那花白的頭，對我發出苦笑，低聲說：

「年紀一來，火氣反而更大，他人呢本來就沒有什麼，只是錢財看不化，這一次夠他受了，回去怕要大病一場不可！」

我默默不語。本來故友異地相逢，歡喜的話說也不盡，哪料到氣氛如此別扭，誰還高興得上來。王老兄還是東拉西扯，一邊搖頭嘆氣，忽然又問：「你真不知道阿順古的下落？」

「你不相信？」我不大樂意。

「那就好！」他對洗手間那頭望一眼：「就是知道你也要推說不知，事情還不清楚，他們兩叔侄不見面的好。我這次陪他出來，就是為了息事寧人，你知道氣頭上的人什麼都做得出……」

我這時聽到門兒一聲響，張林木然的臉孔又映現在我的眼前。

「先生，我們走！」他像不耐煩似叫。

「到哪裏去？」我問，望望王老兄，他的嘴巴張得老大，鼻頭的眼鏡都除了下來。

「我差一點忘了！」張林說：「大家老朋友，不要客氣，找點吃的去！我還想喝點兒酒。」

還好，我以為他立刻要到警察局去呢！王老兄遲疑了半天，還賴在椅子上不肯起來。

「咦！你幾時又喝起酒來的？」他緩緩掛起眼鏡問。

張林對著玻璃窗外的朦朧夜空凝視不語，然後側過臉來微微一笑。這一笑雖然不像很開心，但卻使到我連鬆了幾口氣。

＊　＊　＊

那一晚我們在一家飯館坐到很夜，張林果真喝了一些酒，一杯到肚話兒便多，萬事談過又轉到阿志身上，對著我聲色俱厲地足足訓了二三十分鐘，儼然把我當為使他痛心疾首的忤逆子般的。我記得王老兄這樣安慰他說：

「家無浪蕩子，官從何處來？他既有一番雄心，你就強留著他在家裏終歸沒有用，當作給他筆錢，讓他自己出外面去混。混得好，錢沒有白費，混得不好，也可以長點經驗，子弟大了，不叫他出去歷練歷練，將來怎能望他成材呢？何況你現在又不真正缺乏一把人手……」

「我只是怕他上了人的當！」

「這就是給他的經驗來呀！」

王老兄的一番話使他沉吟下來。離開飯館時他已有些醉意，頻頻拜托我隨時留意阿志的行蹤，他自己還想留下來多玩幾天，並且問明我的住址說要踵門拜訪，可是他們沒有來，兩天後打電話到旅店查問，他們在早上剛剛起程回去了。

在那一段日子裏，我常幻想著忽然有一天阿志或阿順古會碰上我的門來。每逢上街或到熱鬧場所，我總要聚精會神地在人叢中端詳每張臉孔，碰巧的話便是得來全不費工夫。我想起阿順古曾參加過同鄉會，到去一打聽，他老兄多年絕跡未到，幾乎連大名都給管理人忘記了。我又想起阿志以前洗碗碟的地方，可是只在遠遠的眺望，因為我實在不敢相信腰纏數千金的大少爺，這下子還有興趣蹲在角落裏盛水玩。

一年過去了，我沒得到其中任何一個的消息，倒聽到張林跑了衰運，弄到債主盈門，店鋪開不下去，以後就像石沉大海似失去了聯繫。而我的一番緊張心情也跟著時日逐漸鬆弛下來，簡直忘了塵世間還有阿志和阿順古兩位寶貝。轉眼又是兩年光景，彷彿做了一場夢，這次張林突然又出現在我的記憶裏，不由得我不惕然心驚起來。

「鈴！」巴士車上的鈴聲喚起我沉沉的神智，望出車窗外，那幢幾層的舊建築屋在暮色中閃亮著幾顆小眼睛，三年多前我曾經到過那裏會見故人，而現在又走著老路，見的還是同樣的人。

下了車，我朝向旅店走去，離開不遠的地方似覺樓上的窗口有人探了探頭，又急促閃開。步上幾級樓梯，耳邊聽到上面有人嚷：「來了！來了！」聲音好熟。來到樓梯盡頭站穩了，眼前高矮肥瘦的聚了一堆人：王老兄、張林、一個很像阿志的少年人、阿志！還有一個似曾相識的胖小姐。

「先生！」張林臉上笑得像朵花，幾年不見，嘴上多了幾根黃毛鬚，人還是瘦成老樣子：「來，來，來！我們出去談談。」王老兄一把握住我的手直在搖，嘴裏不知說些什麼。我的注意力卻完全放在阿志身上，這個荒唐東西比前白淨了多少，下垂的眼尾掩藏著兩顆閃爍不定的瞳仁，咧開大嘴對我愛笑不笑的。什麼時候他的肚皮變得圓鼓鼓地，看去就像是隻養肥了的猩猩。「先生！」他輕輕叫，想不到他還會說話。

張林顯得很高興，一馬當先趕著跑下樓，我傻子似隨在他們身後跟。阿志在街邊截了兩部「的士」，大家分別來到一間高等酒樓裏。

「大家隨便吃！」張林叫了滿桌的菜，大聲招待起來，簡直像做好事一樣。王老兄嘿嘿連聲，手裏的筷子一下一下往菜盤中落。對面的阿志歪起嘴巴只顧著望著面前的杯子微微笑。那個胖女坐在一旁，眼觀鼻，鼻觀心的一派莊嚴法相。

我的視線從張林和阿志之間來往了幾趟，聽到王老兄在我身邊說：「唉！你還在想什麼呀？」

「我想起他們兩父子是怎樣相會的？」我細聲地。

「我告訴你好了。」我老兄用筷頭輕輕向對面一點：「前幾天他們兩個到我家裏來找我，我帶他們去見張林哥，大家約好出來這裏跑一轉，就是這樣了！」

「沒有什麼事？」

「事？事倒有一點，請問這位新家翁。」王老兄掉轉筷頭朝張林一點，仰起臉作火雞叫。

我立刻向張林望去，他早已高高舉起杯子，沒嘴地說：「慢慢再談，慢慢再談！」

他們故作神秘，我只好暗中瞎猜，什麼新家翁，這不是說阿志有了喜事？我再仔細打量那個女的，老覺得很面善，總不像是幾年前張林所提的那頭婚事，到今天方始大功告成，一塊兒到這裏吃風來罷？可是當日那場糾紛，又怎樣和解下來的呢？聽王老兄的口氣，他們父子相見是最近的事，幾年中阿志又遭遇到些什麼經歷呢？

「阿志，好久不見你了！」我找個機會問：「一向在什麼地方？」

「就在這裏。」他忸怩一會。

「就在這裏？做些什麼？」

「在飯檔裏幫手。」他望望身邊的小姐。

我想起來了，難怪那小姐看去老是存有點兒印象。阿志一直躲在老地方，真是一場意外的事。

「你從家裏出來，就去賣飯？」我問。

「不是。我在阿順古公司做生意。」

「做什麼鬼生意！」老頭子突然接了口：「他才相信阿順古那個傢伙的話，開什麼廠，製造什麼日用品、化裝品，冒別人的嘜頭做假貨。不到半年統統『鹹家剷』！是囉！做生意真說得那麼容易，人人都發達了！」

阿志低頭看手指，習慣地把嘴巴往一邊狠命的抽搐。

「那是真的嗎？」我面向阿志：「他人呢？現在還有沒有時常在一起？」

「你說誰？」張林又把話接過去。

「阿順古。」

「失蹤了！」

「什麼？」

「你問他！」老頭子用下巴那麼一兜，沒好氣地拿起筷子往菜盤裏伸。

阿志經老頭子一提，似乎微微一怔，抬起頭和我打個對照，半閉的眼睛居然閃出了異樣的光芒。

「是這樣的。」他的喉頭咯咯響了一陣，偷眼先瞄瞄他的老子：「我們的生意做不成了，他就說去做無本買賣——收字票。他有門路，我跟著他走，收到的錢都交給他，他交到哪裏我就不知道了。起初成績不太好，慢慢人面做熟了就很不錯，分得的『甘仙』（佣金）比做生意好得多，我暗暗高興。有一天早上忽然有人來找阿順哥，拿著一張字票的條子說是買中了昨天開的字，要立刻領錢。生意是阿順哥自己經手的，大家都是熟人，商量了一會就一起出門去找頭家拿獎金。阿順哥叫我們在茶店裏等，因為頭家是不能見外人的，哪知一等就是大半天，連個鬼影都不見，我還以為他先回家去了呢！家裏也說沒看見，就這樣不知哪裏去了！」

「到底中了多少錢？」王老兄急忙放下酒杯問。

「大概有十四五千左右！」

「嘿！這個人……」張林搖搖頭，下面的話含糊不清。

暫時的沉默。

「那個人呢？就這樣算完了？」王老兄趕上了興趣。

「還要說，才兇呢！」阿志又掠一眼他的老子：「他一天來過幾趟，同著幾個人，又喊拆骨！又喊拆屋！賴著不走。我看光景不像樣，偷偷帶了衣物從後門先溜走，在朋友處暫時住下，以後我到處去訪查他的消息，所以記得的地方都去過了，終於遇見一個在酒吧做『媽咪』的熟人，她說早幾天見他來找莉莉。我問起莉莉，她說已經辭工回家去了，家在哪裏不知道。算算日子，正是叫我們在茶店裏等候他的那一天。」

「什麼莉莉？」王老兄一臉的疑惑。

「一個長頭髮的酒吧女郎。」我說。

「先生，原來你們是相識的？」阿志大驚小怪起來。

「很久以前只見過一次。」我把當日的經過情形說了一遍，猜想總是她無疑了。

「我早就看穿了他這種人……」張林又在搖頭。

王老兄閉目想了想：「他連老婆子女都不要了嗎？我不相信！」

「不相信？你怕他做不出來？」

張林對這個侄兒成見實在太深，只要一經提到在表情上就要怪模怪樣，說的也是冷言冷語，差不多已變成仇人似的。我暗地裏嘆息起來。

兩老爭論了一會，只聽到阿志那種像貓叫的聲音又再響起：

「阿順哥走了以後，阿嫂住不下去，帶了四個孩子回到娘家裏，聽說在路旁擺檔賣雪水，我就從來沒有見過他，不知現在怎樣了？」

「聽見沒有？我說像他這種人該不該打靶？」張林還是那副不屑的神氣。

王老兄眼望著我，臉頰在燈光下映得紅紅的很好看。他的意思在眼色裏已表露出來，要我對阿順古的事表示點兒意見。但是我有什麼好說呢？不該做的已經做出來了，人也早走的走，受難的在受難，何況在背後隨便批評一個尚未能深刻了解的人，等於是對他的侮辱。張林本人所以心存不滿，自有他是理由，當然不是為了他敢公然拋妻棄子，以致罪無可赦的緣故。

女侍前來給各人添上酒和茶水，我在偶然中發覺一直呆坐在一邊的胖小姐。

「阿志，你還沒告訴我以後的事呢？自他走後你又做些甚麼？」我注意著他漸漸扭歪的嘴巴。

「我做過工廠雜工，嫌沒工錢。又做過泥水，嫌工作不定，做不習慣。後來我遇見阿蘭的爸爸，他叫我不如到檔裏去幫手，我就答應了。」

「哪個阿蘭？」

王老兄忽然用手肘碰碰我：「那個就是啦！人家下個月準備要『交姻』（結婚）了！」

我不覺再多看這對璧人一眼，阿志也傻楞楞的望著我。我在想：這城市好比一個險惡的大海洋，他那精明的堂兄在裏頭浮沉了多年，終於在風浪中寂然消失，楞頭楞腦的他反而安然渡過種種風險，那不是奇跡嗎？

「爸爸，哥哥在這裏做生意，下次我也要出來，好不好？」張林身邊一個少年忽然開口問。

「什麼？你又來了！」

「唉！張林兄！」王老兄半閉著眼，嘴裏還有塊東西在蠕動：「家無浪蕩子，官從何處來喲！」

「那麼阿順古呢？」

「沒有阿順古，那有今天你這個新家翁喲！」

我的耳邊立刻響起一陣像火雞的呼叫聲，引起我的心情一陣迷糊……

房客

那個賣豆腐的女人上門來吵鬧好多回了。

有一天，她照樣抱了個光景才學行的小娃娃，散在額前的短髮，兩隻眼睛紅得想吃人，一上門，東張西望，拉長了那兩片厚厚的唇瓣：「事頭婆！事頭婆！」原來她永遠記得找我呢！

看見她的臉，我分不出自己的感覺是頭痛還是討厭。我雖然知道她的上門目的不在乎找我，但她要跟屋裏的一位女房客鬧呀！我是房東，鬧起來還少得我的份？照說這又大可不必操心，她們鬧她們的，好鞋不往牛屎堆裏踏，儘管躲開去好了。然而當事人卻走了幾天不回來，不回來也好，我是房東，找房客不著還不捉房東是問？有時房東會讓房客惹來滿身蟻，不要不相信啊！

閃著走的女房客不是誰，就是全地方最架勢的「財富娘」。不看別的，單看她臂彎裏兩天一換的手提包，就叫我心神不安。我常想：她太浪費一點了吧！但她有一位會找錢的丈夫，源頭有活水，去了又流來。像我，我有什麼呢？自從老鬼赴了閻王宴以後，只留下這棟白鋅屋，月中也只指望收點房錢呷口飯。那還不算，一個遠房的侄兒，每月三趟兩趟走來，總是向我伸長手。我不給，他鬧；我給了，他笑。想起吃著天定，要苦也苦定，橫豎自家跟前無半男只女，侄兒也罷，叫我叔娘我就鑾開心；除非身邊十分的不便，不過也沒有幾次說不便，入息雖少，量入為出總妥當，我就這樣無愁無慮過了七八年。有源頭活水的「財富娘」比我過得更快活，大概說來誰都要點頭。快活嗎？當初我說對，現在我不了，不信叫她趕緊出來見人呀！湊場會，「會仔」標了幾天交不出一占錢，找人，人沒有，聽說席捲了所有的會銀走了路。會頭走路也聽多了，總是捲走十頭八千或三千五千的。她呢？全部合計不上三百塊！一個堂堂的「財富娘」，才值得這一點錢，誰又會想得到？

說就從頭說了吧，誰叫她要給麻煩我理呢？那個「豆腐婆」老對我表示不滿意，光景怨我知情不報夠不上多年老朋友。怨嗎就怨個夠，可是她有什麼理由怨我呢？早幾月，我不是警告過她：「餵！豆腐婆，你有餘錢，你做會吧；沒有，最好別答應，以後標了也難，不標也難。」但她不聽，笑我笨，還說是最好賺利錢的方法。好了，現在就樂啦！別說我事前實在不知情，就是知情我也不說，說了她還拾得分一半給我？好說好散，話到這裏為止，先提到那家房客怎樣的來歷。其實來歷我也不大明白，他們兩夫妻和一個七八歲大的女兒搬進來，還是去年三四月間的事，房錢每月三十塊包去水火，按月繳清，不能拖欠，而且先收足兩個月，名叫押金。規矩如此，其他的房客們有目共睹，不能怨我厚此薄彼。他們好，每月的房錢一分錢不少，這才像點話，不然天下還有免費的房子讓人住？那前房的「老煙鏟」實在不同人，死蛇爛鱔，月尾推月頭，叫他學學新來的兩夫婦的好榜樣他不聽，到現在還壓上兩個月零十二天，我記得非常清楚。看來，總有那麼一天，讓我把他的臭包袱丟出門外去！

那新搬來的夫婦樣子還年輕，男的肩頭高過耳，臉色黃裏透著青，連續打喪唸白字的人也不過如此。女的不同，一身臃臃腫腫，白白胖胖，看了她就叫人感覺世界不會再有飢荒的恐怖。男的在一間洋行做「財富」[1]，女的親口告訴我。這個我可不管，做「財富」也得按月付房錢，付了我可以親

1 意指記賬、會計等文職。

密的叫她一聲：「多謝財富娘！」付不出你得行遠些去好不好？有錢多情義，不怕說了得罪人，不然「世態炎涼」四個字是怎樣解釋的？別看輕我，我老娘小時也讀過幾本老書，深奧的道理不懂，見錢眼開總知道。

兩位新房客搬來住上一個短時間，我看不出有比別伙房客不同的地方。如有不同，還是那位「財富娘」，她愛出門，愛裝扮，愛靜悄悄地在半夜裏獨個兒回來。我沒有正正式式跟她談過幾句話，看樣子她也似乎不屑跟我打交道。男人家更不必提他，常月常日早出晚歸，連碰個臉也不容易。至於月終付房錢，總由那個小女兒交來。我常想：他倆是擺架子，或者生了我的氣。這得啦！你做你的「財富」，她出她的門，我收我的房錢，誰也別惹誰！只是一看見那個小女孩，我忍不住想：「她長得真叫人疼惜，竟沒有一點像她的娘和她的爸。」

那個小女孩常給留在屋裏看門戶，乖得很，娘出門那天，午餐必定要挨餓，難為他們過得意。碰到這種情形，我就招呼她吃碗飯，順便問長問短。她不帶生疏，而且還叫我阿婆！

「阿婆！你看，我阿媽擰我這裏。」她忽然捲起衣袖，露出肩膊上的一團黑印給我看。已經不只一次，她把身上的傷痕指我看，每次的部分都不相同，這就證明「財富娘」並不疼愛她的小女兒。她叫桂芳，我說：「桂芳呀！你媽太狠心，她打你為著什麼事呢？」她低下臉孔，敢情是害怕不敢說。

「財富娘」在外的活動，已是公開的秘密。她無所不賭，據說無賭不精，所以每賭常勝。事實上是不是真的這樣厲害？我老在心裏頭懷疑，因為我聽見她曾用最沉痛的口吻罵桂芳：「怪不得我的運氣這麼衰，就是你，駝衰家的，好快去死呀！」她的運氣怎樣衰？穿戴得整整齊齊，吃喝得白白胖胖，這要是說衰，我更成了什麼？不過，或者是我老眼昏花，我最記得她胸前懸著那串金葡萄，金光閃爍的，怪惹人愛，每次她聽著胸膛在我的面前招搖而過，我總貪婪地多投幾眼。有一個時期，她的那串金葡萄不見了，並且跟丈夫吵架。幸得她的房錢照付，還不怎樣使我看了心煩意躁。

大概是今年的正月尾，我算的是陽曆，離開農曆年關還差那麼個把月，「財富娘」在一個傍晚時候特地找我來。我聽見她叫了一聲：「事頭婆」，立刻臉孔笑得像朵花。她拉我站在最冷僻的廁所邊，我傻子一樣聽她說什麼。

「事頭婆呀！這一次一定要你幫幫忙！」

「幫什麼忙呀？」我覺得有點兒不妙。

「幫我做一份會，三十塊錢的會。」

「做會嗎？」我鬆下一口氣。沒想到體面的「財富娘」也要湊會濟急，我很奇怪。「財富娘也要……」

「一句說定，你一份！」

「我？」我知道不是開玩笑，但我哪裏來的閒錢？於是搖了搖頭。

「不要你拿出來的，每月的房租照除不就得了嗎？」

她的主意一時動了我的心。想一想：房錢換做會錢，每月收入換做墊出，雖然本利有個定期收回，可是究竟有點冒險。不是財富娘不使我信任，說到錢，我就誰都不信任，還是放進自己腰包裏妥當。我詳細對她訴說我的種種困難，說出整十句左右的「對不住」來搪塞她的要求和送她走開。不料這個月她竟不還我上個月的房錢，好像有意跟我鬥氣似的。我想當面問她，無奈很難碰見她的面，所以一直沒機會；我不會忘記，我在睡夢裏也還想念著呢！

就在這個月裏，奇怪的事來了，桂芳的爸時常在家，在家時常睡覺，有時還招來前街住的李醫生，光景好像還了什麼病。我問桂芳，她說爸胸口疼，咳嗽。啊！難怪我每夜聽見人咳嗽。那前房的

「老煙鏟」曾經在我面前訴苦，我都沒有留意。現在咳嗽咳出毛病來，工作不能做，入息當然全無，那麼我的房錢怎麼辦？我不能不擔點兒心！

有一天的早晨，我去巴剎買菜，碰見熟人「豆腐婆」。她提起「財富娘」湊的會，光景已經成功，錢有了怎麼還不給我房錢？我很不高興，回到家我沉不住氣，「財富娘」不在我就老實對她那病著的男人說了。他答應等他的女人回來商量，他的身邊實在不名一文。男人對女人不習慣裝窮，他這樣說我也相信。不過，他的女人是怎樣搞的，近來連晚上也不回家了。湊巧得很，我離開一會兒，「財富娘」便像鴨子一樣從外頭撞進來，一連打了三個呵欠，閉著眼睛說：

「事頭婆，你找我嗎？」

我說：「是！」大概她也明白什麼原因了。

「房錢我早就想給你了！」她睜開眼睛，等了一會兒。「真不好意思，想不到桂芳的爸忽然生了病！」

「人人都有個三衰六旺，過幾天他就會好起來的。」我也好言安慰她。

「一點也不見好，醫生說這病不能好得這麼快。唉！錢已經用去不少，他又不能工作，你事頭婆應該要原諒。不過，一有機會我一定給你，大概一個星期之內。」

我老娘素來有個脾氣，吃軟不吃硬。她這樣低聲下氣，我哪能裝作毫無感動？何況還能指出一個期限，這種人情大可以賣。「沒有關係！」我笑著說。

可是足足過了兩個星期，依舊不見動靜，新舊欠租整整六十塊，我要看她從哪裏找出來。前房那個「老煙鏟」也欠了我四十塊，兩家剛好一百塊。這筆賬，除非我不想，想起就吃不下飯。那「老煙鏟」才神氣，他又來向我訴苦，說他是聽見隔房徹夜咳嗽，他沒法子睡得著。為什麼我做房東的不替他做房客的安寧著想？嘿！我才高興，誰叫你不趕緊還我房錢呢？

這天正午時候，來了「豆腐婆」和另一些女人，「財富娘」也包括在裏頭。我以為出了什麼事，原來今天大家在開標。「豆腐婆」出了高利四塊二錢標到手，沒有一點笑容。「豆腐婆」素以孤寒見稱，這次大出高利，一定有特別事故。我笑問她是不是標了想走路？她怒瞪我一眼，不說半句便走了，那婆娘真開不得玩笑，臉皮就像她做的豆腐那樣容易破。

我記得她們標過會後第二天晚上的事，天上有半邊月亮，屋裏的人出去的出去，睡覺的睡覺；我待在家裏，卻給隔壁屋的收音機吵到坐也不是，睡也不是。不久似乎下了一陣雨，我閂上房門要睡覺，躺在床上矇矇朧朧睡不著，突然間房門咚咚響，好像還有聲音在叫：「事頭婆，睡了嗎？開門！」誰在叫我呢？後來聽出了口音，不覺又歡喜又奇怪，「財富娘」忽然半夜到訪，不知發生了什麼事，但有機會向她討房錢了！

她走進房子來，我燃亮了桌上的油燈。她用手擋了擋眼睛，我看見她一隻手握著一包東西，另一隻手也握著一個玻璃樽。她把抬在臉上的手放下了，露出兩顆微微眯著的眼睛，對我笑一笑。「事頭婆，這麼久以來，我們從沒有在一起爽快地談過話，今晚來喝一杯！」她朝著桌面放下東西，再向四處張望，大概找尋杯子。

我半晌不知怎麼說。她已經在我房裏找到兩個大小不同的漱口罐，開了瓶塞，嘩啦啦地倒了小半罐，遞給我。

「你喝一點，這是參茸補酒，老人家最合適。」她打開紙包，那是一包白斬雞，上面放著幾根一寸來長的蔥莖。「來呀！」她邊說邊撿了一塊放進嘴巴裏。

強不過她的一片誠意，我真的喝了一點。雖說我的酒量不算好，但食量卻很大，我一股氣吃了好多，忽然想起「財富娘」今晚這麼好孝敬，一時叫我摸不著頭腦。

「你喝呀！」她發現我呆著，一下子把我面前的酒罐搶過，湊近我的嘴巴邊。

「我不能喝！」我撐開去。

「你一定要喝！」她的臉孔爭得又亮又紅，嘴裏不住噴出濃濁的酒氣。

我退後一步。她逼過來，我退到床邊。她還是一直逼過來，我立刻發了慌，不得不順了她的意連呷了兩口，於是她才樂意地踱回桌邊去。這下我有點不行，頭很重，感到有點兒寒冷，我真想倒下身就睡。但我萬不能睡的，「財富娘」這種突然表示殷勤的行徑總有蹺蹊，我斜躺著靜觀她的動靜，隨時準備聽她對我說什麼。可是她一句話也不說，呷一口酒看一下燈火，呷一口酒又看一下我，嘴角流露出不知是笑還是哭的表情。這樣過了很久，她才把嘴巴湊近我的耳朵。「事頭婆！有一件事要求你幫忙一下，你能不能夠答應？」

「什麼事呀！」我早想到一定有要事的。

「事情很簡單，而且對你也有利益，你肯不肯？說，肯不肯？」

凡是對我有利益的事我都肯，「財富娘」少跟我接近，難怪她不知道我的脾氣。但她一開口卻嚇了我一跳，而且還說不多，要向我周轉五百塊！

「近來我跟一位朋友合夥收樹膠，只要一放手，立刻就有錢賺。你看，在這幾天內，單我的名下就分得三百多塊！」她隨說隨撩起衣角，顯出褲頭上的一個大荷包，果真裏面有幾疊鈔票。「不騙你說，現在又有一個機會，不過貨太多，我一時間抽不出足夠的錢；事頭婆如果方便是最好不過，三天兩天就加倍奉還，一千！」

她把一隻食指在我的面上一劃，大概興奮過度，劃著了我的鼻子。我心裏一驚，想她一定是喝醉了酒，天下間哪有這樣便宜的事，三天兩天功夫，五百就可以變作一千！我不信，因此我不說話。

「五百不便，三百也不要緊。」她自動減價。似乎數目可多可少，看起來三百也還有商量的餘地。我捶了捶額頭，乾脆要把她拒絕掉，但卻吃了人家的酒肉，下不了情臉，真叫我左右為難。後來我說：「要是我中了馬票一定可以辦得到，無奈天不開眼，一直窮了半世人，別說三百，就是三十也不便，你要原諒原諒！」

「事頭婆不相信我。」顯然，在她的心目中，我是一個富婆，不肯借錢只因天性吝嗇的關係。她說就說吧，無論如何，三百這個數目我不答應。

她好像很感覺失望，又像很生氣，一仰臉把罐裏僅存的酒喝個乾淨，跟著出勁地站了起來：「那就兩百吧，兩百怎樣？」

我沒有睬她。

拍！她把罐子用力頓在桌面上，那一對火紅的眼睛死瞪著我：「一百你都沒有嗎？」有沒有她怎知道呢？橫豎我沒少她的。我閉上眼睛，裝著要睡覺。等我再聽到她叫喊的時候，她已經走到房門邊：「你不肯幫我忙，兩個月的房錢不必希望拿，我不給！」她憤怒地走出去了。

看她文質彬彬的「財富娘」也說出這種野蠻話，想箍我。好婊子！竟把我當成什麼了？老娘平生最不肯吃硬，現在就跟她扯破臉皮打一交吧。「你不說，我還不提，房錢你賴不了，現在拿來！」我追著出去，把在睡覺的房客們都吵醒了。我不管這麼多，一直衝到她的房門口。房門閂著，我就擂門。門開了，走出那害病的男人。一見我就咳得死去活來，模樣真使人覺得萬分同情，但我生了氣，我限他三天內必須給我滿意的答覆，三天後我就去出「羅地」（律師信），什麼我都不要聽。他不知道我為什麼生了這麼大的氣，我也懶得說清楚。

明天下午，「豆腐婆」上門來，一見著我：「財富娘呢？」她神氣地盤問我。奇怪！她幾時交代我看管著的？我把臉一擰：「不知道！」她走她的，我走我的。可是晚上又來了，人還是沒找著，她跟那個做男人的說些話，不知說什麼。

「財富娘」一連兩天避著不回家，這不礙事，我已經關照過那個當家的，只差明天我便要去找人出「羅地」。事實上我還狐疑著，我把這個意思去偷偷問我遠房侄兒，他狂笑說不必花這筆冤枉錢，他自有好辦法對付。我又問他有什麼好辦法。他不答話，只比起一隻飯碗般大拳頭。我掙的是錢並不是命，他的辦法不通，於是我不再跟他說了。這天清早「豆腐婆」來過，正午又來過，下午再來過；一次比一次著急，一次比一次兇惡。她罵做會頭的沒良心，標得了會，整個星期過了，還不見她交來一分錢，而且又避著不見面。「哪裏去了？」她拍著桌子要跟那個當家的拚命。冤有頭，債有主，「豆腐婆」要爛也應該跑到別處去，在我老娘面前總要遵守一點兒規矩呀！我老實不客氣地把她拉出門外去問話：「你這樣呱呱叫的，算做什麼一回事？」

「我要找財富娘呀！」

「財富娘在家嗎？你盲了眼睛的？」

「她的男人在呀！」

「男人嗎？他已經剩下半口氣，逼死了他，你還得償命！」

她呆了一會兒。「那麼我的錢呢？我標到的，我就要用，我不能等著出高利呀！」

「你傻的？日子久了，你拒絕接受不就可以嗎？」

她沒話說，乖乖走了。可是明天照樣找過來，並且多了幾個女人哩！幾個女人各有各的身份，有的說是「會子」，有的說是債主。「會子」承認會錢早已交清，債主宣布那個欠下她們可觀的賭博錢，都想當面和「財富娘」談一下。但她們只能撲個空，逼得對那個當家的吵鬧了一場，才各自散開去。真的，幾天看不見「財富娘」那張肥胖的臉孔了，幾天都碰見這種鬧哄哄的場面，我私下在心裏覺得事情似乎不很妙。於是趁燒飯的時候，我問桂芳：「桂芳，你的媽呢？」她的眼睛一紅，哭起來。她一哭，我知道事情真的不很妙，索性跑去問他當家的。當家的咳嗆了半天，眼窪裏擠上了眼淚。「我也不知道。」完了！他不知道誰知道？我再也不敢把事情往好處想了。今天是出「羅地」給他們的期限，看情形錢是沒有辦法追討的，僅可能要回房子。要回房子，他們兩父女準得睡那「五腳基」（屋外走廊）；要一個病人睡那「五腳基」，我的良心不好受。不過又想，女的真的永遠不回來，他就住著也是對他沒好處；而且有他在，反惹人三趟四趟上門鬧，其他的房客已經嘖有煩言。何況害的是肺病，一屋子的人都為著這個不高興。老娘靠房錢吃飯，萬不能含糊下來。「他應該搬！」我的最終決定，對他和我以及房客們都有好處，對他的好處更大，因為我情願撤銷舊數，倒貼他搬家費十塊錢。這個意思，我在當晚便向他提出，免去出「羅地」的麻煩。

「唉！賭博害了她，病累了我，我沒有什麼話說。」他睡在床上，兩眼望著天花板。「隨你的意思好了。」

明天一早，他留下了女兒桂芳，破例出門去，行路像風吹禾般。

「豆腐婆」跟另一些債主又來了，一上門，老是東張西望，老是把我叫得震天價響。等到那個給她們認為「精神寄托」的男人也不見了，她們幾乎駭得哭起來。我看到她們個個帶著神經質的，好不可笑，我說：「算了吧！財富娘永遠不會讓你們找著的，算你們大家行衰運！」誰料我的一片好心卻引起「豆腐婆」的不滿，她怨我知情不報，白白讓人家吞了她的血汗錢，而且偏在她最需要錢用的時候。她才說得神氣，我的兩個月房錢，難道不是錢，又要找誰埋怨去？她在對我哭，她說她已經用過了別人好多錢，指望從這條路得來還債又落了空，她就要不得了。「豆腐婆」的生意一向馬馬虎虎，怎樣欠上別人不得了的債？她不瞞我，她說平均每個星期要買上二十塊錢的各種「票」，希望中一中獎。但是天不開眼，老是不中，所以她就時時身上負著一把債。標會還賭債，「豆腐婆」的思想實在太高明；無奈「財富娘」比她更高明，不惜拋棄了丈夫和女兒，一走了之。

在這裏我似乎沒有什麼再說了。前回桂芳的爸從早上出門去以後，便一直沒有人見過他，我曾多方探聽都得不著他的消息。有次聽人說那條河裏發現一具浮屍，我剛好患了傷風發熱不能前去認一認；但據那前房住的煙米佬看了回來說，人蠻白蠻胖，不很像樣，那又作罷。至於桂芳成了孤女一個，我早已把她收作女兒看。想不到別人家破人亡，我反而得了一個好女兒。「塞翁失馬，安知非福」，我的兩個月房錢有上代價了！還有，最好笑的是那個「豆腐婆」，常常喪魂失魄地走來問，問會頭的行踪，問我有便幫個忙借她一點錢。我說：「豆腐婆，你知道我這女兒是怎樣的來歷嗎？」她發呆地想了很久，立刻掉頭走了。嘻！

幪面人

我叫龍仔，排行第一，家在多山的小村鎮裏，居無定所，因為全家身份是租戶，一言不合便要捲背包走人。我的腳下有五弟四妹，一家十餘口，熙熙攘攘的好不熱鬧；可惜父親只是一名礦場上的估俚，賺到的錢還去抽幾口大煙，灌灌黃湯，剩下的錢，時常不夠家裏開支，要不然母親也不必背著吮奶的弟妹，混一份塊兒八毛一天的雜工，不過人多了餬嘴並不易，因此時常東拉西賒，人見人怕，別家兒女眾多也許是福氣，我家可就充滿了晦氣。

十五歲那年小學畢了業，尚不知天高地厚，日夜夢想學人升學，吵死吵命，吵得父母心煩意躁，左打聽，右打聽，要把我趕快送出去賺錢，落得耳根清淨。可是賺錢不靠氣力也得靠本事，我沒有氣力，也沒有本事，唯一合適的就是讀書，不然就是當學徒。學徒是什麼東西？要挑水煮飯，要開門掃地，我看得多了，父母一提我就一百個不願意，吵得更凶。

本地有個姓洪的中醫生，開著一間藥材店，父母跟他是熟人，不知怎麼商量好了，找一天把我趕狗樣趕到他的店裏，當面確定師徒的名份，事到這裏我不願意也覺太遲，唯有是住下再說。

洪醫生人長得肥胖，背後人稱他做「肥佬先生」他為人和氣，但聽到這種不敬的諢號就會不高興。我稱他「先生」，他說我生得聰明伶俐，很喜歡收得一位這樣的徒弟，叫我好好的學習工作，慢慢的就教我醫理，將來不難又是一名好醫生。洪醫生的醫理高明不高明，我不清楚，不過開的藥材店規模之大，在本地方倒是數第一數第二，店裏有好多人吃飯，然而真正在店裏做事的只得一位，其他的好像只為了到場吃飯，空了跟洪醫生嗑牙交，別的一概不理。後來知道洪先生天性好客，不管三教九流，一見如故，只要肯到這裏吃碗飯，他就很高興。所以店裏食客常滿，時常透出熱鬧。

先生娘個子矮小，我對她沒有好感，其一是氣量窄，一點不合意便呱呱叫；其二是所教出的小傢伙沒有一個好的，又頑皮又淘氣，常給我找來了麻煩。她討厭所有在這裏出進的人，我聽見她在廚房裏自言自語，罵我「衰仔」，罵那些食客「鱷魚頭」，飯菜倒是燒得蠻合胃口的，只是脾氣不行，不只一次的洪先生和她在房裏大打出手，弄得乒令乓郎響，店面前聽得很清楚。這時如果沒有顧客光臨，那個唯一的老藥童便會在座椅上翹起雙膝，大力吸著酸枝菸筒，一面意味深長的小聲對我說：

「阿龍仔，看看後面有沒有水，煮一壺滾水來。」

原來挨了揍的先生娘也有一般女人的通病，借端發脾氣躲懶，不理下廚的事，到時洪先生迫得親自出馬，一出馬便雞呀鴨呀上巴剎買菜，因為是他經手弄的，就要弄出大家一致稱讚的好飯好菜。老藥童當然有味，我可苦了，一大堆只適合女人幹的囉嗦事，都一古腦兒落在我的身上來：甚麼看顧孩子，甚麼洗碗洗尿片，幹也不是不幹也不是，天保佑他們還是和和氣氣的好。

一霎眼在這裏住了幾個月，大概情形都已摸熟了，只是老覺得不習慣，從早到晚一直守在店裏聽候任何一個人的叫喚，全無自由可言。那個老藥童更令人生厭罷，擺起老資格的架子，一點不順意，便店規前，店規後，連替他看酸枝菸筒也屬於店規之一，我才不理他。他沒奈我何，就白瞪著眼罵我「朽木不可雕也。」我也回罵他「竹篙精！」他氣得甚麼似，從那時起我倆的感情弄得非常壞。洪先生不知道我們之間的事，他在日裏除了機械地花幾個時辰座店應診，其外便是以地方聞人的身份出門開會，忙點社會公益的大事。不然就是喝得醉醺醺的做夢去，對店裏事務一向很少理，老藥童不說他怎會知道，但說出來對誰也沒有好處，這個我敢保證，原因洪先生一直對他不滿，已經有事實證明出來了。好像有一回，一個前來複診的女病人上門找肥佬先生，湊巧洪先生已熱心地出門替人辦離婚大事，撲了空，他竟大剌剌地自我介紹，指著門口那塊夾在「道地生熟藥材」長匾隙縫裏小木牌，兩眼朝天的稱讚自己的醫理怎麼了不起，怎樣有把握，說得天花亂墜。只要是醫生，病人當然相信，把了脈，並不開方子，先把洪先生的單方批評了一番，然後悠悠的燃起一筒煙向病人討紅包要緊。

「你怕我不給麼？」病人很生氣

「給了好說話！」他一點不客氣。

病人沒有給，結果方子開不成。改天我聽見洪先生氣憤憤地對一位食客說：「哼！當初我看他淒涼，好心招呼他到來住，卻來撬我的牆角，這種人……」那不必說明是甚麼回事了。

竹篙精本來是位江湖醫生，落魄到這裏還不到一年，家在哪裏只有他知道，實際上也從未聽他提起過。他只提起自己是能幹的，樣樣精通，無奈時也命也，使他走上窮途末路，好不傷心。大概因此之故，他給自己起了一個別號叫「度時」，很含有忍辱負重的意思。身材高高瘦瘦的，背有點駝，年紀五十上下，雖然生就一副粗眉大眼，但是放在瘦骨嶙峋的長臉上，卻一點不顯得精神。不過夜夜喜歡出去打小牌，可以通宵不回來睡覺，這是真的。

洪先生不欣賞他的品味，更不喜歡他那個「度時」的別號，曾經在許多人面前帶笑地批評他說這裏不是避難館，不希望有人來度時，竹篙精沒有分辯甚麼，只笑笑了事。後來大家都覺得有趣，改口稱他做「度時先生」。這個似乎正中下懷，他眉開眼笑的聽了很高興。我對他沒有好感，因為新鮮倒也樂意多叫他幾句，於是他又慢慢對我親切起來，問我在這裏慣不慣？經常跟洪先生到哪裏診病去？有時也從腰間那個大得驚人的荷包裏掏出一毛錢來，叫我上街買香蕉兩人分著吃。

我在店裏除了幹著學徒應有的工作，另外還得跟隨洪先生到稍為遠些的偏僻地方去應診。因為這裏的交通不便，人們來來去去，唯一可利用的便是腳踏車，洪先生不會踏，又討厭走路，所以利用我的踏車技能把他載著走，像載頭大肥豬一樣。一次兩次，就成了我的新任務。到東到西，都有我的份，不管白天黑夜，一聲令下，就得配備整齊出發，店裏人美其名曰「私家車」，我想也很相似。洪先生很滿意這部「私家車」，只有一回在斜嶺處忽然失事，把他摔得呱呱叫，自己也擦傷了膝蓋皮，他的態度立刻改觀，但很快又給我以信任，那是必然的，他知道除了我以外，哪有如此方便可以陪他耗上大半天時間的特別「司機」呢？

那天正午過後我又準備出發了，原因是先生娘的母家來了人，說老頭子忽然發寒發熱，十萬火急的要洪醫生趕快去。到那裏少說也有條把兩條路，路又崎嶇難行，我已經去過幾趟，每次回來兩腿總得搽點兒風油，不過去到那裏心頭似乎別有一種甜甜的滋味，只是說不出。

洪先生越吃越胖，載他到那裏可真不容易。來到門前已經上氣接不了下氣，他也嚷著腰骨酸軟，要找個地方休息休息，可是一進門就給人簇擁著走進內室去，只有我是清閒的，坐在非常氣派的客廳中東張西望。心裏想著一個人，很想見一見。等了許久還是不見，洪先生已經出來了，「阿龍，你在想什麼？我們走！」他說得這麼急。

我懶懶的站起來，無意間看見一個女孩子對著我微笑，那就是我所要見見的她。她是我同班的女同學——美珍，先生娘的妹妹，有時也到她姐姐店裏行走。在校時我們沒有甚麼來往，怎麼一出校門以後的現在卻又念念不忘起來。她的微笑好像具有魔力，我覺得一身輕鬆得有如長上了翅膀，載著比我最少重上五倍的師父橫衝直撞，一點不感到吃力。來到一個三岔路口，他叫我折向另一條山道。這條山道盡頭只有幾幢菜園屋，一頭枕著密密層層的林芭，一頭靠近清澈見底的河流，早先我陪著師父來過不知多少次，不明白這裏的人如此少，卻如此多病。

「阿龍，這張方子你先帶回店裏去。」來到一幢菜園屋旁邊的榕樹下，他老是叫在這裏停車，從袋裏掏出一張藥方。「把藥送到美珍家去，再到這裏接我。」

我一聲答應飛快的回到店裏，度時先生很空閒，正在翹起雙腳和一個老婦人說話，一面吸著菸筒，見到我回來便兩眼睜得渾圓，沒頭沒腦的問：

「他呢？」

「誰？」

「你跟誰出去？」

我把方子往櫃檯上一放，「快點！拾好了我要趕緊送去，」一說完我朝裏走。

「阿龍！」他在櫃檯邊緣喊。

「甚麼事？」

「你哪裏拿來的方子？」

「先生交給我的，怎麼不對？」

「他怎麼不回來？人家陳伯姆等著拿『會錢』呢！」

我朝那老婦人仔細端詳一會，不說我還以為專等先生回來看病的哩！她好像等得不耐煩，臉皮本來是打皺的，看去似乎成了一條條深坑。

「到……」我猛然想起先生不只一次的吩咐我，無論對誰都不能說他到那個地方去。我不明白甚麼原因，連看病的地方也怕人知道，總之那是命令，我不能不遵守。「他還在那裏，等會我送藥去了以後就會回來的。」我撒個謊，臉都發了燙。

「那麼我就多等一會。」老婦自言自語說。

她等不等與我沒有關係，我只是討厭度時先生老在囉里囉嗦，接二連三地催我到鄰店去補購藥材，這麼像樣的店，怎麼也不捨得多採辦一點。拼拼湊湊，到底成了一包藥，要出門時先生娘又婆婆媽媽的問了一場，趕緊送到去，心頭像放下一塊石，出來碰見美珍在外面高興的嚷：

「阿龍，回街場去嗎？我也要到姐姐那裏去，載我怎樣？」

我非常抱歉地說：「先生在那頭等我，不能！」

「怎麼，他還沒有回去嗎？」

我點點頭。

「那麼載我到路口罷。」

我當然沒有拒絕，那料來到路口，洪先生已經遠遠的走來了。

「你怎麼現在才來？」他的臉上漲得發赭，眼光射在美珍身上。「你又要到哪裏去？」

「到街場買東西。」美珍低下頭。

「買東西？不是去貪玩罷？你的腳呢？」

我很替美珍難過，碰到一個如此不通人情世故的姐夫，那真該死！她霎霎眼，好像要哭。洪先生不睬她，一屁股坐在車檔上，想了想。「店裏有誰找我沒有？」他對著泥土問。

「有，一個叫陳伯姆的說要會錢。」

他像唬了一跳似溜下車來，把我仔細的看。我想到又是那裏不對勁。沉默了一趟，他把手一擺，「你先回去，我還有點事等著辦，一會我自己回來。」不等我回答，就低頭走開去。

洪先生的要事甚多，我怎知道是哪件要事。現在他不回去，只好自己回去了。把美珍一直載到店門口，那個老婦人還沒有走，度時先生老樣子的坐著，嘴巴張得很大。

「阿龍，他呢？」

「誰？」

「你這衰仔，老是……」

「他說有要事，不能夠回來。」

「你沒有說陳伯姆等他嗎？」

「如果沒有說，他已經回來了。」

「你說甚麼？」

「沒說甚麼。」

老婦人站起來，嘴裏不知囉里囉嗦些甚麼東西，忽然尖起嗓子喊著說：

「我已經等了一個下午了！我已經等了一個下午了！半年前供滿了的會，一個錢也拿不到，究竟是怎樣搞的？明天我再來，看他怎樣說！」

「明天再來好了！明天再來好了！」

度時先生一直笑眯眯的，等老婦人走後把我叫到跟前滿臉嚴肅的問：

「你這衰仔，看不出你人細鬼大，你到底去哪裏來？」

「送藥，載人，你問這個做甚麼？」

「我不信！」他朝屋裏望了望，把菸筒頭偷偷放近我的鼻子邊，然後搐著兩個高高的肩頭嘿嘿地笑起來。

吃過晚飯，美珍回家去了，不久店裏來了一個女人，在店門外張望了一會，然後扭扭揑揑的走進來，隨身湧起一陣迷人的香氣。她老老實實的在病人診脈的檯子邊坐下，揚起撲過面霜的圓潤臉孔對我說：

「阿龍，洪先生在裏面嗎？」

這女人有點臉熟，我想了一下就想到了，原來是住在那棵榕樹前面不遠的菜園屋裏的，我前後給她送過兩次藥，不知道她怎樣稱呼。

「洪先生還沒有回來。」我想她恐怕又有了病，可是洪先生不是在今天下午到過她住的地方嗎？怎麼沒有見到。

「到哪裏？」

「不知道。」

度時先生忽然抄了過來，手裏的菸筒往檯腳下一敲，很神氣的打了岔。

「大嫂，看病嗎？不必等他，相信我，你看那個牌子，我行醫了幾十年，不是誇口，一摸下去我就心裏雪亮，不論男婦老幼……」

「我不是來看病！」她吃吃的笑著說。斜眼朝度時先生臉上一瞟，度時先生伸手在我肩頭上一捏，原來他要拿擱在檯上的菸絲，倒把我嚇了一跳。

不是看病，就是來商量大事的。然而她不肯說出甚麼事，臨走叮囑我說等洪先生回來，別忘記告訴他一定要到她家去一趟，不然就在這個時候在這裏等她。

「阿龍，你認識她嗎？」度時先生害了大病似的問我說。

「認識。」

「叫甚麼名字？」

「不知道。」

「又是不知道？等會怎樣對先生說？」

「先生一聽就知道。」

「你，你說甚麼？」

「先生常常到她家裏去的，怎會……」

我猛然記起師父吩咐的話，心裏有點後悔，立刻就此打住，不理他了。

洪先生是從店後回來的，這時已是臨近打烊的時候。店後的小門早就上栓，叫了半天才給我聽到，把他放監一樣的放進來。他滿臉酒氣，可是人還蠻清醒，他記得陳伯姆等他，問我還在不在外面？等到聽說回去了就立刻酩酊大醉，罵我這麼早好關後門，人都死去哪裏了？

「先生，那個榕樹下的女人來找你。」我等他稍微安靜的時候說。

「誰？」他又恢復了清醒。「甚麼時候？」

「傍晚，她說明天你一定要到……」

「噓！」他把手亂搖，輕輕的咳嗆著踱進房裏去。

明天一早，洪先生裝扮整齊，說要出門參加某家的婚禮，事前暗裏交代我午飯過後到俱樂部去等他，把「私家車」踏去。才走了一會，先生娘就在房裏大吵大嚷，說她不見了一對金手鈪。

「我明明放在皮夾裏，前天還看見，現在不見了！」她奔出奔進，一面訴說那是她過世的母親送她的嫁妝，她看作比性命還重，保存了五六年，可是現在不見了。

一店子都為這事鬧得團團轉，幾個長年打飯皮的熟人，幫忙尋找的尋找，幫忙思索的思索，只有度時先生一個勁地盤膝坐著吸菸，似乎不見了一對金鈪，還不比不見了菸筒重要。

「找甚麼，那房子誰還進得去？」他自言自語的說，言外之意，他不相信這回事。可是，先生娘一口咬定確實有這麼一件東西，確實是不見了，吵吵鬧鬧的連下廚燒飯都沒有了心機。遵照諾言前來取債的陳伯姆一腳跨進店裏來，就立刻給先生娘接進房裏去投訴，吱吱喳喳了一會，然後昏頭昏腦的走出來，坐也沒坐，像怕給擔上關係似的走掉了。

「這也是好辦法！」一度時先生等她走開後搖頭晃腦的說。

我沒知道他話裏的涵義，心裏著實為了那件事不安了大半天，來不及等吃午飯，就照洪醫生的吩咐趕到俱樂部去。見了他，他正在牌桌上流著大汗，一句話也不說。我走過來又走過去，不知是留著好，還是溜掉好。忽然他起身了，衝著我問：

「你怎麼現在才來？早來我也許就不會輸得這麼乾淨！」

我愣著不知說甚麼好。

他奮力揩抹臉上的汗水，「你來做甚麼？」

「不是你叫我來……」

「別多說了，車在哪裏？」

我含著一肚子委屈，依他的吩咐朝向昨天去的路上走，走了一段路，他的心情好像平靜了一些，問我陳伯姆來過了沒有？還有誰來找他？我告訴他先生娘不見了金鉅的事，他張口打呵欠，沒有聽見回答。其實我也沒有見過先生娘的金鉅，看她著急的樣子，料想價值一定很高，我以為洪先生聽見了必定要盤根究底，誰料到只是一聲呵欠，真叫我奇怪。

到美珍家看過老頭子出來，一轉車頭又到了那株榕樹下。洪醫生照老樣子的從袋裏搜出一張藥方交給我，頭也不抬的就向那幢靠山的菜園走去。我沒敢怠慢，返身爬上車，用最高的速率趕回店裏，把方子往度時先生手裏一塞，就催著快點！

「這個是甚麼東西？」度時先生打開方子，皺著眉頭問。「一張當票，你哪裏拿來的？」

我走過一看，真的！先生教會的字沒騙我，實在是一張當票。我的天！這是怎麼搞的？洪先生親手從袋裏搜出來給我，我沒細看就放進衣袋裏，忙中一定是他弄錯了。票上寫得如同鬼畫符，但當值三百塊卻很清晰，日期是今天，不想這一掏，卻給自己掏出嫌疑來了。我不多加解釋，抄起票子就朝來路走，逕直來到那幢屋子前。

那幢菜園屋對我並不陌生，它有好看的觀音竹排列成的矮籬笆，裏面有隻瘦瘦的老母狗，長日只顧得睡覺。屋前地面長著花呀，樹呀，可是野草也不少，都長在好像早先種過菜的土畦上，一腳從旁邊踏過，常會跳起三兩隻又長又大的蚱蜢。我推開籬門輕輕走進去，屋的大門半掩著，看不見裏面的人，再走進些，我聽見有不只一兩人的聲音，都好像在爭執些甚麼。洪先生也在內，他的聲音最小，另外一個男人的聲音最大，還有一個女人的聲音尖得相當怕人，我聽到她這麼叫：

「你想清楚才好呀！答應了，從此各走各路，關係一刀兩斷！不答應，那也好，你等著看罷！只要我一出面，看你——哼！」

「你們不能如此的威脅我！」這是洪先生的聲音。

「威脅？你這樣說就太不夠朋友，我們要的只是這一點數目，算就彼此幫忙幫忙，擔保不會再有第二次。」一個男人的聲音。

「你們想要我的命嗎？」洪先生這麼嚷。

「小聲點好不好？」另外一個男人的口音，「命總比錢寶貴，何必要省下那一點錢呢？」

「真的，一鬧起來我本人沒有關係，你就不同，知道沒有？你有名望，有地位，我不過是一個寡婦，上無家翁，下無大小，大不了掩著臉孔跟人一走了之。你，看你怎樣去見人？」女人接著說。

我聽得莫名其妙，一隻腳前，一隻腳後，不能決定要不要就在這時走進去。耳邊又傳來洪先生微弱的聲音。

「你們也得給點時間我考慮考慮呀！」

「考慮不考慮都一樣，做人要勇於負責，始亂終棄是絕對不能夠的，洪先生是個讀書人，一定非常明白，雲英姐，你說對不對？」

「多說無益，就給他三天時間去考慮罷！洪先生，三天的時間一定很夠了？」女人說。

「最少你們也要給我十天的時間。」

「十天？那就十天罷！甚麼時候見？」女人問。

「晚上。」

「也好！你們兩位聽呀！不要說事無憑據，我就專等你的消息。」

話到這裏沒有人接下去，似乎有人推開椅子站起來，我不再遲疑，走到屋門前就叫。門開了，顯出兩個中年男人的臉孔，一個滿臉痘皮，另個生著一隻塌鼻子，都好像那裏曾經見過，一時間卻想不起來。他們狐疑的瞪著我，洪先生打後出來，見了我一臉晦氣的就罵：

「誰叫你來的？我不是叫你在那邊等？」

不過，等我告訴他怎麼回事以後，便立刻改換一副驚訝的表情，迅速的從我手上接過那張票子放進衣袋裏。「來很久了？」他問。

「剛剛到。」

他吁口氣，低著頭催我走。那女人在門角裏張望，又縮了回去，但我早就看見她是誰了。她叫雲英姐，我到現在才知道。

這次洪先生沒有要事，順溜溜的回到店裏，進了房子就不見出來。先生娘已不再鬧了，店裏很安靜，度時先生一直纏著我問東問西，我還要出門多走一趟，懶得理他。

「喂！快去快回，別給妖精迷了。」他在我背後說。

這是甚麼意思？我想不出。他對我笑笑，我也對他笑笑。這一日算是混過去了。

老頭子的病已經痊癒，洪先生已經不需要再往那裏跑，店裏又不願意待，唯一的去處就是俱樂部了。

店裏的生意相當冷淡，雖然經度時先生親手摸過的病人不算少，但到回頭的不多，聽他說這是醫學高明的鐵證，不過病人只拿一服藥就不回頭的現象，以生意的立場上來說究竟不很良好。他好像沒有感覺，倒樂得整天閒得捧著菸筒打瞌睡，噴著吐沫星子跟我說些不三不四的東西。他最記得是那個叫雲英姐的女人，纏問得我幾乎忘了師父的叮囑。

「喂！你知道她家有甚麼人？」他這樣開始問。

「誰啊？」

「那個呀！那個——先生經常到她家去是不是？」

「是又怎樣呢？」

「噓！小聲點，先生去看病還是做甚麼？」

「不看病也去，怎麼樣？」

「沒有甚麼，沒有甚麼，她住在哪裏？」

「天上，你要去不要去？」

「衰仔！」他的下巴一兜，眼睛窪得更深。「不要這樣，人家是和你講正經呀！」

我一直沒有告訴他，不是為了遵守諾言，因為說出來他也不會明白，除非我帶他去。討會錢的陳伯姆來過幾趟，每次都撲了空，走出去的時候往往留下一些污言蔑語，很不像話。洪先生回來聽到了，只是冷冷的笑，他說並沒有少人甚麼錢，那老傢伙大概是有點兒神經病，他不準備見她，如果再來胡鬧要度時先生和我把她趕出去。我問竹篙精是不是事實，他把我罵了一頓：「小笨蛋！她是神經，你也是神經了！問這麼多做甚麼？」

既不是神經，那麼是洪先生看錯了，如果她再來鬧，我想度時先生去打發的好，我犯不著管。後來她忽然不見了，聽人說她進了醫院休養，原因在某個晚上的回家途中摔破了頭顱，又說是中了仇家的毒手，到底哪個才是正確，我也弄不清楚。洪先生確實親自去醫院探望過她，回來說傷勢嚴重，臉上有點高興的樣子，當天叫我去買了一瓶洋酒，吃飯時候大家都有份，我也沾光了一些，弄得頭暈眼脹，卻又輕飄飄地非常舒服。

「阿龍，我們出去跑跑好嗎？」一到打烊時候，度時先生就拍著我的腦袋說。

跟他跑本來不合我的意思，因為心裏高興也就不計較了。這時月亮很好，遠遠近近都有很多行人，度時先生一手捧著菸筒，一手捏著洋火，長而寬的恤衫尾垂在屁股前後，擺呀擺的數著腳步走。我隨在他的身旁，要答應他的問話就得仰起臉孔，非常吃力。

他不知要到哪裏去，我的意思想去看場戲，看看經過了戲院，他還是一直走。「要到哪裏去？」我站住了問。

「哪裏去都好，嘻！好不好到那個女人的家裏跑一轉？」

「那個女人？哦！這麼夜了去做甚麼呀？」我非常驚奇。

「當做散散步。」

「你又不認識她！」

「你認識呀！」

「我認識，你不認識，有甚麼用？」

「見了不就認識？你這衰仔做甚麼事總是不肯痛痛快快的。」

「那裏有甚麼好玩呢？」

他伸手向腰肚間一摸。「回來請你吃香蕉怎樣？」

我看看天上光芒四射的月亮，暗裏盤算此去的路途有多遠。老實說到那裏去我可提不起興趣，只是為了不過份拂逆他的意思，而且夜色也很好，不看戲就散散心也是道理，這麼想我就不知不覺的挪動雙腳，打消了不願意的念頭。

一路上，度時先生的嘴巴沒閒過一會兒，可是說的我都不知道聽過多少次，走了老遠一句也沒答他。

「你想著美珍姑娘是罷？」他嘿嘿笑著在我臉頰上一擰。「鬼精靈！眼光也真不錯，用心學習罷，現在害單思還早得很哩！」

「你看，甚麼人來了？」我感到有點兒害臊，隨便往後一望。後面有三個人走過來，其實也沒甚麼好奇怪。

度時先生略略回頭望了一眼。「不是美珍姑娘罷？」

三個人迅速離我不遠的旁邊掠過去，其中一個翻過臉來看看我。我急忙推推度時先生，「大雞六！他要到哪裏去呀？」

「大雞六？沒有看錯罷？」

「跑到面前都會看錯？」

「像是有點像！」他拉菸筒啣在嘴裏。「怎麼他連個招呼都不打？」

「好像有了急事。」我說。

「大雞六也有急事？那麼我們的事不更急？」

度時先生笑得很開心，然而我總覺得奇怪，因為大雞六沒用理由在夜裏跑這條路的，他是洪先生家裏的長期食客，跟我與竹篙精三個人共宿在一間大房子，沒用固定的職業，日裏只跟東家挑水，西家劈柴，幹些零星的粗活。人滿壯健，年紀還在四十左右，文字只能認識「中發白」，跟度時先生倒是滿好的搭檔，只是不常穿家過戶去熬夜。洪先生看重他甚麼，我搞不清，有時倒見他們暗中有商有量的，親密得很。我對他不能親密，問題在他很愛發脾氣，一開嘴便是媽媽的，沒用一點斯文味。他名叫大雞六，我想應該叫大隻牛才適合。

「跟著他！」我說。「看他到哪裏去？」

晚風很涼，送來一陣陣來自工廠的隆隆聲。月光下的路坦平而修長，彷彿永遠也走不完似的。前頭的三個人走得很快，我們跟到三岔路口忽然失去了他們的影子。前面沒用來人，後面也沒有來人，放眼是一點一點的燈光，毫無秩序的綴在高高低低的平原和山坡上。在這裏，熱鬧的市街已遠遠拋在後面了。

「真奇怪，大雞六不見了！」我左望右望，不想再走。

「管他大雞六小雞六，現在要打哪條路去？」度時先生試探地把腳步踏出去，又立刻縮回頭。

「從這條小路走，你自己去罷！」

「衰仔！」他伸手在我後腦一叉，我沒有法子，只好陪他來到那株榕樹下站住，指著前頭露出的一星兒亮光給他看。

「那間屋子就是了，我看現在她一定睡著覺。」

度時先生端詳了好久，沒有說話。

「回去罷！」我很耐不住這裏的淒清景象。

「回去？你知道她屋裏有沒有別人？」

「好像沒有，又好像有兩個男人。」

「你不是說她是寡婦？」

「寡婦是對，怎知那些男人是她的甚麼人。」

「洪先生也常來的？」

「常來！」我覺得再沒有保存秘密的必要。

「喔！我想她一定是……」他忽然頓住，把菸筒往樹根上一磕。「跟我來，不要怕！」

「慢！」我伸手把他的衫尾一拉。「你看前面有人，啊！大雞六，他們三個也要到那間屋子去！這麼巧！」

「是他嗎？」

「怎麼不是？咦！他們在看甚麼？」

前面沒有高大的樹木，月光正好投在籬笆附近一帶，三個傴僂著的人影在那裏交頭接耳，站在陰處的我們看得清清楚楚。

「他們好像怕甚麼？」我接著說。

「怕人看見了不好意思。」

「又不是偷東西，有甚麼不好意思呢？」

「小孩子知道甚麼。」他伸手在我的臉頰又擰一了一把。

晃眼間不見了人影，大概都走進籬笆裏去了。度時先生輕輕把我一推，「我們也去！」一面邁開大步，不理我在不在後面跟。我不去，留在這裏未免太寂寞；去，又覺得毫無意思。想了一想，還是有一步沒一步的往前走。未到籬笆前，他已走近了屋子邊；來到屋子邊，他已探頭探腦地從半掩的大門縫裏張望了好一會。

「怎麼還不進去？」我小聲說，也伸進頭去看。屋裏點著一盞煤油燈，燈光很暗，東一個西一個的站著三個人，背著面，但是可以看見每人從眼睛以下都幪著一塊手帕，對面站著兩個男人，叫雲英姐的也夾在中間，半坐半站的好像不知哪樣是好的姿勢，大家都不說話。

我把頭一縮，度時先生已經開步往後轉，輕輕的像怕踏壞一根草。我不明白甚麼回事，還想再伸頭進去看個究竟，一個站在最近的人突然回過頭來，手裏有件閃光的東西，好像手電筒，又好像是利器。他已經向我這裏走來了，我嚇了一跳，一個翻身飛也似的走出籬笆外，朝著來路直奔，經過那株老榕樹邊，就聽得度時先生在樹蔭下打招呼：「喂，這裏來！」

「他們是做甚麼的？」我看看後面，上氣接不了下氣問。

度時先生不作聲，好像在凝神靜聽一點兒聲音。我眺望那座孤單的屋子，燈光一下隱滅了，跟著是一聲尖厲的女人喊叫：「救命呀！」隱約地還有猛烈碰擊甚麼的聲音。我覺得腳下昇上一道冷震，一把揪住度時先生的菸筒。他一摔，我還是死命揪住不放。

「你這樣拉住做甚麼？放手啦！」

「他們打架！他們打架！」

「他們打架拉我的菸筒有甚麼用？回去看看！」

「我不去！」

「你不去就站在這裏，我去。」

「你不怕危險嗎？」我抖著聲音問。

「危險？等閒十個人都不想近得我的身邊！你太小看我了。」他把手袖往上一捋，褲頭一緊，往前走沒幾步卻又站下來。「沒有叫了，恐怕不妨事了。」

「殺人呀！救命呀！……」

這次，女人的叫喊聲來得非常近，靜夜的山林呼應著，似乎來自四面八方，聽去分外的淒厲和清晰。我看見一個女人的身影從籬笆口出現，筆直奔向河流的暗處，立刻又折轉頭朝我這裏疾奔，背後相繼出現三幾個人影，有的走東，有的走西，兩個就一先一後的沿著女人的腳步趕來。女人也許慌張過度，一路摔了兩跤，竟然連爬帶滾地到我們藏身的地方來。我慌忙朝樹後一躲，耳邊聽得「呵！」的一聲猛哼，度時先生被她碰個正著，兩個都翻在地上，打後趕來的人一個繼續往前狂奔，一個稍微停頓一下轉向這裏跑來，轉瞬不見了蹤影。

度時先生剛把腰挺起，來人已到了面前，大家都好像吃一驚的退了幾步，我伏在樹幹上一動不動，眼睛不敢看，心裏不停打鼓：「好哇！哪裏都不去，送來這裏擔驚受怕，害人的竹篙精！」想到這裏，前頭忽然起了陣陣人聲，偷眼一看，月光下零零星星齊集了幾個人，站在那道籬笆外說著話。這邊度時先生仍跟來人面對面相持，可是彼此都不住往後退，我聽見度時先生喉頭咯咯的作響，覺得又緊張又奇怪。對方的臉孔給手帕幪得只看見眼睛，從身段上看老是很眼熟，只是不說話，不能證實他是誰。

「阿龍！阿龍！你這衰仔在哪裏？快出來呀！」

度時先生也許絆著樹根，一跤坐在地上，就坐在那裏叫。我把身體藏得更緊些。一陣風從我的臉頰上拂過，那個幪面人邁開大步已經跑走了。我鬆下口氣走出來，度時先生仍舊走著，雙腿伸得筆直，看不見臉上的表情，料想他摔壞了甚麼地方。我跑近他身邊，冷不防他把雙腿掃過來，雖然沒把我弄倒，可也有點疼。

「那傢伙好精，就不上當！只要他敢踏上一步——喂！你知道這叫做甚麼腿法？」他大聲問我。我當然不知道，其實誰有他的閒情。他摸摸屁股站起來，左望又望，光景還想不走。我催他幾趟，他反向人多的地方迎去，一上去，就立刻被人包圍著，我站在原來的地方，見他手指腳劃地不知說些甚麼東西，那喊救的女人似乎也出來了，夾在人羣中尖聲的回話。

山林的霧從四面湧來，月色開始模糊，來時路已經難以分辨。我覺得很冷，看看前面，人影逐漸地減少，度時先生還不見回頭，我不能再待下去了，一個人便這樣的提心吊膽走上歸途。

這時下場電影早就完場，一路上非常冷清，每家店門都是閂得緊緊的，很難看到透出一絲兒燈光。我拍著店門，沒有人反應。我拍著店門，沒有人反應。繞到屋後，幸喜門是虛掩著，裏面很黑暗，我摸摸索索的走上閣樓的睡房，燃著燈，大雞六的床鋪上沒有人，證明我看見的沒有錯，只是他這樣做又是甚麼意思呢？我躺在床上想來想去想不出，迷糊間聽到樓下的掛鐘敲了十二下，以後就聽不到了。

在發著夢的時候，我給人一把拖下床前來，睡眼惺忪中看不清是誰，臉頰上已著了幾個大巴掌，一陣劇疼把我抖精神了，看清楚時是洪先生。他沒有作一句聲，就匆匆下樓走掉。

房子裏仍舊是只有我一個人，無冤可伸。看著窗外，離開天亮還遠，我的睡意全失，一心在想我哪裏做錯了事，他媽的王八蛋怎麼亂打人！

天明，度時先生方才從外面回來，大雞六一直看不見。洪先生很早就坐在店面前，一些表情沒有的把我叫來說：

「阿龍，這些錢拿去，我這裏不打算請學徒了！」

這真是意外的意外！我接了錢，就這樣不明不白的結束了我的學徒生涯。回到老家，父母不能見諒，硬說我那裏有不乾不淨的行為。「那我只好送你進廠去做工了！」他們說。我有苦難訴，唯有聽從擺佈。不幾天我給母親帶去見廠裏「甲巴那」（工頭）的親人叔公，註定我今後的命運，也開始了我新的生活。

冷暖人間

在錫礦場當「甲巴那」（工頭）的叔公給我一份工作之前，特地叫我到他的面前前審問一番說：

「阿龍，轉眼你就是十六歲了，我在你這個年紀時候，已經飄洋過海的離鄉出外撈世界，我看你，文不文，武不武，越看越傷心，好，你認為最擅長的是什麼，說來我聽！」

「坐腳踏車。」我思索一下說。

叔公幾乎縱聲大笑起來。

「坐腳踏車誰都會，不算不算，想想看還有什麼？」

我想不出了。

「劈柴燒火會不會？」

「會！」我沒加思索的說。

「那很好，我就指定給你吧！明天晚上十一點鐘到工場裏去，我會交代別人教你怎樣做。記得，不用我來請！」

晚上十一點鐘，不正好是睡覺時候？到工場裏去熬夜，那不好搞！回到家裏對父母說起，父親很高興，說我運氣好，能找到如此輕鬆的工作；母親的意思剛好相反，只是皺眉，她說：「那份工作就是做父親的去幹也不見得輕鬆，阿龍去，那不是在開玩笑？」兩個老的吵一通，最後母親屈服了，就說：

「阿龍，我們家裏窮，沒有辦法，試試看吧！真正做不來再算。」

母親這麼說我就聽，其實工作倒不在我的心裏，只是上工時間才要我的命；晚上十一點直到天亮，我幾時受過如此苛刻的刑法？不過。母親說試試看，不試不知，沒有好說。

叔公負責的是「火較」部，白天無數的飛輪鐵碓震得隆隆響，人來人往，非常熱鬧；晚上也那麼吵，可是看不見幾個人，情景就非常冷清。我的工作場地在包裝房，跟四五個高大而綴滿孔眼的鋼爐聯成一氣，柴火在爐裏猛燒，紅紅的火舌從長長的煙囪直冒，站在丈外還覺熱浪逼人，滿盛鋼爐中的濕錫沙很快的乾燥，水一樣的打孔眼裏流出爐外來。以前年紀小時我常來此玩耍（母親就在這裏做縫錫米包的工作），倒不怎樣奇怪，現在年紀大了，反而覺得樣樣都新鮮，真不理解。記得開工大吉那一晚，母親特地為我蒸了一隻大麵粉糕，外加什麼忘記了，另外到街上泡了一大瓶濃且香咖啡烏，左攔右抱，簡直和打野宴差不多。來到工地，靜悄悄地沒個鬼影，好久才打鋼爐背後閃出一個矮且瘦的印尼人，張著兩顆黑而亮的大眼睛朝我看了又看，然後嘰哩咕嚕的不知說些什麼東西。他比了比手勢，也不理我是否明白了他的意思，左手撈一件衣服，右手挽一對木屐，褲袋裏塞下一隻空玻璃樽，哼哼唧唧的唱著歌兒出外去，不見了。

到了這時，工作很明顯的擺了出來：我只需繼續向爐裏加柴燒火。我是一名值夜的看火夫！

感謝叔公的栽培，給我一個如此的美缺。老實說看火工作不難受，熬夜才難受，時間一到，什麼咖啡烏也濟不了事，整個晚上不倒翁也似的老穩不起腰。不過，熬夜可以從習慣上養成，更難受的莫過於執大鍾大斧，把人頭來粗的樹桐弄成適合燃燒的木柴。而且樹桐高積如山，爬上爬下，搬搬弄弄，也夠你上氣接不了下氣，還要舞動少見的笨傢伙，那真談何容易。所以晚上一接了那個印尼人的班，我首先就注意他替我下多少氣力，如果見到劈開的木柴多了，我就很高興；少了，我就悶悶不樂，思慮這個晚上又不知怎樣挨過去了。僥倖整個工場只有自家一個人，沒有別人干涉，那就可以慢慢地來。有時候還可以躲點懶，把整條樹桐抱往爐裏塞，算著時間睡場覺，醒來時爐火剛剛才旺盛，或者連火星也沒有亦是常有的事。自然這行徑往往很冒險，萬一烘不出明晨趕著裝包的數量，那關係就大了。叔公一下手就賦予我如此的重任，我想想也擔心，更難怪負責裝包的夥計大驚小怪，批評我的叔公一百個糊塗，不識做頭路，隨便叫個還要吃奶的孩子來，有也好比無。我聽了不服氣，不過想起自己對工作真的幹不好，就不免有點兒怕他，除外也還有別的理由使我對他肅然生敬。

那夥計叫洋琴伯，個子高高瘦瘦，是我爸爸的好友，也算是我的伯輩。從我很小的時候，就知道他在這裏包舀錫砂，現在我大了，他照舊沒有改行，但樣子卻改了不少：頭髮起了白花點，手腳顏臉全是青筋皺紋，唯一沒改的就是一副暴躁的脾氣，不論對別人或對他的老妻都沒有分別，一開口就像吵架，表情是冷冰冰的，彷彿誰都少過他的債。那晚上他伴同作助手的老妻接班來了，門外下著細雨，靠近爐火的工地很溫暖，我斜坐在磅秤的鐵板上睡覺，猛然間那裏乒乒乓乓一陣響，張開眼睛，洋琴伯手裏握著一根長鐵枝正在對我看。

「你不是阿龍嗎？來這裏做什麼？」那神氣像要趕我走。

我骨碌一爬起身，有點不好意思。「做工！」

「做工？做什麼工？誰叫你來的？」

「燒火。」我說。「叔公叫我來。」

他兩夫妻對望了一下，又一同集中到我身上來。

「這種工作你也可以做？難道世界上的人都死完了？你叔公是吃屎的還是吃飯的？」

洋琴伯說完就和老妻站在一旁唧唧噥噥的商量。我心裏很難過，想不到第一次上工就碰見這場不愉快的事，長久下去怎麼得了？看看時間已到，就不理會他們回家去再說。

我把洋琴伯的話轉告給家裏人聽，母親陪著我難過，父親滿口說不相信，憑他倆幾十年的交情，洋琴伯斷不會如此欺侮人，要不是我在那裏頂撞到他了。「初出茅廬的人，一定要接受大人的教訓，就是打你也應分，不許再多說！」父親的話時常是聖旨，我只能認聽。母親比較容易商量，她暗裏勸我，留心工作，別理會閒言閒語，洋琴伯雖然是長輩，但他管不到我，眼前不是放著個親親的叔公，萬事有他作主，怕什麼？我想想也對，洋琴伯什麼東西？還不是和我一樣吃頭路的估俚！我的心又生動起來了。

第二個晚上遇見洋琴伯，他的話比前次更不客氣：「哎唷！你又來了？在家裏睡覺不好，難道大錘大斧你拿得慣？這裏坐一下，那裏坐一下，這樣就叫做工作？」

我不睬他。

他頓著腳步從東走到西，這裏望，那裏望，嘴裏叨叨的罵，一面不住的咳嗆。洋琴嫂站在旁邊跟他一呼一合，我沒有聽得完全，因為到了下班的時候。

這是第三個晚上。

我到工場遲了一些，那個印尼人已經不在，四處的爐火已經奄奄一息，可見離去了多時。我趕忙脫去了上衣，檢起地上僅有的幾根現成木柴塞進每個爐口，再跨到木架上把濕錫砂一簍簍的翻進銅桶去，然後從山樣的柴筒堆裏翻了一趟，擒起大錘大斧拚命敲，這是工作上頂艱苦的一個大階段，汗像水似的佈滿了全身，握手處的掌面又紅又疼，兩腿不住的抖，揮了幾下，幾乎腰也直不起來；不是誇口，儘管家裏窮苦，從小到大我幾時受過這樣的苦？想真了不免感到有點兒委屈，可是又不能放下來不管，因為現在我是在做工賺人的錢啊！

「噹！」我把鐵錘用力敲在一根鐵上，柴桐抖了抖，猛然覺得右腳一陣疼，猛然覺得右腳一陣疼，低頭看見流出一些黝黑的血，用手摸摸，肉上嵌著一粒半硬的甚堅東西，挖了好久才挖出一片鐵屑，血從傷口慢悠悠地流了一腳，我慌得坐在地上，掩住傷口一時不知如何是好。

「怎麼啦！砍到腳嗎？要不要緊？」

我的身邊忽然多了一個人，他是什麼時候走來的，我一點不知道。他檢視一下我的傷口，就笑著說不要緊，把我扶到磅秤的鐵架上坐下，從袋裏取出一個鐵盒子，打開了撮出些少紅菸替我敷在傷口上，然後再給自己捲上一口菸。「不要動！等會血一停就不礙事了。」他說我就朝我上下打量，我也朝他細看。他不認得我，我當然不認得他，卻難得他這麼好心來幫助我，想感激他又不知怎樣出口。相對了一趟，只見他自個兒點點頭，把上衣輕輕除下，露出一身結實的肌肉，徑直走到劈柴的地方去。

我目不轉睛地注視他。他熟練地舉起大錘大斧，霎眼工夫便劈得滿地都是木柴。他抹著身上的汗水，遠遠的對我齜牙微笑，把上衣往肩上一搭，一聲不發的打出口處走了，我給他的怪異行動弄得糊裏糊塗，忍著腳上的創疼趕出去張望，外頭夜風如訴，冷月一鈎那有什麼影子？眼前擺著的事實並不像作夢，我到底遇見什麼？走了進去，坐下來越想越覺得奇怪。傷口的血雖已停止，但疼得行走感到不方便，好容易捱到洋琴伯夫婦到來，我就打點著準備回家。

「阿龍，你過來，我有話和你談一談。」洋琴伯把我叫住，一眼看見我受傷的腳。「你的腳……」

「鐵片射進去，一個洞！」我苦著臉說。

「是不是？我早就告訴過你這份工作不是你做的，現在疼不疼？」他笑得很難看。

「回去要敷藥，最少要休息三五天，好，你坐下。」他拍拍近旁的錫包袋，自己先坐下，仰望著吐出火滔的煙囪，發了回怔。「你的年紀不大，恐怕不到十六歲吧？怎麼要來做工，不去讀書？」

「讀書？」一提到我就感到心酸。

「讀書才有出息，做工有什麼用？看我，看你的爸爸他們，做了一輩子的工還不是這樣，得了些什麼？回去和你家裏人商量，我說我洋琴伯的意思，這份工不好做了。」

「家裏沒有錢。」我想起母親的話。

「沒有錢，你叔公有，怎麼這樣傻呢？一個親親的侄孫，難道做不到？」他像在罵我。

大人們的事，我那能瞭解這麼多，要回答這種問題除非是叔公本人，我不會說。

「試試問看，蠢貨！嘴巴生來做什麼的？就是真不能夠，要找份工作也要找份清閒的，住店頭最好，怎麼不去住店頭呀？」他接著說。

「店頭我住過。」我苦著臉。

「我知道你住過，傻仔！這裏人不要，那裏有人要！你再有托人去問沒有？」

我搖搖頭。「我不想住店頭。」

「不想住店頭？嫌工錢少是不是？」他把嘴巴湊過來。「那你可以去學做木，去學機器，三年五年出了師，比做這份死工都有用。」

「是呀！」洋琴嫂也在旁打句岔。

我一直搖頭。

「你不相信我說的嗎？」

「慢慢再看吧！」

他的眼睛睜的渾圓，牙齒在嘴裏咬得咯咯響，那副神氣顯然看了惱，他又移近一些來，我害怕他動手打我，趕忙站起身。

「坐下來！」

我沒有聽，拔步就朝外走。

「阿龍！回來！唉，我又頭疼起來了——死人，頭疼粉在那裏？快倒杯滾水來！……」

我一跛一跛的走向回家的路。一路上腦子裏不住縈迴著洋琴伯的話，那話聽起來都是充滿善意的，不過那態度確實不敢去領教，難道對於我的前途，他比我的父母更焦急？我想不通。那處傷口一直疼得我要命！

＊　＊　＊

我沒有把洋琴伯的話當為認真，因此回家後沒有向誰提起，只是母親知道我的腳部受傷，很痛心地勸我休息一兩晚再去，父親不贊成，他說只是皮傷，損失了一兩晚工錢多可惜。錢的魅力比什麼都大，母親沒得好說，只看我的意思。我的意思是不很要緊，所以我又繼續工作。

洋琴伯夫婦忽然比往時都來得早，我以為是偶然的現象，但是接連幾晚都是如此，我不明白是什麼原因。而且態度很和藹，見了我不問工作上的事，不談讀書或住店頭的問題，只笑一笑地揮一揮手說：

「我們來了，你可以早點休息，回家去罷！」

那真是巴不得的事，我好不感激！一貫來都以為洋琴伯為人不易相處，那曉得還是個好心人，處處替我作想。我樂起來有時就不很願意走開，跟他夫妻倆扯閑天，倒談得很親密。當然，我是比往日早退的，因為接班的來了，又是他們自願負起責任，我還待在這裏做什麼。這點好處家裏人不知情，因為我每晚回得早，連狗兒都不會驚動，人更不必說了。

有那麼一次，父親很不愉快的把我找來問。

「阿龍，這幾晚你究竟到哪裏去了，沒有上工？」

「誰說的？」

「我也不知道，你的叔公等著你，快些去！」

見到叔公時，他正在吃飯，立刻飯也不吃的把我叫到樓上的「財富房」問話。

「洋琴伯今天介紹一個人來問工做，他說你嫌工作苦，不想做了，真不真？」

「沒有的事呀！」

「最好就是這樣！阿龍，我還是說明白的好，你我不是外人，是不是？」他沒有蓄鬍子，但另有一種莊嚴的形象。

「是，叔公！」我很覺不安。

「老實說罷，要不是自己人，這份工作不要錢也輪不到你，別說現在我給你一半工錢，知道不？」

「知道。」

「不是嫌少嗎？」

「不是。」

「不是？為什麼幾個晚上都不去上工？」

我幾乎要嚷起來。「誰說的？」

「他說謊，我每晚都到，不過早回就是真。」

「洋琴伯。」

「早回？為什麼？」

「他來得早，就叫我回去。」

「工作有時限，什麼早來？什麼早回？我真給你們弄糊塗了！好，好，沒有你的事，等我查一查再看。」

離開叔公，我的心裏好不憤怒，覺得洋琴伯簡直是鬼，不是人，做好是他，做壞也是他，我沒有哪裏得罪過他罷？何必如此。好在自問於心無愧，頂好叔公去查一查，跟那老烏龜當面對質，看他怎麼說。

回家後對兩個大人說起，父親老是指我說謊，他再保證說跟洋琴伯幾十年來的交情，斷不會如此跟我為難。「朋友間講究個義氣，患難時還要相助，別說大家同在打份估俚工賺碗飯吃，有什麼好去破壞？」他這樣說。

「一個人兩條心並不多，洋琴伯也不是好人，要你才這樣相信。」母親是幫我的。

「以小人之心，度君子之腹，不怕得罪人嗎？」

「介紹別人來爭你兒子的飯碗，也不怕得罪人嗎？」母親頂他。

當晚，我懷著不愉快的心情上工。到了工場，天空就迸出很亮的閃電，打著很響的電。那個印尼人走開不久，外頭開始下著嘩啦啦的大雨。風很大，斜斜的帶著雨珠刮過來，日夜敞開大門的工場毫無阻擋，任由風雨吹吹灑灑地把裏頭的空氣冷化了。我靠近火爐邊，抬起笨重的傢伙，好好活動一身的肌肉。猛地裏雷光一閃，「轟隆隆！」一個人影跟著雷聲跳進場裏來，看他手舞腳蹈地抖去身上的雨水，樑上的電燈並不很亮，一時間辨不出是誰。「是躲雨的夜行人罷。」我這麼想。工場一向並不嚴格限制閒人出進，這現象不很奇怪。但現在已近夜半，閒人究竟很少，我就不得不留意地多看他幾眼。

他看見我，笑笑地慢慢走過來。那笑容很熟，我似乎哪裏見過，是了，我想起來了！

「小兄弟，你一個人在這裏嗎？」

「是呀！」我把手中的傢伙放下來。

「你腳上的傷好了沒？」

「好了，多謝你！今晚上的雨好大，你到哪裏去？」

「我從街上回來，半路上就碰見雨。」他的衣服幾乎全部濕透，有幾處地方還淌著水珠。

「冷嗎？烘一烘火罷！」我說。

「沒有關係！」他四下望了一遍。「小兄弟，你叫什麼名字呀？誰介紹你做這份工作的？」

我照實回答他。「喝杯咖啡烏好嗎？」

「如果有那也好。」他老實的跟我走到公事桌邊，我倒給他一杯，他接過了就地坐下，良久沒有說話。

「你住在哪裏呀？怎樣稱呼？」我問。

他朝風雨交響的門外一指。「人家叫我燒火秋，住在對面的『公司房』裏。」

怪不得那晚上一下就不見了他，原來就住在對面。於是我順口的追問：

「你做什麼工作呀？」

「我沒有工作做。」他的頭也不抬。

我楞了一下。

「阿龍，這份工作太辛苦了，你做得慣嗎？」他把空杯子往桌上一擱，咂咂嘴巴問。

「慣？不慣也慣。」我說。

「不感到辛苦？」

「辛苦也沒有辦法，家裏的人要我做。」

他點點頭，然後又朝我上下看，兩道粗大的眉毛慢慢拼起來。「你的年紀實在太小，氣力不夠用，這樣做下去會變勞傷的，你的叔公也真是……」

我知要說什麼，站著也不是走開也不是，隨手便給自己倒一杯咖啡烏。

外頭的風雨馴服了許多，看看快要歇下來。燒火秋打袋裏掏出菸盒，撿出一枝預先捲就的紅菸，走近火爐邊取火，出來時兩眼直視，我以為他要就此告辭回去。可是他站住了，動手除去上衣，左看右看，走到磅秤邊一掛，兩隻短而肥壯的手掌往結實的胸膊上一拍，「遲早要回去沖涼，我幫你點忙吧！」他不等我的回答，徑直向柴堆邊走去，「劈劈拍拍」地動手劈柴。

我很感激，也很高興，難得有如此好心的人。我背交起手這邊跑來，那邊跑去，顯得無事可為，索性站在門邊吹風。

一陣強風拂過，疏疏落落的雨點又逐漸密了起來。我無意中瞧見公事桌上的鬧鐘尚不到中夜十二點，時間不免過得太慢了。我走過去拿起來湊近耳邊聽一聽，「阿龍！」誰叫我？原來洋琴伯早到，一個人，頭上蓋著頂竹笠帽，手中握了一枝呎來長的手電筒，齊膝蓋的「大成藍」短褲下托著一對木屐，一進門就站著不動，手長腳長，看去真有點像是田裏嚇鳥的稻草人。

我想起日間的事。不睬他。

「阿龍！」他又叫。「我以為你不來了，那個劈柴的人是誰？」

我怒瞪他一眼。「誰說我不來的？那個人，你問他好了！」

他似乎驚奇我的態度忽然變得如此不客氣，眼睛一眨一眨的盯著我：

「這算是什麼話？你不能隨便讓別人走進來，工場重地！你知道沒有？」

我自管自走開，他追上來，我繞個圈子，回頭看他站在柴堆處不遠，跟燒火秋面對面。

「原來是你！」他把笠帽除下來往附近一靠。

「是我又怎樣？」燒火秋雙手扶著大斧頭的柄。

「你來做什麼？這是你到的地方？」

「你管不著！」

「我管不著？你要野蠻嗎？」

「什麼野蠻？你說的什麼話？」

「你已經不是這裏的工人，沒有權利到來這裏！」

「我到這裏也不礙你，要你著急什麼？」

「滾出去！」

洋琴伯的聲音好大，我嚇了一跳，看見那個燒火秋把傢伙一摔，有一步沒一步的朝洋琴伯走去，嘴角掛著陰笑。

「好呀！洋琴伯，你很威風，今晚上我們又碰著了，大家也好算一算帳，是好漢的不要走！走的老妓仔！」

「你要打嗎？」洋琴伯往後退，一把紮定馬步，上身往後挺，高高舉起手電筒。他們要打架了！那真不好玩。我不知道他們一見面就非打架不可的理由，又不敢上前勸，只盼一方快走開，那就沒有事。可是，叫燒火秋的已經也逼越近，洋琴伯也沒有再退的意思。我睜大眼睛。

「就算你執的是把刀！」燒火秋兩手插腰，挺胸突肚的攔在對手面前。兩個你望我，我望你，誰都沒有先動手。洋琴伯到底有點怯意，略略往後退，可是對方如影隨形，總保留一個伸手觸摸得到的距離。

「我今天才認識你這隻老狐狸！」燒火秋的姿勢一成不變。「你也夠古怪了，受到別人的好處，就對『甲巴拉』生事造謠，辭我的工，好介紹別人進來，我到現在才知道。」

洋琴伯沒作聲。

「可是天不從人願，你想不到『甲巴拉』會用他自己的人，嘿，嘿！洋琴伯，你現在有什麼話說？」

「你胡說！」洋琴伯一身亂抖，只是退。

「我胡說？要不要我指出那個人？」

「我不要聽！」

「不要聽，要打？」

「你敢動手？」

「我打你也不過像打隻老狗！你這鬼樣還是我的手腳？」燒火秋一拍胸口。「先不說打，談談理由，大家出門人同是找碗飯吃，何必要暗裏陷害人呢？洋琴伯，我們同事了幾年，就算我某人忽然間餓飯，你老兄做得到也要送碗飯吃，是不是這樣說？」

「不和你說！」洋琴伯眼珠一轉，看見了我。「阿龍！你站在那裏做什麼？還不幫忙趕他走開去？」

我把臉孔一偏，這時不知怎的倒覺得洋琴伯該挨點打才公道。

「轟隆！」天上打了一個打響雷。雷聲過後是荷荷的風雨聲，間雜有什麼掉在地上的聲響，很沉重似的，認真看時，洋琴伯剛從地上爬起了，手中的電筒已不知去向。燒火秋正在凝視著他，作勢準備下手撲攫。

真的動手了，我反而打了一突，趕緊往遠處閃。

「燒火秋！別以為我怕你，再來我就不饒你！」洋琴伯好容易才站起身，一面嚷，一面往後移。

「我燒火秋是好漢，沒有工做，沒有飯吃也不會向人求饒！不怕的站著，再吃我一拳試看！」

燒火秋逼上去，洋琴伯便往後退，嘴裏翻來覆去的念：「你再來！你再來我就不饒你！」一退到門口，再退便是漫天風雨的場外，這就站住了——一腳前，一腳後，腳下的木屐也不知去向，忽然對逼上來的燒火秋虛晃一拳，轉身一跳就沒進雨中，不見蹤跡。

「呸！」燒火秋猛吐一口唾沫，回頭找我。「龍仔，那老鬼走來做什麼？」

「我看多半是來交班的。」

「這麼早？每晚都是這樣嗎？」

「我也不清楚，近來幾晚他來得很早。」

「什麼原因？」

「不知道，來了就叫我回去。」

他沉吟片刻。「你要小心，那是老狐狸！你叔公知道沒有？」

「不知道，但是我有告訴他。」

「他說要查一查。」

「又是查一查！上回我和那老狐狸鬧意見，你叔公就說要查一查，查什麼？又不是聽他說的，把我滾了去！我說你小心點好，看那老狐狸的意思心還不死，怎樣也想把你這份工作弄走才甘心。」

「沒關係！」我說。「做工要氣力，不是白得，要就給他好了——呵！原來你是……」

他截斷我的話。

「你家裏人答應沒有？不做，你又做什麼呢？」

我兩眼望上廊棟，覺得很難回答。真的，不做這個，我又做什麼？而且母親說家裏窮，錢多得一個是一個，待在家裏吃老米是不行的，父親會把我看作一隻螞蟻也不如。

「阿龍，你看誰來了？」燒火秋輕輕叫我。我一看，門外果然進來一個人，撐把紙傘，身上裹著齊膝蓋來高的雨衣，腳套皮靴，「咯噴！咯噴！」地走了不遠，看見我們以後就站下來，一隻手掌擱在眉頭上作個瞭望的姿勢。

「是我的叔公來了！」我對燒火秋說。

「怎麼是他？」燒火秋顯然有點窘。

叔公走過來，對燒火秋看了又看，側側頭問：

「你來做什麼？」

「隨便跑跑，沒有什麼？」

「現在是什麼時候了，還不回家睡覺？」

「天下雨呀！」

叔公回頭對門外掃了掃。「洋琴伯，你在哪裏？還不進來？」

我大吃一驚，沒想到那個老傢伙還沒有走掉，竟跟叔公一同來了，看看燒火秋，他張開了大嘴巴，可想也給這個意外事弄迷惑了。事情還有得好瞧呢！我暗裏想。洋琴伯出現了，渾身濕得像隻落湯雞，兩手環抱在胸口，有一步沒一步的向叔公靠齊。

「燒火秋，你怎麼到這裏打人？」叔公聲色俱厲地問。

燒火秋拍著胸膛，「你問他好了？」

洋琴伯回了一句。一去一來，兩個人吵得不可開交。

叔公找個地方坐了下來，翹起一隻腳，像欣賞一幕話劇似的聚精會神地聽。洋琴伯回頭不見了叔公，似乎有點怯意，越吵越沒勁。

「你們放心吵好了，只是不准打架！」叔公遠遠的說。

「這樣吵有什麼結果？『甲巴拉』應該主持一個公道！」洋琴伯轉臉向叔公。

「我不是在這裏聽嗎？」

「我沒有這麼大氣魄跟這種蠻牛吵，我走了！」

叔公微微笑的不作聲，瞧著洋琴伯在地上找到電筒和木屐，拿起笠帽搖搖擺擺地消失在門外。

「燒火秋，你在哪裏找到事沒有？」叔公隻手一拍大腿，站起來在附近走了一匝，回頭這麼問。

燒火秋搖頭。「我一直空閒到現在。」

「明天到『公司』來見我！還有，」他伸出食指一點，對著我的臉。「你也來！記得，不用我來請！」

「有什麼事嗎？叔公？」我恭敬地問。

「你問得很笨，沒有事你就不應該來拜候叔公嗎？」

我伸伸舌頭，對著迷迷惘惘的燒火秋傻笑，可是心裏並不樂。

＊＊＊

明天，我見到親愛的叔公。

「阿龍，我本意是想你得到一點好處，也替自己省下一半錢，可是我看你對工作做來很辛苦，而且閒話也太多，不好搞！這些好處我想不要了，今晚上開始，你不必再到工場去！」

「誰去？」

「燒火秋。」

我的腦袋一陣空虛。「啊！他嗎？」

「對於你，我另外設法安置，當然工作要輕便的，那就到會館去罷！看看門，掃掃地，沖沖茶水，行東走西，一點不難，快快活活，神仙一樣。」

「當雜役？」

「哎呀！我沒說出來你先懂了？了不起，真是後生可畏！也可見你和這份工作有緣；回去把東西收拾好，我先去會館打個招呼。」

唉！我又得轉行了。算起來我的看火工作只幹了個九個夜班，熬了九晚瞌睡，共得到九張票鈔。母親說我臉色，又青又白，瘦了許多，假如正確，這代價也可算淒涼了。

詩人方如夢

方如夢自以為是詩人，因此平素自視甚高，不論什麼事都有自己獨特的見解，哪怕這見解往往有悖情理，他也要辯個口沫橫飛。他既是詩人，當然是要有一些詩人的風度，所以說話、行動、做事，在在都表現出和常人不同的地方，他認為不如此便沒有藝術家家的氣味，不配作為詩人。不過，這情景落入一般人的眼裏，就好像覺得他有點瘋瘋癲癲的樣子。

在以前求學時代，他的確曾經用心寫過不少的小詩，雖然大半都是暗中寫給女同學的，並不很成功，但是卻因此博得「多情詩人」的雅號，他不以為忤，反而感到沾沾自喜起來。從那時候起，他就立下宏願，以寫詩為終生的大事業。

方如夢一經沉溺在幻妙的詩境裏，書也無心念，於是他離開學校，回到家裏專門寫詩。他要歌頌，他要讚美，而後他要像彗星似的燦亮整個荒涼的詩壇，再進而穩坐詩界的第一把椅子。照他個人的見解，目前真正稱得上詩人的，除了他實在找不出幾個，只要他好好的幹，那還不如願以償？如果他真的如此虛心學習下去，憑他的天才或者會有成就的一天，可是他經不起考驗，詩作一篇篇的寄出去，一篇篇的差不多都給編輯退回來，他灰了心，索性擱筆不寫，寧願出外到處遊蕩，飄飄搖搖地做他空頭詩人去，當人家問他近來詩作多不多？他的牢騷就來了：「哼！整個文壇都是烏煙瘴氣，有哪些是可以稱作詩的？我和他們在一起，不怕侮辱了我的人格！」

「你詩人應該起帶頭作用呀！」人家又問。

「管屁用！他們都妒忌我的天才，這個你老兄不明白。不過時間未到，到了再說。」

詩人不寫詩，並不是小看了自己的天才，照方如夢的意思，他要想找個志同道合的朋友，好好的搞上一搞，譬如說組織一個小團體，專事寫詩，由自己去領導，過一過大詩人的癮。可惜是沒有人願意接受他的號召，那些朋友都是他稱為文藝界第一流的，個個都閃避著他，或者表示出冷淡。方如夢沒有法子，他罵他們是涼血動物，空有虛名，難怪文壇一團糟！

寫詩的路走不通了，別的不想做，也不會做，這樣方如夢是自由的，可是心情不痛快。他恨這個埋沒了他詩才的世界，恨那些只會沽名釣譽的文壇市儈們，這還不算，最令他憤憤不平的還是那個老而不死的爸爸，長日對他板起一副臭臉孔，除了供給他兩餐粗茶淡飯外，一個錢也不多給他花，無論他怎樣軟來硬去的苦求，都不能打動老頭子的心。他雖是詩人，但還不是超凡入聖的神仙，吃喝玩樂樣樣都要，當然少不了錢。他罵父親混蛋！不懂詩才需要金錢的滋潤才能開出奇葩的道理。今天他落得如此尷尬的田地，老頭子要負起大部分責任。

不過，老頭子也有他的苦衷，當初他的確對這個長子抱有很大的希望，不惜樽衣節衣的送他唸書，指望將來出來掙一份事做，分擔他作為一個街頭小販的辛苦。哪知兒子不唸書了，要專心寫詩，他不反對，在他想來就不唸書也罷，一個十七八歲的孩子也算個成人模樣，好歹會替自己的出路著想。三兩年不經不覺過去了，兒子一成不變，只懂坐下吃飯，伸手要錢的過日子，老頭子越看越不像話，先是實行經濟封鎖，然後逼他去做事。堂堂詩人的方如夢不想做事，和老頭子吵了一頓，賭氣離家出走了三天，結果還是像隻鬥敗公雞似的走了回來。當下老頭子和他約法三章，寫詩由他去，兩條路子由他選擇：一是幫忙他到街邊做買賣，二是介紹到鄉下膠園去，在一位世伯手下做事。詩人考慮了一個月零兩天，答應走第二條路。因為他實在看不慣這城市的齷齪，他要找個清靜的地方歸隱起來，利用山川鍾靈之氣充實詩才，多多寫些咒罵人世虛偽的詩篇，出口心中的鳥氣。主意一定好，詩人就這樣沒精打采地離開了毫無溫情的家。

＊　＊　＊

四月的陽光從雲端裏撒下來，輕輕鋪滿了高低不平的土地。這時正是上午，ＸＸ膠園還裹在一片寧靜中，憩息了一夜的葉子仍舊高高垂著，一動不動的像做著未完的夢。一對烏蛇似的鐵軌從附近穿過，直向被陽光炙得發黃的山崗下衝去。更遠是一帶翠綠的山林，有幾處還騰騰上升著霧氣，迷迷茫茫地彷彿不甚勝力的樣子。啼倦了的鳥雀開始在枝丫間穿插飛撲，成群的鷓鴣飛落到公路上，側著小頭靜聽四周的聲音。遠處偶爾飄來一陣樹木倒折的巨響，接著又讓伏在草叢深處的蟲鳴掩蓋了。

「甲巴拉」（工頭）長髮伯剛從大夢中醒來，此刻正在沖涼間裏刷牙齒。這個五十開外的包工頭，在這個膠園中管轄著二三十個估俚，差不多已有十多年的歷史，人長得矮小，可是透露著精悍，一身古銅色的皮膚充分表現出他是從極端辛勞中掙扎過來的人。到目前為止，他的事業和頭上疏疏落落的白髮一樣，可說稍有顯著的成就，只是尚不能算得意，他的事業野心常常使他感到不滿足，所以他做事認真，喜怒無常，對待手下的估俚自自然然就刻薄起來，工錢低，工作苦，這是「長髮公司」的特徵；奇怪的是估俚們都心甘情願的替他效勞賣命，有些著著實實跟隨他十多年，眼見快要成為白頭老兒了。長髮伯看透了這批估俚的心理，「他們沒有我，要找碗飯吃就艱難。」他驕傲地對自己說。當然有時也公然對外間透露他的觀感，那場合就是在會館消閒跟人爭點名譽的時候。

長髮伯工務之餘，也愛偷閒到城裏的會館去消磨時間，高興來時，或者勾留得三天兩天也是常事。好在工作有帶工，這事他儘管可以收得下心去。昨晚上他打城裏回到膠園已是下半夜，一覺睡到太陽升得很高了，還覺得不十分過癮，為了多天不曾觀察工事，他不得不勉強睜開眼睛，裝成一副清醒的神氣。

「爸！有人來找你。」女兒素貞急步跨進來報告。

「誰？」

「一個年青人，挽著皮夾，不認識的。」

長髮伯匆匆把面巾往八字鬍子上左一抹右一抹，嘴裏一面問：「有什麼事嗎？在哪裏？」人也立刻朝外走，才走出沖涼間，差點和迎面來的人撞個滿懷。

「哈羅！我想你是長髮伯吧？」來人是詩人方如夢，今天開始下鄉來了。他只顧朝屋裏打量，看也不看這位世伯。

長髮伯打量這個冒失鬼似的年青人，皺著眉頭想了一會兒。

「你是誰啊？」

「方如夢！四四方方的方，人不如我的如，夢見你的夢，是你叫我來的呀！」詩人極不願意似的說完，就大步向屋裏走一圈，每間房子探頭望一望，嘴裏嘖嘖的稱讚著。

「這地方不錯，夠寬敞，夠風涼，我真喜歡！」

「過來！」長髮伯想去攔阻他，趕不及了就這麼叫。

「這面窗子開得太小，當初怎麼不鑲上玻璃呀？」詩人用品評的口吻回答著，還不打算走過來。

長髮伯湊前去，沒精打采的問：

「你真的要來我這裏找事做嗎？」

「這個還用得著問？」方如夢把瘦嶙嶙的胸一挺，盯著世伯唇上的八字鬍子：「難道你不喜歡？」

「坐下來，坐下來我們談談！」世伯把手亂擺，一時間真不知要怎樣回答好。在早先，當他得到對方家長要求為世侄謀一份差事的時候，還以為是隨便說說，也就隨口敷衍，他不相信一個文縐縐的讀書人能習慣在風雨下討生活，沒想到真的來了，那麼他惟有真的考慮考慮。

詩人摸把椅子坐下來，大大方方的架起一隻腳，嘴巴張開，做夢一樣的眼睛卻落在站在不遠的素貞臉孔上。

「老侄！」長髮伯聲音拉得長長的。「我這裏做的都是些苦工，你從學校裏出來，能做些什麼呢？」

「寫詩！」詩人那做夢似的眼睛拉回來了，回答得非常乾脆。

「寫詩？」

「對！寫詩，不論古典派、現代派，未來派全會！」

「啊！」世伯不知是驚是喜，心裏卻在嘀咕，因為他本身不是讀書人，文字上只限於簽名和打圓圈，詩是什麼東西，和大鋤大斧有什麼連帶關係，他不曉得。不過他卻曉得工作還是靠氣力，沒有聽人說過靠詩。

「在這裏我可以寫更多的好詩，美化四周的綠野，美化這一帶遼闊的膠園，美化我們之間的情感！」詩人彷彿摸到了話頭，越說越興奮，站了起來。「還有，我要寫許多許多咒罵那些人的詩章，拆開他們沽名釣譽的假面具！」

「坐下來！坐下來！」世伯一把扯他不著，也站起來。

「你知道我來這裏的的目的沒有？」詩人質問世伯。立刻又代替了回答。「古人說：道不行，乘桴浮於海，我就是這個意思，決定溷跡在這裏，好好寫我的詩章，要世人看看我的厲害！」

「啊！」世伯變成了傻子。

方如夢滿臉憤懣的顏色，所有的委屈彷彿在剎那間都湧上了心頭。他大步在樓板上登登地走著，好像已經到了忍無可忍的時候。一面走，一面說：

「在這裏多好，看不見那些卑鄙者的臭臉孔，聽不見俗不可耐的城市囂聲，早知道我就快點來……喔！你叫什麼名字？今年幾歲呀？」如夢一抬頭，停在素貞的面前。

長髮伯冷眼旁觀，心裏非常不高興，但是不便當面指斥，為了對方是遠客，而又念在和他老子的情面上，還得保持一種寬宏大量的風度。他大力的咳嗽著，心想：「要不要把他留著呢？」

眼看著姑娘家跑掉了，詩人有點無聊起來。長髮伯立刻堵上去，怕他再打尾跟。

「你已決定在這裏工作嗎？」世伯打算好了。

「對呀！」

「工作辛苦呵！」

「世界上有什麼比寫詩更辛苦的呢？」

「工錢不多。」

「我會寫詩賺錢！」

世伯沒有話說，這個「詩」實在神通廣大，把他弄迷惑了。「那麼你跟我來，和你到公司房找個住宿的地方。」他把詩人引出了大門。

「不必客氣，就住在這裏好了。」方如夢一把抓著門棟，回頭就走。

「不是這裏！不是這裏！」長髮伯手臂一攔，差點沒揪著他的頭髮。

「我說，你跟我來！」不得他回答，連推帶拉的把他送出門外去。

「這個人倒滿好玩的，你看會不會是傻子？」一直躲在房裏偷聽的長髮婆走出來，攔著回來的丈夫問。

「我看……」長髮伯擰著八字鬍子，朝那邊望一眼。

「大概是吧！不過他還年青，氣力是有的，還用得著！」

＊　＊　＊

眨眨眼，方如夢在這裏住了十來天。

鄉下的十來天功夫，在方如夢看來好像住了十多年。一向見慣了城市景物的他，一朝跌進這鬼域般淒涼的世界裏，心情上首先就引起了極度的不安，心情不安當然沒有美感，沒有美感他就不曾寫過詩。他憎厭這種地方，老想偷偷溜回老家去，可是想起老家的情形，又感到噁心。他很苦悶，後來他想開了。「我是為了隱居而來的呀！」他安慰自己說，心中又毫無可謂起來，自自然然的住下去。

「我是懷才不遇的隱者！」他常常這樣提醒自己，心裏雖然微感到悲哀，但身份卻似乎因此高了不少般的。世伯派給他一份輕便的清理芭場工作，他做一天，歇兩天，因為他覺得太勞苦了，而且一個隱居者崇尚清高，並不適宜工作，他正是遵照著這原則。世伯知道了，也不怎樣過份的責備，他說，不工作，便沒有錢，要世侄好好想。如夢沒有想到隱居的生活也要錢，一提，倒攪起了他滿腹牢騷，漲紅著臉，向世伯大嚷：

「這樣，我簡直是落難了！」

世伯不知道他說什麼，翹著八字鬍子怔了半天，不和他說。

詩人自顧自詛咒起來，他覺得美麗的理想已經崩毀，隱士生活原來如此費氣力。「我就不信邪，看他能奈我何嗎？」他恨恨地想，以為世伯有意為難他，不體諒詩人身份的清高。他繼續到處閒逛，看山水、聽鳥音，到小店去喝流水茶和打小牌。這是要做給世伯看，詩人不是老粗，非曬太陽就不能過活，只是一到吃飯時候他就朝世伯家裏走，因為詩人到底不是仙人，肚子會發慌的。

長髮伯格於好友的情面，同時也起了一番憐才的觀念，初時倒也不吝嗇一些飯頭菜腳；可是見到世侄有長此終老的意思，自然不很習慣，慢慢就叫太太把剩飯殘羹倒給狗吃，使他知難而退。如夢撲了幾次空，心裏明白了一大半，於是不來了，改向認識的伙伴們身上打主意。然而一次起，二次止，自食其力的伙伴們情面做到了，就不再理他。詩人走到了絕路，想清高也不行，不覺黯然地嘆息說：

「唉！我今天真的落難了！」

一個清晨，朝露濡濕了一片隆然的坡崗，一株株蒼老的橡樹佇立在那裏，葉子大半已經褪落在地上，剩下枝枝高攀的丫杈，坡上躺著許多橫七豎八的樹幹，有些已經被鋸成許多小段，有些連著幾片小葉子，在風前輕輕的招搖。工人們已經離開了被窩走到這裏來，賣著力，流著汗，極力把衰老了的樹木弄掉，清理出一片好長新苗的芭場來。

滿懷悒鬱的方如夢今晨也破例參加了勞動工作。東一摸，西一摸，早已弄得頭暈眼花，休息時間未到，他不幹了，覓個空兒離開眾人朝陰涼處就走，坐在樹蔭下面看白雲。白雲冉冉而來，冉冉而沒，搞起詩人滿腹的情懷，「啊！我的身世就像白雲一樣縹緲！」他浩歎著，眼淚差點流下來。「去吧！他媽的！」他隨便抓起一把草葉奮力就摔！他恨這個不讓他成名的世界，恨自私自利的世伯，恨……他覺得所要恨的實在太多，坐也坐不穩了，爬起來胡亂的往前就走，垂著頭，彎著腰，像病壞了的猴子一樣。

來到什麼地方，他不在意，反正世界到處一樣惹人厭惡，只有令人不快。好像行經一處割膠的行頭邊吧，他聽見有人叫：

「傻子！到什麼地方去？」

他是詩人，不是傻子，方如夢只顧低頭往前走。

「傻子！喂！我叫你哩！怎麼不睬人呀？」

帶工阿勝──「甲巴拉」長髮伯的外甥，不知什麼時候來到這裏，一頂硬殼帽握在手裏搧涼，嘴巴歪過一邊，一對銅鈴樣的眼睛直瞪著這個病猴子。

詩人停下了，緩緩抬起夢似的眼睛仔細看看叫人的是什麼東西。

「你叫誰啊？」他先是一怔，然後又無所謂起來。

「當然叫你啊！喂！傻子，你工作不做，要到哪裏去？」

「你叫我傻子？」方如夢像在自語，擰過身去，準備不理他，可是一眼望見膠樹背後閃出一張割膠妹的俏臉孔，正在掩著嘴巴吃吃地對他笑。詩人精神不覺一振，隨即擺出一副自認非常神奇的姿態，認真起來了：「我傻子，你是什麼東西？笨豬！」

阿勝從作為帶工時候起，就只有受到估俚們的尊敬，他的話從來就是聖旨，逆了他的估俚總沒有什麼好處，事實上他一向橫蠻慣了，不大把估俚當人，當然估俚們也不把他當朋友，面前唯唯諾諾，背後切齒痛恨。阿勝不理這些，他有後臺，有推也不倒的權勢，喜歡討估俚們的小便宜就討小便宜，喜歡生事就生事，誰要是不習慣，「請走吧！」出門人不是為了爭氣，所以長久以來都相安無事，看來一片太平氣象。阿勝自認領導有方，自然把蠻橫也視為有理，估俚們動輒得咎，沒有一個不受他的氣。今天他一時高興提早離開工場，躲在這裏跟割膠妹閒扯，不期然碰見心情不快的詩人，全沒料到竟敢目無天地的頂撞了他。

「趕快給我回到工場去！我是帶工，現在命令你！」帶工破題兒給估俚訓了一頓，很覺臉上無光，不過他到底明白對方的身份是特殊些，因為這些話還算客氣。

方如夢一臉不屑的打量那個東西，他不覺得害怕，因為把詩人叫做傻子，這個侮辱就值得他誓死力爭；而且，現在他還在命令他呢！尤其在一個女孩子面前，那還了得！他挺著胸膛，夢樣的眼睛居然瞪圓了。

「走呀！」帶工吼叫著。

詩人就像落地生根似的，怎樣也不動。

「你真不走！」

「哼！別人怕你，難道我也怕你？」詩人紮開馬步。

帶工用手指敲著帽子，考慮要不要動手揍他一頓。

「好！你現在就回家去，走！」

「你管不著！」詩人鼻孔朝天，天上飛過一隻色彩斑斕的飛鳥，他沒看見，似乎只看見那張含情脈脈的少女的臉蛋。他忽然笑一笑，好像那裏得到了勝利，心裏有點甜甜的。

阿勝不聲不響，一把揪著詩人的肩膀用力就推，詩人站不穩腳，一屁股頓落在地上，爬起來後臉上再也笑不成了。

「你怎麼動手動腳起來？到底你有讀過書沒有？」方如夢摸著屁股，順手就拾起一根枯枝，逼前一步。

那個沒料到詩人如此不中用，心裏暗吃一驚，可看見了對方這種咄咄逼人的聲勢，要想罷休似乎又很難著手。

「你想打架嗎？」帶工喊。

「隨便！」方如夢高高舉起枯枝，但是久久打不下去。帶工把帽子一拋，往後便退，詩人往前就進，帶工跨步上前，詩人往後便退，兩人屢進屢退一會兒，還是阿勝高傲慣了，沉不住氣，一伸手抓住詩人的武器，再伸手就連對方的脖子都箍住了。

「服不服？服不服？」帶工一手扯前，一手推後，嘴裏不住問。方如夢喉嚨頭咕嚕嚕地響，手足並用的亂掙一氣，鬧得頭昏眼花，始終扳不回劣勢。末了，他索性閉起眼睛，省下氣力，任由對方拖來推去的玩，等到他忽然感到渾身一鬆，藉機就往地上一躺。似乎躺夠了，然後睜開眼睛爬起來，四面亂看。

「哪裏去了？有種的就別走呀！哼！」他嚷著，跳著，憑空揮了揮拳頭，一擰身，發現那個站著看得傻了的割膠女郎，他氣得不理是誰，對準了方向就衝。

女郎一陣尖叫，掉頭飛逃，連膠桶也不要了。

* * *

詩人一瘸一拐地回到公司屋，已經是放工吃中飯的時候，工友們見他的奇形怪狀，都有點奇怪，不免有人追問起來。

「我把阿勝那王八蛋好好整治了一場！」他神氣活現地說。

這話一傳說開去，工友們無不動心，三三兩兩的揣著飯碗或水罐子把詩人圍起來，大家七嘴八舌追問情由。方如夢不怕照實說，但在緊要關頭卻說成了自己如何孔武有力，如何武藝高強。「幸虧他跑得快，我追他不上，不然……」他說的猶有餘怒。

「那麼你的腳？」睡在對面舖位的老林問。

「你哪裏知道是一場多麼劇烈的戰鬥！弄傷了一隻腳有什麼奇怪？」他噴了老林一臉口沫。

工友們都肅然起敬，嘴裏不住嘖嘖讚歎詩人的勇敢和偉大。雖然當中有多少人表示懷疑，但也寧願信其有，不願信其無，因為他們受到帶工的閒氣實在太多了，好歹不曾見過有人代他們出口氣，這下聽了也相當過癮，於是都不約而同的伸出大拇指，表示他非常了不起，要得！

剎那間詩人如同成了打虎英雄，受到眾人的愛戴，這事使他受寵若驚，真覺得自己比誰都偉大。他繼續說著說著，忘了一身的疼痛和肚飢，說得高興的時候，簡直是熱血沸騰，聲色俱厲起來。

「兄弟們！」他插著腰肢喊：「這是一個很好的真理！現在擺於我們大家的眼前，那就是，那就是我們絕不能忍受！」

大家你看著我，我看著你，大氣也不敢出。

「所以從今天開始，大家就要好好的團結起來，誓死把那個專欺侮我們的王八蛋滾出去！」詩人猛拍著胸膛，脖子也掙得通紅。

圍著聽的工友們一向有忍受的美德，本來不想多生事，但方如夢得姿態實在太動人，一言一語深入人心，大家就忍不住在心裏想：「看呀！人家多麼有正義感，正在為大眾爭一口氣！」年青些的更興奮得用力鼓掌、喝彩，竟有人喊起「萬歲」來。

一場隨便而又莊嚴的大會結束後，方如夢搖身一變，成為工友群中的靈魂，不論走到哪裏，總有一兩個隨從跟著他。他也自覺身份的非凡，儼然以領導者自居，一有空便逼著人家聽他大言不慚的團結理論，而且一踏近別人的飯桌邊，便逢山吃山，逢水吃水，用不著客氣。照他說團結的初步工作就是合作，他餵飽了肚子後就方便為大眾賣命，他賣命的方式，便是暗中偵察帶工阿勝的馬腳，準備再揍他一次。

阿勝自從那天把方如夢炮製了一番，心裏有點過意不去，因為他對待手下的工友們儘管刻薄成性，但並沒有真正動手拚過命。這次居然一破前例，而且拚命的對象竟是和舅父有點關係的，這不能不使他擔點心，當然過錯不在他，從哪裏說他都有理，怕只怕傳到舅父那裏，萬一老傢伙發起癲來，真不講理，那多少對他會有不方便。他打算先入為主，預早在舅父那裏控別人一狀，碰巧舅父有事外出，只好按下聽變。

等了兩天，舅父回來了，阿勝又沒想到要告狀這回事，他已經看好，人家絕不敢把那件事鬧起來，他也樂得毫不知情，乾乾淨淨。這天他又大模大樣的執行例行公事，走到工場找人晦氣去。

「聽好，你們五個人到那邊去，把木頭鋸好，放在一堆，不能偷懶，等會我來一看就知道。你和他，到下面去清出一條路來，限上午弄好，現在就去！你們這幾個，就在這裏收拾收拾，不要老是看風景，知道沒有？……」

所有的都吩咐好了，阿勝打褲袋裏掏出一條手巾，除下帽子抹抹脖子上的汗水——事實上並沒有汗。然後從腰際拔出一根菸斗，吸一吸，就掛在唇角上，仰起臉看看躲在樹林背後的太陽，回頭就要找處陰涼的地方，這時他發現身後站著一個人，那是方如夢。幾天不來上工的方如夢不知什麼高興，忽然也來了，他穿戴得極為體面，擺出一副非常閒適的姿態，又好像是偶然散步前來似的。

「你來做什麼？」阿勝摘下菸斗，把他上下打量著。

「當然有事情，你又來做什麼？」詩人橫了他一眼。

「是上工的就早一些來，不是就走遠一些去！」

「這裏又不是你買下的，不上工就來不得？」

「當然咯！」

「誰給你的權力？」

「我自己！」

「你能作主意？」

「都是我作主。」

「這麼糧期過了好多天，什麼時候出糧？我們要用錢。」方如夢伸出一隻巴掌。

「我不管這個！」帶工有點意外，不知不覺退了一步。

「大家聽呀！」詩人向放下工作站著看的工友們喊。「天下竟有這種道理，他說他什麼都能管，出糧就不管，哪有做工不出糧的？分明是他作怪，問他就是！」

「是呀！別家公司早就出糧了，我們的還沒有消息。」一個工友接口說。這一說立刻引起其他工友的興趣，大家議論紛紛，顯然心裏早已存在了不滿，只是不敢明言，現在給方如夢帶頭開砲，正好趁機衝鋒。於是你一言，我一語，亂哄哄起來。

阿勝暗地裏打了一突，隨即便發了脾氣，恨不得一拳把這個妖言惑眾的傢伙打死才痛快。「做工！做工！不准說話！誰要是不喜歡的站出來，可以回去！我這裏不愁沒有人，多得是！」他頓著腳喊，回頭就威脅勇敢的詩人。「是來上工的快點閉嘴，乖乖走過去聽我的吩咐，要不是現在就給我滾！」

「你還沒有回答我哩！」方如夢彷彿有恃無恐，把腰擰得筆直。「什麼時候出糧給我們？」

「再不走開我要不客氣了！」阿勝把菸斗插回腰間，右手把帽子交給左手。

「你真不講理？」方如夢嚐過滋味，實在不希望真的和對方再來拚命一次。

「我打你就好像打狗！」帶工指著詩人的鼻子，一字一句的說得頂有力。不想這就觸動了方如夢的傻勁，因為當著大眾的臉，他實在不能過份示弱，縱使為此犧牲，也在所不惜了。

「大家來！一齊教訓教訓這個不講理的王八蛋！」他一面作勢戒備，一面向後呼援。

阿勝往後一看，懷疑對方有這等號召的能力，當他覺得這是過慮的時候，便鐵青著臉孔朝對手走去。方如夢呼吸逼促，眼角一直向旁死瞅，暗自作急怎麼大家還不來動手？如果大家袖手不管，那麼他為此犧牲也太沒有意思。他想返身拔足而逃了，那個新近和他最合得來的老林首一個喝起來：

「打呀！」

「打！」

站著看的人似乎都從夢中驚醒，個個都覺得渾身熱血鼎沸，隨著喊聲紛紛挪動身子，就是不想動手的也隨口高喝助威，而且其中真的有人拿著傢伙挺身出來，一人出面，別的就跟著行動，一時間情勢非常混亂。阿勝做夢也未曾想到手下居然有作反的一天，心頭一震，手腳都發軟了，那還顧得去近逼對手。方如夢一見情勢有利，不退反進，連頭並腦向對方猛撲，把龐然大物的阿勝碰倒了，兩個都滾在地上翻。阿勝只顧逃命要緊，一有機會爬起來就奔，方如夢摔得灰頭灰腦，人走了老遠還不知道。

「我們今天得到了一個輝煌的勝利！」他一邊喘氣，一邊舉起手臂喊。「從今天起，我們再不怕任何人了！」

「聽我們小方的話！」鬧事的人都表示興奮。

「對！」方如夢頓覺所有的光榮全歸了自己，聲音也嘹亮了一些。「事情不能就此算完，我們應該再接再厲的繼續爭取，好像，好像要求出糧是一件事，大家為了生活的幸福，那就要，就要堅決要求加薪，對，加薪！大家贊成嗎？舉手！」

眾人愕然四顧，大半作不了主意，一看見有人舉手，便不由自主的學了樣。

「一、二、三、四……好的！現在就走，大家跟著我，擎著真理的火炬前進！」

方如夢一發喊，立刻一馬領先，後面的人還在你推我讓，甚至有人問要到哪裏去？聽說要找頭家不覺都張大了嘴巴發慌。可是見到有人跟著走，一些較為謹慎的也不禁這樣想：「事情既然鬧開了，關係已經擔上，人家都不怕，那還怕什麼？」而且還是追討工錢和加薪，更怕少了自己的份，不去也不行。於是哄然響應，來不及扔掉傢伙的便握著鋤頭斧子，走得乾乾淨淨。

＊　＊　＊

長髮伯最近遭遇到一些事業上的挫折，心情非常不愉快。這幾天他奔東走西，到處去疏通和打交情，設法湊出一筆款子應付各方面的債務。早些時候，他根本沒有這種煩惱，工作上需要什麼工具和應用物，一張單據或是一個電話過去，店家們便會把貨物源源送來，甚至還嫌數量少一些。他的貨物得來容易，工場的淨益賺得痛快，自然錢也花得痛快，店家那裏倒擱下不少還不清的債。店家信任他，他信任源源出息不盡的工場，拉來扯去，倒也非常順利。可是自從一個和園主極有交情的工頭打進這裏來以後，他就察覺了不妙，果真對方很快侵占了他的利益，逐漸有擠他出外的趨勢。

「不要怕，我和園主也有很久的交情！」起初他這樣安慰自己。到後來看情勢不對勁，他便設法上下去疏通，但是別人也不笨，兩個人明爭暗奪，已不是一些時候了。長髮伯自持在這裏的歷史久，資格老，樹大根深，任人怎樣也不能把他動搖。而且在不久前把十多二十間的「公司屋」建築工程拿過手，便證明他在這裏仍有可為，園主雖然徇私，但也要念舊，他到底是開發這處膠園的老功臣啊！

不料正當長髮伯運籌帷幄，準備遣兵調將，添置器材的時候，不甘服輸的對頭暗箭射來了：「長髮公司虧空太多，頭家要走路！」這謠言立刻在有關係的店家那裏掀起了風暴，一天三幾趟的有人上門來討債。長髮伯當然否認，不幸時寧可信其有，不可信其無，是人性上的弱點，懷疑心一生，什麼解釋也等於白費，甚至平日交情不壞的店家竟把「三萬」送過來，翻臉不認人。事到如此，長髮伯想生氣也來不及，好不容易東拼西湊的打發了那些討債鬼，估俚們的工錢卻因此壓下了個把月。

「給我查出是誰造的謠，不砍下他的頭來我就是四隻腳爬的！」其實他不查也明白，這句話是說來自己聽，也樂得裝糊塗。不過一想起，心裏就悶得發昏。

這天他起個大早，獨自在屋後的草坪上曬太陽，心裏估量這一件重大的事。阿勝打外面飛風似的衝進屋子來，「阿舅！阿舅！快來，不得了！」他嚷到屋後。「阿舅，他們想作反，打我！」

長髮伯熱烘烘的身子掠過一陣涼意。

「什麼？誰打你？」

「方如夢！他們全部是好東西，你看，他們都追來了！」阿勝拔步要逃。

長髮伯連忙伸手一攔，勉強鎮定心神。「不要走！什麼事有我。」阿勝不聽，長髮伯也有點抓不定主意，由他從屋後的芭蕉林中溜走，自己急忙三步並成兩腳繞道迎上去。

「立正！大家就站在這裏，一切聽我的！」方如夢在屋面前站住，向緩步走來的世伯瞪眼睛，擺出一副威武的神氣。

「你們走來做什麼？」長髮伯極有尊嚴地發問。看到氣概不凡的方如夢，好像明白了什麼，連忙換過口吻說：「如夢，你把人都帶來這裏有什麼事？我們進去屋裏談談好嗎？」

方如夢顯示了一番實力，洋洋得意的走進屋裏跟世伯開談判。他先表白自己的身份：「我是代表！」然後不等世伯承認，開門見山的就談到工錢。「最遲在明天發出，此後各加薪五十巴仙！少一點也不答應！」世伯暗裏懊悔不早打發他滾蛋！口裏不答話，老臉上一陣紅，一陣綠。

「你有什麼意見要向我提出？快！」方如夢向世伯威脅。

「是你帶他們來打阿勝？」

「不合理的都該打！」

「你，你想作反？」世伯拍著桌子，指著方如夢。

「你是不答應了？」代表站起來。「我現在就去告訴他們，你留心！」

方如夢前腳踏出門檻，世伯後腳就趕上。「坐下來！坐下來！我們再談談。」

「還有什麼好談的呢？」

「你坐下來就是。」長髮伯軟了。現在，他開始認真的考慮，工錢不發，這是他理虧。要求加薪，那是別人胡鬧。兩樣都不是好的，他怕真個一鬧，不但冤家對頭有了在事主面前進讒的藉口，而且自己的威信也因此一掃塗地，影響本身的事業前途卻不是玩的。他打量面前這位瘋瘋癲癲的代表，一向竟小看他了，原來工友們卻聽他的。長髮伯有大半相信他是搞起這場風雨的怪物！

「如夢！」長髮伯叫得非常親密，心裏另有主意。「你叫他們回到工場去照常工作，那些事，由我們兩個人商量就夠。」方如夢的目的，不外是要讓人家看看厲害，他有如此雄厚的實力，自然不再是寂寂無聞的人。現在既然人家承認了他的身份，還有什麼不願意的。工友們一散開，世伯吩咐女兒泡茶弄點心，好好款待這位世侄兼代表一番。並且吩咐就在這裏隨便吃午飯，未吃之前，大家在輕鬆的氣氛下款款交談了很多話，世伯大讚他的精明和能幹，關心他最近的飲食起居，使到滿腔熱血的方如夢似幻似真，心神愉快，差點把一身的使命忘了個乾淨。

「上面的錢尚未撥下來。」世伯解釋他的困難。「對於加薪的事，我早就有這個意思，因為大家都苦，對不對？但是，我一直在賠錢！」

「你是拒絕我們的要求了？」方如夢很感失望。

「絕對不是這個意思。」世伯敬他一根菸，「只要大家體恤我的苦衷，辛苦辛苦，以後有好處我一定不會忘記大家的幫忙。」

「要是大家不接受？」

「沒有什麼好說，只能關門！」

方如夢半天不說話，當然他事前來曾想到世伯會埋藏了這一殺手鐧。「這一來我也只好滾蛋！」他想起了就很不願意。再往深一層想，即使真個爭取到最後的理想，對他這種崇尚清高閒適的詩人隱士，也得不到什麼實際的好處，他犯不著為大眾利益而冒險。

「假如你真把我當作自己人，」世伯看穿了他的心意，臉上裝成一派懇切的神情。「你應當幫忙我，我也不會虧待你，明天起，你就是帶工！」

方如夢根本不反對，其實並沒有理由要反對。「士為知己者死！」這個道理他明白，好歹有了光榮的收穫，把自己先弄了上去。至於他們，方如夢願為他們慶幸自己成為真真正正的領導人物。

「你說過就算數！」

「我幾時騙過人？」

方如夢笑了，世伯也笑了。吃過午飯，長髮伯安心進城去疏通人事，方如夢出外去安慰眾人，一場糾紛就在高高興興的密談中暫時按了下來。

＊　＊　＊

糾紛過後的翌日，方如夢正式上了台，阿勝給滾蛋！所有對舊帶工不滿的都暗叫痛快！對新帶工表露無限的希望。他們公然叫喊：「工人們勝利了！」似乎好日子就在不遠，摸也摸得著般的。

方如夢少年得志，想起以前的悒鬱難伸，好不容易今朝吐氣揚眉起來，得到世伯的賞識，當然自比不同凡響，在在覺得身份高人一等。於是，他漸漸和大家疏遠了，有事無事都和世伯走在一塊，世伯不在，也寧願和伯母談些無聊的事情。工友們以為方如夢做事負責，常常找頭家交涉條件。後來等久了沒有消息，大家慢慢起了懷疑，就在工場中把這位英雄偶像包圍著追問，先不提加薪，想知道工錢的著落。

沒有人敢接口，因為誰也相信他說的全是老實話，要是因此曲解了心目中的英雄，良心上實在很過意不去。可是其中有人窮得叫苦，心裏儘管抱歉，口頭上不免咕嚕起來。

「我們連買油鹽的錢都沒有了！」

「小店就在眼前，不會去拿嗎？」

「錢呢？」

「拿了再算！」

方如夢把事情看得非常容易。後來確實證明小店不肯再為大家開放方便之門，憑方如夢的人格擔保都不中用，這就把他惹惱了，「看我不一把火把它燒掉！」他號召大家起來抵制這家小店，寧可餓著肚皮。

不過，工友們對這種號召並沒有多大興趣，他們急著等候發薪的消息。每次，方如夢都嚴嚴肅肅的把大家的情緒按捺下去，「我不相信大家再等多幾天就活不了，忍耐就是美德，凡事多多忍耐，慢慢來，到時候自然而然會到手，少不了！」話是這麼說，方如夢未嘗不在暗裏著急，他實在巴望世伯快把工錢發出，自己也好占到一份。世伯那裏他問過幾趟，要領是沒有，好在自己零零星星的卻討過了一些，算起來已差不多了，橫豎飯餐世伯家裏備有現成的，他不必發愁，自然就慢慢懶得替別人打算。

轉眼又過了幾天，發薪的事仍無頭緒，當事人的長髮伯一天到晚在外奔波，聽說為籌備一筆錢，累得他連家裏也來不及回去。工友們漸漸聽厭了方如夢的忍耐論調，連帶對他的信心也起了根本上的動搖，不以為他能真真正正替大家辦點事。他們秘密磋商，一部份人主張大夥兒找頭家正面交涉，談出個所以然來。一部份人主張意氣用事，不惜扯破臉皮向上頭控告，給他個厲害瞧。另一部份人比較謹慎，主張用怠工的辦法，一來不喪失彼此間的和氣，事情過後可以留下一條退路；二來表示抗議，又不必勞師動眾。磋商的結果，決定先由怠工抗議開始，然後逐步採取後著。

天亮了，帶工方如夢吹著口哨來到工場，靜悄悄地不見一個鬼影，他以為走錯了方向，端詳了半天，認為正確無誤之後不禁大發脾氣，「好！這群懶鬼不守時，得好好訓他們一頓！」等了一會兒，只陸陸續續來了幾個老卒殘兵，再也不見有人來了。一審問，他老大下了一跳，口裏卻冷笑著說：「沒關係，這樣是難不倒人家的！」等明天再來，連老卒殘兵都不見了，方如夢成了無工可帶，這下連冷笑都沒有，負起雙手瞧著天空的浮雲一會兒，然後像鬼追一樣急急忙忙往世伯的家裏奔。正當他走在林間的一條小路上，忽然有人把他攔住了。

「小方，還認得我嗎？」阿勝無工一身輕，此刻盪到這裏來尋找閒情逸致，不料冤家路窄，遇見了昔日的仇人，表情上自然是不很愉快。

方如夢眼前一黑，差點往後就倒，怔了半晌，神情沮喪的搭訕起來：「阿勝哥，早啊！到哪裏去？」

「找你！」

「找我？」方如夢心裏打鼓。「唉！以前的事別再提了，我們做對好朋友怎樣？」

阿勝一臉冷霜，逼上前去。方如夢沒有「實力」，知道不是敵手，連忙雙手一拱：「君子不念舊惡，算了吧！我也不想做這份工了。」

「為什麼呢？」

「他們都不到，罷工！」

「好極了！」阿勝好像有點兒意外，瞇著眼睛看了看近樹，看了看林外的遠山。

趁這機會方如夢往後拔足就逃。阿勝沒有追去，反而朝相反的地方走。此刻在他心中燃燒著一股仇恨怨毒的火焰，而且微微感到一種幸災樂禍異樣痛快的滋味。他趕著找尋昔日的手下們去。

「你們大家聽著，頭家多天不回，帶工存心不正，我特地趕來通知，大家好有個準備準備！」他逢人便說。

工友們安心留在屋裏，還以為處置得宜，一聽，都驚動起來。

「真的嗎？你從哪裏聽來的？」

「小方在半路親口對我說，他要走！」

這一來，大家都發了慌，儘管以前對舊帶工心存反感，現在事過境遷，實在沒有多少人牢記在心裏，何況他們只認定誰站在自己這邊說話，誰就是自己的朋友，以前的小方如此，目前的阿勝也如此，大家圍著他問長問短，滿懷說不出的感激。

「現在也許來得及，大家集合！到那邊找他去！」

「對！找他去！找他去！」

眾人先湧到帶工住的宿捨去，撲了個空。再衝到工頭的住家，也撲了個空。找遍所有的小店，哪裏有方如夢的影子？這更證明阿勝的話事有實據，大家由驚慌而轉為憤怒，再由憤怒而鼓譟著守據在頭家的住屋邊，看光景他們今天見不著方如夢或工頭便不會安心散去。

頭家娘母女倆好好把大門栓牢，從窗口向外去張望，她們明白這群人是為什麼而來。頭家娘張望了一會兒，發現了雜在人群中的外甥阿勝。

「阿勝，這裏來！」她喚。

阿勝一轉身，小魚一樣溜走了。

頭家娘沒了主意，把窗門一合，摟著女兒在客廳裏發抖。她一面禱祝上蒼保佑丈夫早些平安歸來，好趕快打發這班窮神餓鬼走開；一面在心裏奇怪，方如夢這小子一向大言不慚，今朝怎麼把這群老友惹惱了引上門來，自己躲到哪裏去了？

＊＊＊

落荒而逃的方如夢一口氣走了老遠，看看前無去路，後無追兵，心神一定，就在一口潭邊的老樹根上坐下來休息。

潭水澄清見底，如圈如點的綠萍輕輕貼在水面，一群群的小魚劃東劃西，好像天地間從來沒有所謂煩惱的事情。方如夢數了一番游魚，似乎總不是味兒，心情猛然一緊，百感不覺相繼而來。

「這個世界當真是一片黑暗，人心險惡，我為什麼還要隨波逐流的去惹煩惱呢？隱居，決定隱居！」他向潭水啐了口唾沫，側著頭向四周端詳，「這裏很幽靜，有山、有水、有草、有木，最好就在這裏！」他霍地拍下大腿，「從此以後，我要一心寫詩，恢復我詩人的本色，寫出清高、雋永、驚世駭俗的詩篇，那時候受到萬人敬仰，還不比現在這個吃力不討好的臭帶工強！」他呆呆的想。

一陣輕風拂過，夾帶著不知名的花香撲進這個憤世嫉俗者的鼻子裏，方如夢深深吸入一口氣，身體倒有點懶洋洋的感覺。他把頭枕著樹身，思想就像潭裏的游魚似溜來溜去，沒有一個附著點。最後他在神思恍惚中睡了一覺。

這場覺並不睡得好，他從朦朧中醒過來，爬在樹梢邊的太陽端端正正照著他的臉，他發覺肚子裏難受，好像要補進一點兒東西。「唉！一個人如果不需要吃飯該多好！」他嘆著氣，因為他到底不能長久廝守著這塊幽靜的天地，又要跟萬惡的現實社會打上交道了。

掬點兒潭水潤了潤臉孔，站在潭邊怔一會兒神，方如夢這才萬分無可奈何地覓路回去，遠遠望見世伯的住家了，他一下打住了腳步，「咦！怎麼好像有一大群人？」他揉揉眼睛，企高腳再細看，果然沒有看錯，「不好了！他們一定為了鬧事而來的！」他彷彿憑空矮了一截，往後就閃，可是想來想去，又相信自己問心無愧，犯不著害怕他們，膽子一壯，真的想不顧一切的迎上去。「不行！他們既然為了鬧事而來，當然不分青紅皂白，送上去挨揍可不值得，避開為是！」他又臨時改換主意，裹足不前，而且索性躡起腳步往後走，藏在一堆灌木叢裏看風色。

不知經過多少時候，方如夢隱隱聽見前面路口傳來一陣汽車馳行的聲音，打葉隙裏望去，登時喜得嚷了起來。

「長髮伯！長髮伯！長……」他像野獸一樣撲出來。

長髮伯回來了，一臉倦慵的顏色，人是憔悴了不少，這時坐在自駕的老爺車子上，愕然地停在由衷歡迎的方如夢面前。

「你怎麼躲在這裏，不到工場去？」世伯言下有責備的意思。

「還要說工場呢！鬼都不願意去了！」

世伯忘了捏八字鬍子。「你說什麼？」

「他們全體罷工！」

「罷工？」

「等出糧！」

「出糧？我是怎樣交代你的？」世伯走下車來。

「沒有辦法，我的話他們不聽。」

「他們一向不是很聽你的話嗎？」

方如夢搔著不癢的頭皮，「這個，這個，我也很奇怪！」

長髮伯開始捏鬍子，冷冷瞪著這個倒霉的世侄。「現在，你就躲在這裏享福？」

「有人要打我！」

「嗯！真好！」

長髮伯口裏說著「真好」，心裏卻在發慌。早先，他滿以為提拔了眾人一致擁戴的方如夢，就可以聯繫好大眾的感情，這次他在事業上暫時遭遇到挫折，一時周轉不靈，那麼有這樣一個人物安放在這裏，便大可以從從容容地去進行私人的事，保證毫無問題。可是他的估計錯誤，方如夢不行，反把事情搞糟糕，更糟糕還是他沒有把足夠的金錢弄到手，工友們既可以下手打得方如夢，何嘗又不能為了工錢打自己。

「嗯，真好！」長髮伯負手踱了回方步，爬上車去。

「去不得！去不得！他們包圍了屋子！」方如夢三幾下就跳到車子邊。

「你想嚇我嗎？真的？」

「我剛剛逃了出來！」

世伯的臉色變了，「啊！你聽到什麼消息？」

「他們要打人！錯不了。」

「那怎麼辦？」長髮伯真懊悔及時回來，要不然在公館裏多搓幾圈麻將，探清楚了情形再回家還不遲。他瞪著楚楚可憐的世侄，「你真沒有騙我？」

方如夢要想指天立誓，「我怎麼要騙你呢？不信去看一看！」

「嗯！」世伯不想去冒險，低頭走了兩步，「你躲在這裏多久？他們看見你沒有？」

「從早上到現在，一個人也沒看見我！」

「很好，上車！上車！」

「到哪裏去？」方如夢不肯答應，世伯親自下來把他推上去坐好，然後把車子一退，往原路就奔。

「你快點離開這裏，我現在就送你進市場，對了！一直回家。」

「哎！」方如夢跳起來，「這是什麼意思？你要趕我走？」

「沒有法子，老侄！事情到了如此地步，只好委屈了你，乖乖回家去吧！」

「回家？」

「難道你不想回家？」

方如夢揉了揉眼睛，「我不想回家，我要住在這裏，我愛這裏青青的山，綠綠的水……」

「不要多說了！」世伯趕緊從口袋裏掏出一些錢，塞在詩人手心裏，「這個拿去！你的工作到今天為止，不要再回來了，行李我會替你送到家裏，記得，記得！」

「我才不會答應，什麼？」方如夢把錢數了數，往袋子裏塞好。「我還是要回來的，你不知我怎麼熱愛……」

「難道你不怕人家把你打死？」

「真的？」詩人想了想，當下泄了氣，「好啦！我聽你的，不回來就不回來，但是，我這樣回去和逃難差不多，家裏人問起怎麼說？」

「容易，你可以說順路回家探望探望，三天兩天趕緊出外找份事兒做，難道你還想再家裏住一輩子？」

方如夢雙手摟著膝蓋，合上眼睛，世伯的話就像耳邊的風聲一樣單調乏味，他想：「這老傢伙還算有點人情味，就是不通事理，一個詩人不做隱士，要到哪裏去寫詩？就像落難到這個膠園裏一樣，是寫不成，到頭來落得被人當作囚犯似的押著走！什麼做事？他才不再上這個當！」

「詩人的命運都坎坷不平的！」末了，他一聲慨嘆，說不出內心的極端憂鬱。忽然，他湊近世伯耳邊問：

「以後我能夠回來看看嗎？」

「看什麼？」

「素貞！」

世伯好像不認識他，端詳了好一會兒，幾乎用盡所有的力氣喊：「不可以！」

「那麼我就更加痛苦了！」詩人自言自語說，一面冷冷瞪著世伯，他覺得世伯該殺！一切拂逆了他方如夢心意的人都該殺！不過現在還不是時候，他沒有法子可想。

「記得！不要再回來，也不要和別人說起今日的事。我先警告你！」

長髮伯把世侄像拋廢物似的扔在市區的街角，又叮囑又威脅的說了幾句話，立刻馬不停蹄的轉回膠園去。

這時，包圍著住屋的人們已經逐漸散盡，長髮伯裝成若無其事的回到家，工友們聞聲重新簇擁而來，在門前列成陣勢，情形顯得非常緊張。長髮伯出現了，極其自然的向大家發問：

「嗯，真好！你們要什麼？說！」

「出糧！我們要錢！」

「帶工呢？方如夢在哪裏？」

「不見了！」大家喊。

「哪有這回事？幾天前我早已一清二楚的交代他，快找他來見我！」

長髮伯把心一橫，親自指揮尋人工作，當然是一場白忙。

「嗯，真好！知人知面不知心，到底誤事，走了！」他裝成一副痛心疾首的神情。「但是，大家不要慌，我負責！不過請大家念在朋友一場，不要逼著我，總之我不讓大家吃虧就是。」

事情來得太突然，眾人惟有面面相覷，免不了在嘴裏罵方如夢是混蛋！心裏同情頭家得倒霉。這時有人喊打！有人喊殺！所有的人都表示十分憤怒，也懶得用理智去分析事情的真相，結果擾擾攘攘了一番，一致同意長髮伯的通融辦法：暫時支薪，直到另行通知發清時為止。

「以後你頭家不要再隨便去相信一個人了，我們現在都有了這種經驗！」和方如夢頂合得來的老林，特地代表大家安慰長髮伯幾句。

「會做頭路的人，難道不曉得？噢！這個自然，這個自然！」長髮伯摸著鬍子，不住地點頭微笑。

風潮過去了，長髮公司又安靜下去，被冷落一個時期的阿勝恢復了原有職位，沒有人表示不滿意。長髮伯每天只管忙出忙進，臉上沒有一絲笑容，工友們都相信他為了方如夢的事刺激太深。因此大家鬧起來也愛談起方如夢，都說他敢作敢為，似乎像個人才；可惜是不著實際，缺乏做人的志氣，簡直是無賴，要不得！

媽媽哭

（這是什麼地方？我好像沒有來過。天氣好熱，我的頭有點作疼，兩腿好疲倦，那邊有座石級，一顆老樹的蔭影鋪得滿滿的，我還是暫時坐下來休息會兒吧！）

小乖乖！你究竟在哪裏？媽一直找尋你，在心裏呼喚你，從南至北，從東至西，記不得走了多少路，流了多少淚，你餓了麼？是哭著還是睡著了？你哭吧！媽在仔細聽呢！你的聲音媽一聽就明白，媽會立刻把你抱進懷裏，親自用嘴啜乾你臉上的淚珠，用溫馨的手指抹開你緊繃的苦臉。你笑了，開始笑了，媽好疼你呀！小乖乖，我苦命的女兒，你為什麼還是不作聲？

（那些路過的人都回頭望著我，小孩子們也在對著我指手劃腳，他們說些什麼我一點都聽不懂，我的心裏很亂，我的眼前越來越模糊，我自管低下頭去，把隨身的一個膠袋緊靠在我的細花裙邊。）

小乖乖！你要原諒媽，媽不是有意把你交給一個毒心的老女人，媽只是想到以後我們母女的生活沒著落，媽實在太糊塗了，一錯而再錯，為什麼偏要去相信人家的甜言蜜語呢？一開始的痛苦還沒有受夠嗎？我苦命的女兒，你要怪媽就趕緊怪吧！媽承認錯誤，一開始便錯誤，這一回卻錯得非常厲害，連累到你這個沒有爸爸的娃兒，才過了週月便嘗到無家可歸的苦楚，備受世人鄙夷的白眼。這都是媽當初一手造成的罪孽，雖然說有點兒無辜，但我並不想要求誰的同情，世間的所謂同情對我已經是一種諷刺，我嚐盡了它的苦頭，一切都認命了！

（日色忽然泛黯，一陣大風從樹梢頭冒起，小葉兒受驚似的瑟瑟嘩叫，有些打著旋轉落到附近人家屋脊上，有幾片就落在我的頭髮上。我捋一捋飄蕩在額前的絲絲長髮，換過一個坐姿。一隻捲起尾巴的狗兒匆匆跑來，朝我吠了幾聲，又跑開了。天是不是想下雨？路人都走得那麼急，那些無所事事的孩子一個都不見了。）

要是有誰就此認為我必是一個低三下四的賤女人，那麼我要堅決去否認，我不是，我是一個受過中等教育的女學生，一個靠割膠為生的勤儉人家的好女兒。小心肝！你該相信媽，媽和其他窮苦人家的女兒一樣，不等到把書念完，便逼得出來社會討生活了。不說你哪裏明白，媽的父母年紀已老，氣力早衰，哥哥的兒子一大群，姐姐早出嫁，下面弟妹三個在念書，家中的生活情況可想而知了。媽輟學是出於自願的，我不忍見到白髮蒼蒼的父親，每天清早扶著古老腳車出門的情景。不忍聽到咳嗽頻頻的母親時常唉聲嘆氣的唏噓，更難忍受心胸狹窄的嫂嫂，老在指桑罵槐的譏諷。我不得不對當前的境遇宣告投降，決定用我的雙手，來打開我所身受的困境，來塑造我未來的前途。於是我當了印刷工廠的女工，規規矩矩地賺我應得的酬勞，規規矩矩地交我志氣相投的朋友。多年來我心中唯一的盼望，就是望能幫忙父親改善家中的經濟情況。我拚命工作，拚命加班，目的在多賺一些錢。在工作過程中，有個男同事特別和我合得來，他事事都給我許多工作上的方便，使我對他心存感激。小乖乖！媽提起這個人並不是別個，他就是當日介紹我進工廠的老鄰居亞松哥，父母也是靠割膠過活的，我們從小就相識了。這次大家成了同事，感情無法不比別人來得好，但要說是愛情，那還有一段距離，我還不曾留心什麼是愛情，我說過，我只在全心全意去盼望如何減輕父親的家庭負擔。可詛咒的亞松哥，他為什麼要交上那個天殺的少爺？為什麼我有眼無珠，看中了他虛浮的表面？為什麼新時代的潮流，至今仍沖不毀千百年前封建的泥墻？為什麼由男人造成的罪愆，必須由女人來擔當？為什麼……

（太陽又出來了，大地恢復了一片光明，風還是在樹梢頭嘩笑，幾隻小燕子從何處飛來，迎著風兒嬉戲，像人世間的煩惱與它們全無關係。我好羨慕，恨不得也長上雙翼，遠遠飛離這個塵世，但是，我能嗎？我連行動都感到很吃力。我還是多休息會兒吧，最好能夠躺一躺。）

唉！真的是冥冥中自有定數嗎？一個女人的命運真的不由自主的嗎？想起我和他的認識也和偶然，只是在一個女朋友的生日會上，由亞松哥的介紹，我們才算第一次見面。他溫文有禮，談吐風趣，留給我的印象很好，而且又是同宗的關係，和亞松哥也是好朋友，我沒有理由不對他表示親近。就是這麼一次，他常藉故拜訪亞松哥，順道到我家來坐，憑他的口才和身份，很快得到我們全家人的好感，我更喜歡結交到這麼一個年紀相當的宗親，認識日久，我逐漸放棄矜持的心理，純粹把他作為兄長看待了。往後的日子，我們常常結伴在一起，就是上下班也由他用汽車接送，完全免去擠巴士的辛苦，或乘搭亞松哥那輛老爺摩多車的危險。從那個時候，我感到生活忽然變得有情趣，不見他的時候，我會覺得精神很空虛，這種心理上的突變我沒有去想，我只想到他是一個很可愛的年青人，希望能夠朝夕在一起。

小乖乖！你不要譏笑媽，媽本來就是一個平凡的少女，有一般少女平凡的美夢，不管是實際或不實際的，能夠在無意中一把抓近身邊來，那種幸福感就先使人沉醉，其他都成為不足輕重的了。何況他又懂得買取我的歡心，事事遷就我，比如還說要替我安排另一個高尚清閒的職業。他是富貴人家的小少爺，我如何能夠不信任他的花言巧語？如何能夠不替自已將來的幸福著想，牢牢把他抓進心坎裏？現在想起來我是多麼幼稚得可笑，固執得可憐，把一些好朋友的勸告當作是她們的妒嫉心，我不再信任她們，誰都不再信任，我只信任自已找到真正的愛情，不容第三者來嚼舌。

（我的肚子起了一陣輕微的絞痛，大概是早先多喝了幾口冷水的緣故，忍一忍吧。為什麼我的手有點兒發抖？還感到冷呢！想想看，我是不是要生病了？不能！我萬萬不能病，堅強一些！等會兒看看再找一點吃的，也許是肚子太空，我竟忘了從今天早上到現在，只喝了一點水。）

哦！多麼值得回憶的美麗時光，我自覺當時好比一朵盛開在春風裏的嬌花，無時無刻不在做著迷離的春夢，而他就是我夢裏七彩的花蜂。我少女的心扉已經徹底的為他敞開，什麼海誓山盟的俗套都屬多餘。小乖乖！你該知道情形發展下去的結果，媽就這樣任性地大膽透支了愛情的資本，不明不白把你帶到這個塵世。你的出現真是一場意外，開始時媽顯得多麼驚慌，悔不該已經太遲了。我把這見不得人的事告訴他，在責任上我們兩個都有錯，我不能單責怪他，只求他早些有一個妥善的安排。料想不到他的驚慌比我更甚，口口聲聲答應負責，但是男女大事必須先徵得父母的同意，這是正當理由，我不得不按住焦急的心情等待他回報佳音。一個月轉眼過去了，他沒有來見我，我親自到他家去找到他，他約我出外去談，連聲抱歉說因為父母不答應，對我無話可談。我哭著要求他儘量想辦法，要不然一起遠走高飛，就是以後受苦受難我都心甘情願。眼見事情到了這般田地，我只好狠下心了。那天誅地滅的面有難色，他坦白說身無一技之長，也捨不得父親龐大的財產。我生氣了，責問他既然如此懦弱，我平素與你無冤無仇，為什麼存心來害我？他恢復了那副嬉皮笑臉說：「因為你太美麗！」

美麗！魅力就是女孩子的罪惡嗎？就應該把她打進地獄裏去嗎？我要他老實說一句，到底要把我怎麼樣？想不到他儀表堂堂，竟是披著人皮的畜牲，這樣無恥的話竟也說得出來：

「阿松哥不是很愛你的嗎？只要你答應嫁他，在金錢上我可以幫忙。」

我忍不住大力摑了他一巴掌，拚著全身氣力的喊：

「下流的東西，你把我看成什麼人了？你侮辱了我還要侮辱你的好朋友，到底你是人還是鬼？等著。你一定不會有好結果的！」

我忘了是怎樣離開，當然是一邊流著眼淚的。

（肚子還是感到不舒服，不過已經沒有那麼厲害，對面的空場上有幾個小檔子，不知賣些什麼熟食，真的要吃一點東西了。天上的太陽偏了一些，天氣開始轉涼，離開黃昏時候大概不遠，再等一等吧。）

這真是前世的冤孽！我當時的傷心、驚惶，誰又能了解？我左思右想，一連串的幾夜失眠使我不覺失去人生的趣味，以前的飛揚神采，以前的活潑瀟灑在我恍如一場春夢。而今夢真的醒了，睜眼盡是灰黯的霧，我沒有勇氣面對如此殘酷的現實，幾度想起尋求永生的大解脫。可憐的小乖乖！媽如早是那樣做對自己可以說是咎由自取，但對你卻太不公平了。媽幸得把這個秘密透露給一個好姐妹聽，她勸我孩子必須先讓他出世，其他不必想得太長遠，有道是「天無絕人之路」，跌倒了敢再爬起來的人必有後福。我已經六神無主，就暫時聽她的吧。什麼後福我不知道，只知道母親在注意我，事情要來的終須要來，憑我這個初出茅廬的小丫頭，又能瞞得她多久呢？誰也可以想象到我道出心事時的尷尬，和母親吃驚的表情。老天！就讓我登時羽化吧！我不能再忍受精神上的折磨了！我哭著哀求母親的饒恕，願忍受種種嚴厲的刑罰決不推辭。母親惟有對我唉聲嘆氣，只有年老的父親咆哮不平，他說人雖窮卻不能有失尊嚴，要替我出面主持公道。啊！可尊敬的父親，他已經在我絕望的心境裏打開一線曙光了。登時我的興奮情緒蓋過了原有的羞恥心，我滿懷渴望地等著，等著父親能夠助我重燃瀕於熄滅的生命之火。

（那隻瘦瘦的狗兒又從哪裏跑轉頭來了，對我抬起一雙失去光彩的眼睛，一聲不發地打我面前走過去。就像那些路過者一樣，老愛對我拋來不友善的目光，又自管自走了。我又不認識他們，他們難道又認識我嗎？那有什麼好看的？我側過一邊身子，望見一個婦人抱著一個小嬰兒，越來越近了，很像我的小乖乖。唔！怎麼？那婦人遠遠地背著我走過去了，好像怕我哩！真奇怪！）

父親終於回來了，他那佈滿皺紋的臉龐繃得很難看。我明白事情無望，偷偷躲在房裏痛心地哭泣。父親說錯在我們，同宗之親實在不宜結合，他們是體面人家，兒子還要送到外國去升學，種種原因都成為不可能。不過他們念在錯已鑄成，願意用金錢來賠償我的名譽損失。這是什麼話？單憑金錢就能彌補我心靈上的創傷，就能買去我清白的名譽和畢生的幸福嗎？同宗！哪來的勞什子古怪規條？我不信！他們明明是欺負人，欺侮我們窮苦不能奈他們如何。但憑我力竭聲嘶地吶喊，又能濟得了什麼？我認命了，我無臉見人，把工作辭退以後，終日在家裏和憂愁作伴，用眼淚洗臉。

小乖乖！你終於出世了。你的降臨並沒有給媽增加榮耀，只有增加我心頭上的痛苦。家中沒有一個人疼你，上至我的父母，下至我的弟妹。我不能怪他們，誰叫你是沒有爸的娃娃，我是未嫁的媽媽；這些對一個家庭是極大的恥辱，對整個文明社會是屬於罪不容恕，深為世人所不齒的。他們討厭你，有意要把你出賣，我不依。雖然我也恨著你，但每當親著你嫩紅的小臉，我的恨意又不知飛往何處去。要討厭就一起討厭吧！媽豁出去了。你剛才滿月，媽抱著你偷偷離開沒有溫情的家。事前我並不曾詳細考慮，只為我已給父母帶來門第之羞，有何面目再留在家中？離開後我開始彷徨，天下之大哪裏是我母女的歸宿處？我在悲哀中匆匆想起負心的人，此刻是安歇了還是在哪裏荒唐？能想得到我們母女正在冷夜的街頭徘徊嗎？我忽生奇想，讓他見見自己的親生女兒，如果他死去的天良仍有一線未泯，念在親情把你收容，我就覺得滿意了。媽不要緊，媽是苦命人，他可憐也好，不可憐也好，我有我的主意。

可是，臨時我又改變了主意。媽不再信任他，他們一家都不是好人，媽怕他們把你當貨物出賣。

我再想起那個曾經勸慰我的好姐妹，她好像有辦法。我就上她住所去找到她，這位可尊可敬的好姐妹，她是如何吃驚地望著我，對我的訴苦只懂得搖頭。她說沒想到偷偷養下孩子的女人有這麼多麻煩，她對這方面全無經驗，表示愛莫能助。她還勸我聽從家長的意思，把孩子送給別人家撫養，自己再好好另找歸宿。說什麼我可能考慮，提到賣了我的小寶貝，休想！當然不是她的親骨肉，怎能了解做媽媽的心。我很生氣，一刻都不願多留。

（好像哪裏響了一聲雷，真奇怪的天氣，陽光又弱下來了。樹梢頭老大刮過一陣風，吹起我的長髮和衣裙，地上的葉子飄起又落下，再打著盤旋飛走了。這情景有點像我在學生時代，獨個兒坐在老家門邊的樹蔭下，唉！往事如夢，不想它也罷。）

記得那晚走出好姐妹的住所，我禁不住站在路邊哭，我變得非常愛哭了，我哭我自己，哭我苦命的女兒，你為什麼要來？為什麼偏在最不適當的時候走來？你連累了媽，或者也可說是媽連累了你，這時候大家都不必去計論了，我們目前所要急著解決的，就是要往何處去？家是不敢回去了，也不願回去。除了家還有什麼地方能夠找到同情我們的人？我苦苦思索，想起遠方的姨母，小時候便很疼我的好女人，只要我的痛苦能打動她的心，她且能見死不救嗎？我興奮極了，徹夜在人家的走廊下輾轉徘徊，天一亮就專程趕到我所希望寄托的地方。呵！我的心肝小寶貝，你記得嗎？媽一見到我親愛的姨母時是怎樣的情形，我跪在她的面前哭訴我的不幸，要求她收容我三年，只要三年我會自動離開，那時你已脫離媽的懷抱，媽也可以騰出雙手放心織造我們的好日子了。姨媽到底是疼我的，接受我們母女暫時住下。她的決定使我如從汪洋大海中攀得一根浮木，深深感到寡情薄義的人間到底還存有一絲溫情，媽怎能不興奮得流下更多眼淚來呢？可是，姨丈的態度就有點不好，我一眼便看出來了。還有那些表兄妹們，不明不白的對我疏遠，更不愛和我多說一句話，儼然把我當作一個不祥的人。媽有自知之明，了解寄人籬下終歸不是長久之計，能忍得幾時便幾時，離開只是時間問題。

我苦命的女兒！媽和你前後只在姨母家裏住了半個月光景，如果不離開媽可真要發瘋了！那些無聊的傢伙，不知把我們母女當成什麼了，天天都有許多人上門來觀望，一邊指指點點，一邊竊竊細語，更有神神秘祕的發出笑聲。媽雖愚笨，卻不糊塗，他們熱心上門來的目的還有什麼？好奇怪的人們，對那些傷天害理者往往熟視無睹，偏對一個不幸失足的少女不肯放過。媽滿腔的委屈不期然地漸漸化成怒火，當著那些好事者的面我就放聲罵：

「有什麼好看？我有沒有三頭六臂，沒有頭上生了兩隻角！你們笑什麼？我又不曾偷，不曾搶，不曾去惹是生非，到處招搖撞騙，我有今天是自己造成的，干你們什麼事？你們通通給我滾！」

當晚姨母轉達姨丈的話，為了人言可畏，這裏不便再留我們兩母女，勸我還是回到父母身邊去，另外給我一些不著邊際的安慰話。小乖乖！我們又得上路了。媽是誓死也不返回家裏去的，不回家就得流浪在外頭。流浪媽不怕，只怕你年紀太小，經不起風風雨雨的煎熬。小心肝喲！我們怎麼辦？我們怎麼辦？

（下雨了！一點毛毛細雨，灑在臉上和手臂上涼颼颼的蠻舒服。天空還很亮，大概這場細雨不會落得長久吧！肚子又開始有點不舒適，勉強可以忍得住，等會兒去吃點東西可能就沒有事了。打開膠袋裏的小錢包，數數看今天討得的銀角有多少，吃一頓簡單的晚餐是夠的，明天呢？再說吧，明天的事我一直不願意去想。）

從小就疼我的姨母把我們母女送出大門外，偷偷在我手裏塞下一個小紙包，話都懶得說一句就那麼轉身走開去。小心肝！媽怔了一會兒，眼淚又湧在兩腮邊。媽為自己悲慘的身世哭，為前途的渺茫哭，為生不逢辰的你哭！媽再思前想後，只剩下一條路可走，行得通不通要靠我們的運氣，樂觀是不敢想，在無路可走的時候只好這麼辦了。

媽去找出嫁好幾年的姐姐。小寶貝！你要明白媽媽的顧慮，為什麼一開始就不那麼想？因為名義上她是我的親姐姐，我爹娘的大女兒，但自從她出嫁到外州府以後，就很少和家中聯絡，前年母親病得嚴重時也不會來探望，我們都對她很反感，我更不喜歡她。這次在萬不得已的情形下有求於她，唯有希望她能念及手足之情，給我們母女一個完善的安置。姨母給我二十塊錢，剛好用作旅途的費用。小乖乖！我們好辛苦才找到你大姨的家。你大姨的家裏好氣派，人也很氣派，我們多年未見，差點認不出來。她對我們的態度很冷淡，不用我開口她便說家中來了信，事情都已明白。她用大姐的身份罵我糊塗！罵我不長進有辱家門。我默默用眼淚回復。好大姐，她竟問我前來的目的，她的夫家是高尚人家，來往都是社會名流，不能讓人知道她有個不守婦道的妹妹。

我苦命的女兒！你大姨好聰明，幾句話就把媽的千般要求全部堵住了。她還向我出主意說：

「你回去吧！別挑三揀四，找個老實人家嫁了。再不然把小的送走，自己遠走高飛，到沒有人知道的地方，樂得自由自在。」

你知道媽怎樣回答？「你不要自命清高！當年你在家裏時曾經做的好事，以為我不知道？不過你的運氣比我好罷了。我的事不要你理！」

媽就是這種硬脾氣，管你是天王老子，不賣賬就不賣賬。小乖乖！當時你哭得好淒涼，敢情是肚子太餓了，但是媽說走就走，不想多看一眼那個無情無義的大姐！

（落罷！落罷！可愛的小雨，我心裏好苦悶呵！臉上溼膩膩的，不要緊，抹一抹不就得了。哪裏又走來兩個男孩子，咦！有什麼好看？走開！討厭！）

我的心肝寶貝！媽的最後一個希望又落空了，這下真的無路可走了。媽抱著一直哭不停的你到處亂走，到處都不是我們要去的地方，然而我們還得走。你不哭時媽在哭，媽不哭時你在哭。我們輪流著哭。晚上我們住不起旅店，就找塊能遮風雨的地方安歇。肚子餓了沒有錢買吃的，媽就伸手向路過的好心人乞討。小心肝！媽不瞞你說，媽有過這樣的想法，大姐的話也很對，媽有罪，願承擔應得的痛苦；但你沒有罪，不該受到如此的折磨。要是把你送給一個好人家，你必然會獲得美滿的幸福，媽也可以憑著雙手打開苦難的死結，重新站起來走完我生命之路。無奈我不能，我不能狠心丟開苦命的你。你是我希望的寄託，是我生命的一部份。呵！我禁不住要問蒼天，假如地獄也有快樂的話，我們母女毫無考慮地要跳下去。

小乖乖！想不到真有那麼一天你會離開媽。那個雷打火燒的老婆婆，我至死也不會放過她，她是世界上除了那個負心的人，最無恥最卑鄙的狼心狗肺者，她竟狠得起心，把你從媽的懷抱中搶走了。媽恨死她，也怪你不應該在一個風雨過後的晚上哭，使路過的她無意中在一條橫巷的空寮子裏發現了媽。她裝成一片慈心，扮得十足像我家神檯上的觀音大士。她滿口可憐我們的遭遇，要領我們到她的住所去，說是本著慈善為懷，願意收留我們作為一件功德。我的心肝！媽當時懷疑在做夢哩！至親者不認我，好友遠離我，一個素昧平生的老婆婆竟熱情對待我，在我們最困難的時候伸出援助的手，叫我怎不感激涕零？也是媽的人生經驗尚淺，不識世道人心的陰險，三言兩語便給我很好的印象，對她的人品深信不疑，媽抱著你跟她轉彎抹角的走了一段路，來到一座死氣沉沉的小閣樓子上。她解釋說這是她一位友好的家，因為辦點功德事前來這裏暫住，明天要領我們回到她在某地開的大鋪子裏，我們的問題就不會存在了。她還說媽很像她一位在戰前失蹤的女兒，很想收媽做契女，問我願不願意？呵！我的心肝寶貝！天真的無絕人之路，我們母女得救了！媽沒有考慮，完全讓快樂衝昏了。這一晚媽睡得特別好，你也特別乖。

是了，媽忘了問她的稱呼，明天問她，她說習慣上人家稱她「拜神婆」，周圍幾百里無人不曉。小乖乖！我們出發了，從這天開始，我們母女得救了。媽的心情從來沒有過的開朗，眼前充滿七彩繽紛的景象。一路上媽在想：「誰說世界上完全沒有好人呢？眼前就有一個，以前我的想法太幼稚了！」車子經過幾個站我不知道，她和我一直有說有笑，把你接過去抱，稱讚你美，稱讚你可愛，媽真開心呵！大半天過去了，我們的路程還沒有走盡，媽沒有問，媽已完全信任她。到了又一個車站，她領我們進一家熟食店去，媽只是到後面去走一趟，出來時忽然看不見她和你。媽坐在原來的座位呆呆地等，等你們出現，等到太陽快落了山還在等。

我的小心肝喲！你究竟在何方？你知道媽等得多心焦嗎？媽逢人就問她和你的蹤跡，逢路就走去四下探訪，從大街到小巷，從天明到黑夜。我還是失望了，我已記不起來時的地方。小乖乖！沒有了你，媽活著還有什麼意思？沒有了你，媽的一切犧牲不是全無代價？呵！我好恨！恨自己的糊塗。我好恨！恨那些不瞭解我內心痛苦的好事者，背後裏譏笑我為瘋女！哈！瘋女，瘋女！我是瘋女？去你們的罷！都給我滾得遠遠去罷！你們這些狼狽為奸的一群，才真正是瘋子！你們之間誰有良心的，快還我的女兒來！不然你們一個都逃不了公道！嗚！我苦命的女兒喲！

（雨點越來越大了，打在我的身上和臉上，化成冷冷的寒意直透進我的心窩裏。我微微發顫。我的頭好暈。我好疲倦，再也支援不住，想要睡了。呵！我的小心肝！睡吧，睡吧！媽在這裏不用怕。媽也要睡了。媽抱著你睡……了……）

水東流

山城的晨天。

清明剛過，肅穆的氣氛隨遠道歸來的遊子紛紛離去，逐漸恢復一片固有的安詳和寧靜。

早市的熱鬧景象早已過去，孩子回到學校，成人回到礦場，朝陽回到昨天離開的山邊，我回到家鄉的街頭踽踽細步。

兩邊新舊相雜的店屋，街心濃蔭蔽天的合歡樹，迎面而過的許多似曾相識的眼睛，腳下一株小草，一顆頑石，都給我勾起無限的遐思，震撼著我塵封的記憶。

我走著，我深深感到自己落寞的足音，在兒時的土地上激起蒼涼的迴響，一聲聲隨我茫然地舉步。

我忽然站起來，耳邊恍惚聽到一陣陌生而又親切的呼喚，來自我的前後左右，驅散了我滿懷漸聚漸濃的鄉愁。

一個人就在我怔忡的眼神中出現了，面對面投來一道似乎極度驚喜的目光。

「想不到真的是你！我到底沒有認錯。」他從刻滿春秋年輪的臉上綻放興奮的笑容，伸出右手向我問好。

我開始錯愕，呆望著他嘴裏閃閃發亮的兩顆金牙齒，從記憶中猜想到一個人的名字。

「你怎麼在這裏？我一點都不知道？」我歡聲問。

「偶然回來這裏一次，上我叔父的墳。」

他收起臉上的笑容，似乎觸動了一番心事，低頭思索起來。

「你沒有那麼快離開？」他問。

「明天。」

「我住在那頭。」他指指不遠的青山腳下。「老朋友，我們好好談一談。」

我沒有拒絕。

他帶頭走上那道蒼老的長橋，腳步緩慢而吃力，就像橋下停滯不動的河水。轉過一個山坡，濃蔭隔絕了朝陽的光線，風吹來陣陣昨宵未褪盡的清涼意。走過一段落葉紛紜的小徑，夾道的綠蔭漸漸分開，陽光陡然狂瀉下來，幾幢農舍披上一臉金光，蹲在青草淒迷的平場上互相凝視。

他在一道籬門邊站起來，輕輕推開一個縫。

「到了。」在路上他很少開口，此刻他轉身招呼我，聲音是懶慵慵的：「這地方你以前沒有來過？」

我回頭打量，迎面的青山擋住了視線，山坳間騰騰升起朦朧的嵐煙，山腳下的老河艱辛地蠕動身子，蜿蜒向東而去。面前的河岸邊亂木縱橫，雜草叢生，許多小黃花張開小嘴，在暖暖的陽光下俯首沉吟著。我微微含笑，代表了我心中的意思，他可不明白，家鄉的土地，有哪一寸不是我兒時的歡樂場呢？

「這是我叔父的家。」他沒有注意我的表情，邊走邊說：「他從中國南來時就蓋下的，快有五十年了，地方環境很好，我很喜歡，真想長期在這裏住下去。」

「實在是個好地方。」我附和著。

「但是，我能嗎？」他像在自語。

「為什麼不能？」我不懂他的意思。

他停下腳步回頭看看我。我瞥見他那兩道奇特的眼神，似乎隱藏著什麼神秘的心事。

「請進來吧！」他轉過口吻。「屋子裏並不怎樣清潔，隨便隨便好了。」

一隻伏在陰暗角落的老黑狗似剛從睡夢中醒覺，搖搖尾巴迎上來。他摸摸它的腦袋，一手推開半掩的屋門，示意我進去。

屋裏面轉出一個全身黑衣的少婦，微微露出驚異的臉色，只那麼一瞥又翩然隱去。

「那位是我的堂弟婦。」他介紹說：「其他人都出去了，就是靜得好，我就喜歡清靜。」

一面向南的窗簾給掀開，幾扇芭蕉葉在窗外露出翠綠的新裳，一群快樂的山雀從葉面上掠過，歡呼著向遠方飛逝。

我在靠窗的地方坐下。他忙碌了一陣，然後燃起一根香菸，靜靜坐著目送裊裊的煙霧飛出小窗外。

「你每年的清明節都回來嗎？」他打開緘默，彈了彈菸灰。

我點點頭。

「我只是聽人說，不敢肯定。」他面對著小窗外。「其實我在這一天回來，還是最近兩三年的事。唉！回來不回來還不是如此，但有時候又叫你身不由己。」

「你叔父去世多久了？」我順口問。

他遲疑一會，吐出一口煙：

「快十年了！剛好在我結婚的第二年。」

「你那麼遲才結婚？」我有點驚奇。

「還是我叔父的意思。」他枯癟的唇角噙著苦笑：「他對我很費了一番苦心，我沒有辦法不依從。」

我從靠椅上坐直了是身子，想迅快從他失去青春光彩的臉上尋找答案。這位在三十多年前的和平初期就共事過的友人，今年快六十歲了吧！聽口氣還不想有成家立室的意思。

「你的太太好嗎？幾個孩子了？」我試探著問。

「我們先不談這個。」

他站起來，從一個廚子裏搬出一瓶中國酒。

「我知道你喜歡喝，今天難得相逢，我們大家應該盡盡興。」他舉杯邀飲。

「你不是不喜歡喝酒嗎？」我想起一些往事。

「你是說以前？」他放下杯子。

「記得小黃嗎？」我笑了。「那年的聚餐會上你們差一點要打架。」

「小黃？哪一個小黃？」他木然的臉上漸漸泛上一層光彩。

「哦！是他！虧你記起來。那小子本來就不學好，為人師表卻偏和小孩子玩在一起，夜夜無緣無故摸上女學生的家，要人家的家長告到校長面前來，自己不學無術，還批評我的教學法不行，我看看他就有氣，當時我並沒有喝醉，就是想趁機教訓教訓他而已。」

「還說呢！我記得你在事後蹲在沖涼房裏吐。」

「不是吐，那是嘔氣。」

他突然放聲大笑，但只那麼一刻又默默拿起手中的杯子。

「近十多年來我就喜歡喝一些，如果能夠醉那更好，什麼事都不必想。」他不安地扭動身子，臉上恢復一片木然的形色。「我實在想得太多，真是有點怕了！」

「我也是。」我搭訕著說，「有時候想不通時真叫人心煩。」

「你有什麼事想不通？」

「譬如兒女的前途啦！自己的將來計劃啦！生活上的問題啦！人事上的關係啦！……」

「我說的不是這個！」他拚命搖頭，斑白的頭髮一陣起伏。

「這是我長久以來藏在心裏的私事，已經困擾了我整二十年了！」

我愕然一會，輕輕放下舉在唇邊的杯子。他有什麼難以解決的私事？而且又不屬一般老年人所擔憂的問題呢？對於面前這位久別重逢的老同事，我承認對他的了解還太少，我們相識開始在本地剛復辦不久的學校裏，知道他來自經過戰亂過後的他鄉，懷著家毀人亡的悲痛輾轉流離到這個山城來。我不明白他在這裏的叔父是怎樣的情形下相認，我只明白他和我們一群同事一樣，都是滿腔熱情遠大抱負的年輕人。他沉默寡言，年紀在我們同事中較長，脾氣也較為急躁，沒事時喜歡對人展開笑臉，哪管是相識和陌生的。沉靜時可以把自己整天關在宿舍的小房間裏，不愛別人來打擾。他也有愛動的時候，找到對手辯論問題直到面紅耳赤，不吵場架不願意散。

他來得突然，去得也匆忙，我們共事的機緣只有半年。半年的相聚對他也不知留下些什麼印象。我只知他走得並不愉快。他是自動要求走開的，他嫌山城的孩子太遲鈍，對於他的個性不適合，逼得他無法不在教室裏摔掉粉筆盒，賭著氣不上課，這樣就決定提出辭呈了。

自他走後的那段日子裏，又對自己的性格賭了多少回氣？以致留下一些不能解決的後患，埋藏在心裏日思夜想，誰敢說不可能呢？

「有那麼嚴重嗎？」我淡淡地問。

「你不相信？」他反問我，又自管搖搖頭，唇邊掠過一絲苦笑。

「我想你是不會相信的，我自己也不敢相信，但卻是事實。」

他深凹的兩頰漸漸泛起紅暈，一邊的肌肉受到什麼牽引，不住地抽搐，睜著微微爬上紅絲的眼睛望望我，又望望我面前的杯子。

「來吧！別想得那麼多了。」他仰臉喝了一口酒，又開始斟上。「你看，這地方是不是變得多了？當年我來時還認識幾個人，現在差不多一個都不認識。十年人事幾番新。老了，老了！我這一輩子就算如此，當年的壯志雄心，喔！去你的吧！」

「你醉了！」

「醉？我還要跟你多喝一些哩！」

窗外的芭蕉葉忽然起了一陣不安的呻吟，幾滴水珠伴著山風飄進來，悄悄落在我的手臂上。屋後有雞啼，廚房裏響起鍋鏟相碰的聲音，女主人大概在預備午飯了。

「下雨了！」我望出窗外。

「下雨不是最好嗎？等會在這裏吃午飯。」他起身關上窗門，默默佇立了一會，側著頭看我。

「你在什麼時候離開吉蘭丹的？記得我去學校找你，看見教員換了人。」

他突然的發問，又令我跌進艱辛的回憶之路裏。我和他再度重逢，就在遠離山城百多里外的東海岸，他教書，我也教書，大家在不同的小甘榜，因此大家都不常見面，除了偶爾在假期中。在印象裏他的笑臉不遜當年，似乎對管理全校只有二十多位學生頗能勝任愉快。那一年聽他說又倦勤的意思，往後我沒有去留意，因為自己為了改換生活環境，輾轉遷移而告別東海岸。

他並不像真要問我這些話，又平平穩穩坐下來享受杯中物，兩道濃密的眉頭不知不覺間攏成一道縫。

「你相信愛情能改換一個人一生的命運嗎？」聲音那麼溫柔，像出自一位含羞的少女嘴唇。

我完全出乎意料之外，只好微微笑了。

「你不要笑，我是說正經的。」他張大血紅的眼睛，怔怔瞧著我。

「依你看呢？」我感到事情不像我想的可笑。

「我嗎？」他一下像洩了氣的氣球，沉吟著不語。

廚房裏的鍋鏟敲擊鑊頭聲越來越大，似乎敲著來出氣。他抬頭望望壁上的掛鐘，像想起什麼，起身到裏面去了。

我望出門外，早先的雨水想是落不成，明亮的陽光印在門前石階上，風刮過，帶走幾片枯葉子。我站起來輕輕推開背後的小窗，眺望窗外清新的綠意，讓微感暈眩的神智得到片刻的清暢。

他出來了，手裏多了一個小錢包。

「我讓你看一個人！」他顫抖著手指打開錢包，從裏層掏出一張小照，遞到我面前。「你應該認識的。」

我接過，好奇地對它端詳，一邊取出眼鏡。

這是一張少女的半身小照，紙質開始出現黃斑。照裏人披著垂肩的捲髮，彷彿無風自動，小巧的嘴唇半開半合，像是有滿腔心事要向誰訴。她微側著豐潤的臉蛋，翹起筆直的鼻樑，用圓而明亮的眼睛斜睨著我，神情有點孤傲，又有點好像不快樂。

「不認識！」我翻看背後的字跡，無奈地搖搖頭，把眼鏡除下。

「你認識的！」他堅持說：「想想看，有一次你來學校找我，一位女郎送來兩瓶汽水，陪我們談了一會兒，你忘了曾經問她的名字嗎？」

哦！回憶的路那麼難走，我又勉強走了一趟。確實有這麼一回事，但，這是她嗎？二十多年前的她和面前的他有什麼關係，值得他把那張照片保藏得那麼穩重？

「她是誰？」我重新把眼鏡戴上。

「一個不幸的少女！」他狠狠呷了一口酒。

「現在她呢？」

「不知道。」

「你保存這張照片？」

「為了想念她，我常常帶在身邊。」

「想念她？為什麼？」

他瞅我一眼，腮邊的肌肉不住抖動，嘴裏喃喃地像在自語：

「我做錯了一件事，對不起她，到現在我還不能原諒自己！」

我凝視著他似被一種無形痛苦所扭曲的臉孔，恍然大悟到為什麼會突然提出許多無頭無腦說話的原因。他在為情所困嗎？多麼不可思議！他並不再年輕了，情為何物他該曉得，何況他早已有了一個家。

我心中多少對他存有不值的意思，但卻希望他能夠繼續說下去。年輕時代的事蹟對年老者始終是一種吸引，一種回味，尤其是披上浪漫外衣的荒誕故事啊！

「我從來沒有聽你談起她的事。」我把照片還給他。

「不過，她看來是非常可愛的。」

他那張泛成豬肝色的臉立刻掠過一道光彩，小心翼翼地把它放進原來的地方，而後架起一隻腿，慢慢摸出一根香菸。

「這是我一生的秘密，沒有人知道，不過我可以告訴你，她是一個結過婚的女人。」他等著我的反應。

「盲婚的？」我略略猜測得到。

「你怎麼知道？」他有點奇怪。

「聽你說她是不幸的少女想起。」

「差不多是這樣。」他稍作思索。「她從小就沒有了母親，父親開了一間小店撫養她長大，在十七歲那年由媒人說合，嫁給同村一個雜貨店的少東，不到一年就守了寡，她便回到父親身邊去，因為她父親年老多病，要她的幫助。她在家裏除了照顧買賣，兼零星收些衣服來洗，當年我就是她的老主顧。」

「你們就這樣相識的？」

「這樣相識並不稀奇，她還是我的學生，參加了我的夜學補習班，不過，全班只有三個學生，實際上常常來上課的只有她一個。」

我來不及問，他又接下去說：

「她的程度不高，可是一教就會，相當聰明，人又勤力，每個晚上風雨不改，有時候還給我帶來吃的東西。」

「小地方的人比較懂得尊敬老師。」我說出自己的經歷。

「我知道，我知道。」他接著說：「那是說逢年過節送來一些糕餅，平時或者是家裏種出的一些土產之類，哪像她，帶來的是燉牛肉湯呀！熟雞蛋呀！什麼糖水呀！拒絕她又覺得不好意思，惟有是不收她的學費。」

「當時你對她的觀感怎樣？」

他猶豫片刻，微微露齒一笑：

「我也不騙你，當時我對她的行為很稀奇，但不必太久我已覺察到了情形的特殊，說真的，我的確喜歡她，只是喜歡，還不能去認真，因為我明白自己，一名月入一百二十元的窮教員，今年在這裏，明年可能不知到何處，而且我已自由慣了，喜歡像鳥兒一樣，追求我的理想。愛情還不是我的理想，我還年輕，更何況她是人家的媳婦，我是為人師表，不能不考慮。」

「她明白你的意思嗎？」我覺得他說的像是真心話。

他向屋裏望了望，裏頭很靜，間歇傳來水勺碰擊水桶的重濁聲。

「如果她明白，大概什麼事都不會發生了！」他無奈何似的靠在椅背上，吁出一口氣。「其實我自己也拿不定主意，她在我心目中，的確是一個十全十美的女性。我明白斷然拒絕她的好意，無疑必定要傷害到她的自尊心，我不忍，也不能，她已經在我心裏不知不覺打了一個死結，不是等閒容易解開了。」

「那也是一件好事。」我說：「後來發生了什麼麻煩？」

「有人向她做媒。」

「那你還在等什麼呢？」

「等放假辭職。」

「你被解雇了？」

「我自己的意思。」

「因為傷心？」我問。

「不，是情勢造成。」他慢慢舉杯。

我默然無語。我深知所有的愛情故事，多半是不怎麼完滿的，他說所謂情勢造成，不得不離開使他緬懷的地方，已經夠說明一切了。

「再來一些吧！」他拿起瓶子，在我面前的杯裏注了一些，然後瞑目像在思索一個問題。

「她竟答應了人家的做媒，你方才決定離開？」我驚動了他的思維。

「你說什麼？」他雙目一睜，顯得非常意外。「不，不！她告訴我一個開咖啡店的央人來找她父親說媒，給她拒絕了。她表示喜歡的是我。我決定離開，是避開許多閒言冷語，對我和她都有好處。」

「原來你並不是真的喜歡她？」

「要怎樣表示才算喜歡？跟她結婚？帶她悄悄地走？我是為人師表啊！能力上我也辦不到。」

「就這樣你走了？她呢？」

「她和父親同住，答應等我的消息。」

「終於等不到你的消息？」

他尷尬地一笑：

「這不是我的錯，那裏的小地方郵政不方便，她又識字不多，寫信很吃力，所以我很少給她寫信。」

「我明白了！」我意味深長地說。

「你明白了什麼？」他問。

「她根本不在你心裏，你嫌她結過婚。」

「天地良心！」他嚷起來。「初期我還有這種想法，和她接觸日久，她在我心裏根本是一個聖潔的靈魂，我可以發誓！」

他那憤怒的表情我不得不相信起來。我問他走前為什麼不給我一個消息，走後到底又幹了些什麼驚天動地的大事。

「非常抱歉！」他說：「我的心情實在太亂，沒有想到這一方面去。後來我在一個漁村小學教書，記得給你去過一封信並未接到回音，我想你也許離開了崗位，另有高就。唉！幹我們這一行的好比天上的流雲，去留哪由得自己的主意。後來我有去找過你，證明了我的想法。」

「哪一年你離開？」

「應該是一九五二年尾吧！」

「那也難怪，我已經走了。」我在心裏起了一陣輕微的感慨。

「你在漁村小學教了多久？」

「一年。」他說得毫不以為意。

「只是一年？」

「一年對我來說還是太長久一些！」

「為什麼？」

「我和一位同事吵架，他是董事長的侄兒，我才不買他的賬！」

我不知要發笑還是要同情他起來。從我開始認識他起，就認定他做人的吃虧處，關鍵全在於他那股可敬的牛脾氣。可是，頂糟糕的他卻認為是自己的優點。優點就是自己站穩了公理和正義的立場。所以不必我追究，他自管滔滔地敘述他的大道理了。

「那個年紀輕輕的小王八蛋！」他腮邊的筋頭又開始跳動。「整個兒看去吊兒郎當，不學無術，哪裏像是一名教育工作者，如果你肯虛心受教，那還罷了，偏偏自以為了不起，連我都不在他眼裏，其實你有多少斤兩我一看就明白，充其量不過從留聲機器裏學會了幾首流行歌，就來當起歌唱教員。不騙你，相信他連簡譜都看不懂哩！我這個人就是看他不順眼，有一次我當面批評他說教育工作是神聖的事業，應該灌輸給孩子們一些健康意識的東西，在歌唱教材方面要嚴加選擇，學校並不是歌台，像老教那些十一二歲的女學生唱『我……的良人在長征的路上……我……的良人是開路的先鋒』，意義上是不錯，但我問他：「你知道『良人』是指什麼人？」他訥訥了半天，直著眼反問我：「你以為是什麼人？」我說：「是老公啊！你以為是好人嗎？」他聽了臉都紅起來。我更對他建議，別老是教學生唱那一套了，應該帶有青春活潑氣息，像這首就不錯：『賣……花……呀！米索米啦多哩多，索米索啦多哩多，米索米啦多哩多，索米索啦多哩多，多哩米多，多哩米多，多哩米多多多！百花園裏有花開，百花開放人人愛，花……兒……開，百花開放』。」

他閉上眼睛，手指在桌沿邊敲呀敲，完全浸緬在忘我的境界中了。

屋裏頭悄悄閃出那個黑衣少婦驚詫的臉孔，笑一笑又悄悄退進去。

他大概疲倦了，猛然打開眼睛，望見我臉上尚未舒平的笑紋，自個兒也莫名其妙地笑起來。

「我都是出於一片好意。」他補充說：「你不接受算了，他卻說我干涉他的職權。笑話！教育事業人人有責，誰都有權力提出批評，這不能說是干涉，難道說任由你去誤盡天下子弟嗎？他的臉上掛不住了，向我挑戰，問我有沒有能力代替他。那為什麼沒有？戰前我曾經參加過抗日救亡團體的歌詠隊哩！可是那個糊塗校長不答應，私下裏反而罵我糊塗，多管閒事，想要得罪人也應該先看看他的背景，這種人可以隨便惹得的嗎？他說了一大套理論，我已經記不得了，不過他那句話倒是很中聽，他說明知那小王八蛋不行，但是由他伯父介紹進來的，學校能夠開辦得成，是多得他伯父一手的支持，所以無法不賣這個賬，要是不讓他負責次要的功課，不知他能夠負責些什麼。他還勸我說：『年輕人，不要表現得太偏激，這社會並不盡如人意，你顧得理想就顧不了飯碗，做人處事不必太認真，能得過且過最好，尤其是我們當教師的，言行方面要加倍謹慎，不要讓董事部抓住馬腳，對自己的前途非常不利。』他媽的！這話竟出自一個自命教育家的嘴裏，我好不替他感到難過。他教訓我，還早哩！我決定以後不再吃這門子傷心飯，看誰再奈我何？」

「以後你找什麼過活？」我接過他遞來的一根香菸。

他噴了一口煙霧，悠悠然望出窗外。

「我在一間同鄉會裏當座辦，當了兩年左右，出來跟朋友搞小生意，生意搞不起色，又拆夥出來到處漂泊。我做過礦場的小書記，做過報館的記者，做過商店的職員，做過板廠的管工，做過工廠的推銷員，做過小販，現在還是當一家同鄉會館的座辦。」

他一口氣說到這裏，忽然像想起什麼的望著我：

「我忘了告訴你，當年她不是說過要等候我的消息嗎？在我離開漁村學校的第二年，才想起回去見見她。」

「你是該想到回去了。」我說。一邊留意他臉上的表情。

「是不是已經太遲了？」

「恰好正是時候！」他表現得很鎮定。

「她的店子已經換了一個馬來人，是賣鹹魚等雜貨的，我認識他，他也認識我。他告訴我店主人已經在前年去世，由他頂下這個店子。我問起她的下落，他指著斜對面的雜貨舖，那正是她的夫家。我託一個以前的學生把她叫出來，她一見到我就流眼淚，她好像變得軟弱許多，也消瘦得多，不過顯得更加清秀了。她說，父親去世時由她的先夫家幫忙料理，孤苦伶仃的她無依無靠，久候沒有我的消息，惟有回到先夫家去任憑命運的安排。月前已有賣水衣服的小商人來說媒，夫家的人已經答應了，她沒有主意，正在不知如何是好，我既然及時來了，一定能代替她解決這場苦惱……」

門外忽然響起細碎的腳步聲和談話聲，進來三個年紀差不多的小學生。其中一個女孩睜大眼睛，向兩位男女同伴伸伸舌頭，一面怯生生地對我面前這位老友一眨不眨。

「小玲，過來！」他對那個女孩喚，聲音溫柔得像微風掠過窗外的芭蕉葉。

女孩臉上蘊滿了不可言喻的嬌羞態，一步一步走近來。

「放學了？」他用特殊的眼色向女孩上下打量，用顫抖的手撫摸她的秀髮。

「你乖嗎？叫這位叔叔！」

「叔叔！」女孩年紀大概在十歲左右，聲調尚帶有童稚的韻味。

「和姐姐先進去吃飯，以後要多聽大人的話，知道嗎？」

他目送著女孩進內去了，臉上漸漸斂起猝然而起的歡容，瞧瞧我，及時阻止了我到唇邊的問話。

「我現在回想起來，覺得當年回去見她是一件天大錯事！如果我稍微狠得起心，肯定她會獲得自己的幸福，我自己頂多感到一陣子失意，卻不必事後耿耿於懷，終我一生老負著一把沉重的良心枷鎖，除了她能親手替我解下，世上已經沒有誰能代勞了。」他雙手撫弄著酒杯，就如撫弄著他所謂的枷鎖。

「你可以說得明白一點嗎？」我催促他。

「不用說得太明白，你也可以猜想得到，我來見她只是偶然的動機，並不抱有什麼特殊的目的。談婚嫁，依照我當時的經濟情況，根本連想都不敢想。不過，我敢保證仍然是愛她的。她求我帶她走，不論天涯海角，她都跟著我。愛情有時又會給你製造出不顧後果的勇氣，你知道我的脾氣一向是感情用事的時候多，再經不起她哀哀的苦求，我的勇氣來了，便認真地答應她，約定明天在我落足的旅店附近會面。我還記得她那時興奮的表情，並說過這麼一些話：「『我相信你不會騙我歡喜，這次跟著你是我自己的主意，誰都不能管。假如你不是真心真意，現在老實告訴我，不要緊，我本來就是一個苦命的女人，自己知道怎麼做。』你看，她的心思多麼細密，幾乎已看透了我的為人。」

「結果你真的騙了她？」我差不多已經猜想到了。

他籲口長氣，搖搖斑白的頭：

「我實在不是有心的，當天我回到旅店稍作思量，覺得事態嚴重，又有點懊悔。我如果依照她的意思，自己無疑是犯了拐帶之嫌，她是一個不幸的寡婦，社會對她的同情可能多過傷害。我呢？社會對我是如何看法？我要如何去替自己辯護？就算撇開那些顧忌不談吧，照我目前的情況，正像我說過的如一片浮雲，今天這裏，明天何處還不可預料。單身寡佬不妨隨遇而安，到處為家；多了一個家庭的負擔，你行得通嗎？我為這些問題苦苦思索了整個晚上，越思索得深我便越失去勇氣，到了天明我僅有的勇氣都消耗乾淨了，不等和她再見一面，便匆匆收拾行裝離開旅店，趕上早行的巴士車。」

「就這樣你走了？」

「走了！」

「以後再沒有遇見她？」

「沒有。」

「再沒有她的消息?」

「沒有。」

我凝視著門外熾熱的日色,腦幕裏幻覺有一個滿懷美麗憧憬的少女,眉梢含著驚喜交織的嬌羞,站在與情人相約的地點苦苦等待。她的心一邊猜測新的生活環境,一邊編織未來的許多幸福日子。她笑了,但是她的笑容隨時間的消逝逐漸黯淡下去。她開始焦燥,開始擔心,開始胡思亂想。而後她開始去尋找,尋找的結果證實了一個殘酷的事實,她的美夢幻滅了!她失望,她悲哀,她詛咒,她俯低下頭,拖著沉重的腳步,終於迷失在灰沙瀰漫的人生長路上,化作一陣風……

「照你的猜測,當她找我不見時,她會怎麼辦?」他的嗓子有點兒瘖啞。

「她只好回去原來的地方。」我說。

「那是最好了。但不!她沒有!我明白她的性格,她說過不回去的話,而且我也去探聽過。」

「難道她徑自來找你?」

「沒有這回事!她也不認得路。」

「她不會因悲觀而厭世吧?」

「我想她不會這樣傻。」他抬起頭回答我。「我曾經一直留意報上的新聞,沒有這類記載。唉!你不明白我過後內心有多麼痛苦,閉上眼睛夢見她,打開眼睛想起她,如果真有一天她在我面前出現,我不會再有任何考慮。可是她就像石沉大海,今生恐怕不能再聽我的懺悔了。」

「什麼都是緣!」我把酒杯舉起說:「你相信不相信?像二十多年後的今天我們忽然在這裏相逢。」

「相信！相信！」他抹抹披滿風霜的醉臉，一股勁點頭。「什麼都是講求一個緣，我現在承認你說得對，我和她根本無緣，和我的太太也無緣，好像只有和孤獨有緣！」

「你說什麼？你的太太呢？」

「離婚了，在第一個女兒兩歲的時候。」

「為什麼？」我愕然。

「意見不合，性格不合，樣樣不合，我給她自由，叫她帶著女兒走開，回娘家去了！」

「你一錯還是再錯，何苦來呢？」我為他搖頭嘆息。

「你不是我，哪裏明白我的苦衷。」他又摸出一支香菸夾在兩指間久久不動。「結婚並不是我的意思，那年我來這裏暫住，我的叔父要替我作媒，是本地的一個農家女。我不贊成，因為我的心已經整個交給以前的她，再也容不下第二個女人的影子。他老人家勸我照照鏡子，罵我不為自己著想也要為祖宗著想。於是在他威逼利誘之下，我違背了自己的意旨和一個不認識的女人成親，婚後我的良知漸漸清醒，覺得非常煩惱，因為天天面對的女人並不是我想像中的她，那個她在我心裏的地位，並不能輕易被別個女人所取代。我無法壓制心中越來越濃的厭惡感，我討厭身邊的她，她也討厭我，為一些芝麻小事吵架成了家常便飯。她的脾氣很壞，我的脾氣也太差，這樣下去大家都痛苦，不如各人早些走路！」

「現在她的情形怎樣了？」我問。

「早幾年改嫁了，那也好！」他緩緩站起身。

「你的女兒呢？」

「剛才那個就是，她跟著母親。」

「她還認你嗎？你這個不負責任的父親。」

「應該認吧！但認不認都沒關係，我這個人注定要孤獨一生的。」他一手操起酒瓶向亮處照了照。「我每次回來掃叔父的墓順便看看她，再過幾年就很難說了。來！我們進去吃一口便飯再談。」

他步履蹣跚地向屋裏走去，不留心碰翻了一張木凳子。

「我沒有醉！」他回頭對我笑笑。「就是這些該死的東西礙事，推倒它最好！」

我望望腕錶，心裏想起一些事。

「很對不起，時間太遲了，我該回去一趟。」我起身告辭。

「那怎麼行呢？」他感到很意外。

「我有點私事要辦，怕趕不及。你們父女難得相聚，應該多談一些。」

「既然如此，我也不勉強。」他想了想。「記得，這裏是我落腳的地方，我帶你來的意思就是讓你留下印象，要是真的有緣，我們可以再見。」

他跟我交換遠地的通訊址，然後搖晃著身子，強撐起惺忪的醉眼送我走出籬門外。

在彼此互祝聲裏，我默默掉轉頭，抬眼便是前面那座恆古不移的青山，山坳間的嵐煙已經飄盡，化作山頭起飛的行雲。一隻老鴉曳開嗓門從河床對岸掠來，匆匆投入萬木蒼茫中，暮色尚未開始調濃，它是呼喚無奈還是無依呢？眼邊的河水仍舊悠悠東流，淺灘上冒起一些老樹的殘軀。各自擁抱一團陰影，淒涼地望向四周寧靜的空靈。它們該是滯流不動的沉渣，我不禁由此想起那位固執任性的老人，生命一如擱淺在東流水中的枯木，日夜株守無邊的寂寞，緬懷一個殘缺的春夢！

一夜

禿了半邊頭的雪糕小販老洪一面揩汗，一面探頭往靠廚房的那間客房裏瞧，微笑著把兩邊道眼角擠成深深的幾條魚尾紋。

「兩位老弟，我替你們介紹介紹。」他轉身把背後一位年青人拉近身邊來，又怕弄錯了什麼似的，從頭到腳把他打量了一遍，這才再向房裏的人堆起笑臉：「這個是我的外甥朱學文，今天剛從外州府過來，出門人只求個方便，就暫時在你們這裏『隆幫隆幫』[1]一下怎樣？」

滿臉仍泛著孩子氣的遠來客人像做了件虧心事，渾身不自在的睜大一雙眼睛，不住朝房裏掃來掃去。右手一個旅行袋不知不覺中轉到了左手。時間已靠近黃昏，四十燭光的電燈泡在房裏灑下一片黃澄澄的光網，由房門正面望去的小窗下，一張四拼六湊而成的木檯上堆著一些凌亂的報刊和雜物，檯子邊站著一位鼻架黑框眼鏡的矮個子，手裏高高舉起梳子光是那麼傻瞪過來，久久沒有向快長到肩頭上頭髮落下去。另一角的靠壁處擱了張藤製的矮圓檯子，朦朦朧朧有一雙交叉的長腿架在檯面上，順著望上去，原來檯邊坐著一個人，蠻舒服的一手撫著肚皮，一手捧起玻璃杯，杯口冒起的白色泡沫快要溢出杯外去了。房裏空間不大，下面打了地板，沒有床舖，兩張席子裏得脹鼓鼓地塞在一邊，紙屑

[1] 馬來文中的tumpang，文中意指搭房。

和衣服隨處躺著，能踏腳的空間似乎不很多。客人皺了皺眉頭，耳邊又響起姑丈那姑娘似的強調：

「正在梳頭這個是『大財庫』[1]符和發，又叫阿發仔；那個正在嘆世界的是『大畫家』吳長東，又叫高佬東。嘻嘻！你們大家不妨多多親近親近。」

一心在打扮的那個那個嗞嗞牙，當是一種禮貌上的回敬，然後匆匆向坐在角落享福的同伴掃過一眼，又對著檯面上的圓鏡子整理儀容起來。稱為「大畫家」的心境顯然正在開朗上頭，長而尖的臉孔和那位介紹人一樣堆滿歡笑，這會兒已把雙腿從檯面上放下來，再換成一個交疊的姿勢，派頭十足地把酒杯捧穩在巴掌中。

「請進來，請進來！既然是『大老闆』吩咐下的，我們這些『小估俚』[2]有什麼話說的。呵呵呵呵！」叫「大畫家」的說完就放聲笑。

「不敢當！不敢當！」姑父趁機推了外甥一把，低聲囑咐了一些話，然後行色匆匆地走開去了。

輕輕踏上地板，輕輕把手中的行李找個空位放下，剛把頭抬起，「大畫家」高佬東熱情的聲音就及時送到耳邊來：

「隨便坐，隨便坐，出門人不必十分講究客氣，這裏什麼都是簡簡單單，將就將就好了，坐，坐呀！」

陌生的客人搐搐嘴角，還是想回答一些客氣話，背後「卜」的一響落下一件重東西，腳跟下多了一個小木箱。

「唉！真不好意思，椅子也不多一張，請隨便，坐呀！」

1 會計之類的文職。
2 幹粗活的苦力。

什麼時候「大財庫」阿發仔殷勤地走過來，移動近旁一個準備盛放雜物的小木箱，邊招呼邊又靠窗站好，擎起那面鏡子就著亮光左照右照，用梳子對頭髮作最後的修飾，總算滿意似的輕舒一口氣，而後環抱起雙手，斜斜讓檯角撐著半邊屁股，認真去研究一下那位新來的客人。

客人沒有立刻就坐，也許對這種新環境感到不習慣還是什麼的，老是扭扭捏捏的陪著笑臉。人家高佬東可真隨便，一雙長腿又自自然然擱在檯子面上來了。

「你叫什麼文的？過來吃風嗎？還是有什麼事？」大畫家問過後，就半瞇起眼死瞪著人。

被問的客人遲疑了一會，沒有立即答腔。另一個卻耐不住打了岔：

「看你一表斯文，還在唸書嗎？」

「沒有了。」極不好意思地斜斜瞥過一眼，輕聲地：「前年已考過了教育文憑。」

高高擱起雙腳的那個顯然感到有點意外，張大嘴巴沉默著，猛然昂頭「骨嘟」一聲灌下一口酒，然後不知是品嚐好滋味還是讚嘆什麼嘴裏嘖嘖作響。

「真看不出呢！」他鬆過一口氣來後就高聲叫，面向靠窗坐著半邊屁股的傢伙，一隻手還在抹拭糊在嘴角的白泡：「唔！老弟，人家已考過教育文憑的呢！算起來比你強多了。」

那個裝成一臉的嚴肅，目光只管落在被公開審問者的身上，雙手就那麼環抱在胸前。

「你現在做些什麼工作呢？」他問。

「工作？」客人尷尬地笑了笑，一手在背後摸索著，慢慢坐下去：「暫時在家裏的菜攤子幫手，還沒有找到事做。」

「賣菜的？」發問的人像吃了一驚，不期然望望身心舒泰的長腿夥伴，似乎要聽取他的寶貴意見。可是人家剛好狠命灌下杯裏最後的殘酒，自顧自在閉目抽氣，老半天才睜開眼睛。

「賣菜也不錯呀！橫豎是做生意的頭家，好過我們這些估俚仔多多聲了。」他撫撫脹滿的肚皮，口氣表現一片正經。

「那又不是這樣說。」客人一直陪笑著：「小生意，賺不了多少錢，要維持兩餐卻不容易，沒有做過的人不會明白的。」

「誰說我沒有做過？」撫著肚皮的那個立刻抗議：「我們的家裏就是開雜貨店的，不過……」不過是他的父親管束太嚴，錢財花得不痛快，於是他才負氣離開家庭，另外設法去找錢來花，再也沒有人可以來干涉。

「我就是喜歡自由。」他補充說：「不能做頭家，就做油漆佬我都心甘情願！」

說完又瞪住靠窗的伙伴：

「年青人應該有自己遠大的理想，『大財庫』，你說對不對？」

「我不是聽你說過，那年是給爸爸趕出來的嗎？」叫「大財庫」的忽然冒出了一句。

怔了那麼一趟，他毫無所謂低下頭拍拍擱得高高的大腿，露齒一笑：

「趕出來的也好，請出來的也好，都不要緊，要緊的是做人要有自己的宗旨，好像什麼……一個牛高馬大的男子漢，你總不能賴在家裏看老頭子的臉色吃飯吧？……呃！」

姓符的那張半開的嘴唇慢慢嘟成一個圓筒形，藉此表示心中的不以為然。客人仍然那麼恭敬地坐著聽，有時看看這個，房裏那種暗淡的光線已經使他逐漸地適應，但是空氣卻開始覺得納悶起來。他想起應該先去洗個澡，坐了整天車子，或者也應該去找個地方輕鬆輕鬆筋骨才合適，想是想好了，正等候一個起身的機會，不料沉默的一方又大力嗽清喉嚨，把他剛提升的念頭打消了。

「我總是覺得替你可惜！」矮個子帶著感慨的口吻嚷起來，跟著腰肢一扭，整個人便坐在檯子上。檯子經不起重負，痛苦地發出呻吟，他又匆忙伸下一隻腿子抵著地板，保持原先的姿勢：「放著現成的頭家不做，去空談什麼他媽的理想，做一天吃一天的打工佬有什麼理想可談？好說不好聽，人家請你是可憐你，不請你那麼你就得滾蛋！換過是我，我就不那麼傻……哎！你不是說過，賣小菜的也好過你打估俚仔多多聲嗎？」

「那你是說自己完全沒有理想了？」長腿夥伴把半眯的眼睛奮力一睜，手指點著對方：「我就看你常常買萬字票呀，福利彩票呀，參加猜獎遊戲呀，說中了獎以後就這樣那樣，買汽車呀，買洋房呀，娶小老婆呀，出國旅行呀……你敢不承認？那不是你的理想？」

「這個不同！這個不同！」矮個子急忙分辯：「不過是一般上的想法，我的意思是……」

「好，不算，不算！」「大畫家」還是保持原來的姿勢：「現在你正在追求安妮，但是人家喜歡別個，你是不是希望她有天回心轉意，愛上了你？」

「嘻嘻！真的，真的！那那那你的理想呢？」那個笑得很開心，側著頭把脖子伸過來。

「我的嗎？」長腿夥伴故意聳聳肩膊，低頭四下裏找酒瓶，拿近眼前照一照，把最後幾滴倒進杯子裏：「有一天過一天，到時候回家去。」

「你這個算是什麼理想？」

「回去接受遺產呀！」

「大畫家」端起杯子傾下了最後幾滴，咂咂嘴，十分滿意似的順手撿起一本電影畫報，對著封面女郎怔怔瞧。

矮個子忽然暗裏嘆口氣，搖搖頭。

「你的理想真好，我就萬萬比不上，說實在話，家裏每個月還等著我寄錢回去呢！嗯！一點都不理想。」他斜眼瞄向那個傻愣愣的客人：「你呢？你放下現成的頭家不做跑到城市裏來，是不是又有什麼好理想？」

沒想到問題忽然會落到自己頭上來，這個初出城市的年青人一時不知要如何回答好。他來這裏的目的，當然有他的理想，他的理想是能夠在這裏找一個出路，希望有朝一日能夠讓老爸曉得，他強要走出了無生氣的家鄉，到大城市來打天下是走對了。不過理想還相當渺茫，怎好意思向兩位陌生人坦白地談呢？

「我只是來看看，對，看看，看看有什麼適合的事情可以做。」他勉強說出來以後便堆上一臉的傻笑。

「什麼？你想出來找事做？」姓符的大驚小怪起來。

「我還以為你出來發展事業呢！你想做什麼？」

客人遲疑了一會兒，似乎有點兒害羞。

「什……什麼都……都可以。」這個說完，忽然又深深覺得懊悔，怎麼什麼都可以呢？掃溝渠的工作他可不幹，要嗎就要有點兒好像高尚之類的。他不安地瞧瞧對方的反應。

可是，人家好像並沒有因此瞧他不起，反而十分替他擔憂起來。

「這年頭找事情做真不容易。」對方老實告訴他：「除非你有交情，沒有交情，去你的吧！管你大學生又如何？」

他接著講述一個故事：有個念農科的年青人到工廠來找事做，主任問他介紹人是誰？他回答不出。主任便半認真半開玩笑地說：「這裏是機器廠，不是農場，你跑錯路了！」

矮個子說完便自個兒呵呵大笑。但是客人只是微微搐動以下唇皮，又陷進了沉思。那個長腿夥伴根本沒有留意聽，一心一意翻看手中的圖片，這下像遇到了什麼特別賞心悅目的東西，不禁獨自讚嘆起來。

「嘖！嘖！你看，這個明星漂亮不漂亮？」他高高舉起一幅女人照相。

那個的笑聲登下打住，眼鏡片內的眼珠瞪得渾圓，三步兩跳的趕過來，臉孔直向圖片上湊。

「我說是誰，唔！」矮個子不屑似搐了搐鼻頭，把臉孔拉開，目光還是緊盯著不放，嘴裏一邊評頭評足起來：「那張嘴巴……你看她的眉毛……鼻子就有點……眼睛還算俏氣的，看起來有點……嗯！好像還沒有嫁人吧？」

叫高佬東的兩眼正在合成兩道縫，嗞開牙齒笑得莫名其妙，忽然臉色一整，把畫報用力抽回來按在胸前，抬起頭向對方怒視，一邊尖起嗓子喊：

「什麼？誰說還沒有嫁人？你就想囉！」

「在什麼時候？為什麼我不知道？」對方不大服氣。

「什麼時候我怎麼知道？」

「那你又說？」

「我說，我當然知道。」

「你又說不知道？」

「不知道我又說？」

「在什麼時候？」姓符的逼著問，脖子向前伸得很長。

「我怎麼知道？」那個高佬東又是這句。

姓朱的客人一手按緊座後的小木箱，仰起頭，臉上掛著禮貌上的微笑，瞧瞧這個，又望望那個。

其實他對那些爭執並不感到熱心，私下裏卻在替自己發愁。也許是剛才聽了矮個子的那一番說話，使自己對出路問題產生了懷疑，簡直動搖了他的雄心壯志。不過認真說來，主要的關鍵還在於他的姑丈身上，他記得自己膽敢在父親面前誇下海口，出去一定能夠找到事做，無非是依靠有個做生意的姑丈，有他的提攜和照應，還有什麼不能解決的呢？但是，沒料到姑丈的生意只是每天騎腳踏車到處去賣「愛斯忌林」（冰棒）。他奇怪地想：「為什麼姑丈每次來信都說做生意忙不開，從不提起賣『愛斯忌林』的話？」

「等會兒向姑丈提出自己的要求時怎樣開口？」他不經不覺陷進了苦思中。

這時候矮個子和長腿夥伴的爭執已告一個段落，開始轉進商量的階段了。

「我這個人說一是一，說二是二，不到緊要關頭絕不向人開口，現在六點鐘了，怎麼樣？」姓符的望著手錶，一臉的焦急形色。

「沒有錢你去參加什麼鬼『爬地』？」對方把畫報作涼扇，一邊閒悠悠地問。

「唉！你這樣問就太沒有意思了。女朋友生日難道不應該送禮嗎？」這個苦著臉：

「只要二十塊罷了，多幾天出糧一定準時歸還。」

「你倒想得開心哩！你去快活我來出錢？」

「這是借嘛！」

「借？你自己的錢呢？」

「我的錢早已在別人袋子裏了，如果有剩何必勞動你？」

「我勸你還是乖乖留下來的好。」高佬東照舊撥著扇，兩隻長腿又慢慢擱在櫈子上：

「女朋友生日有什麼大不了？如果是我生日你才來著急還不遲。」

矮個子又望望手錶，打口袋裏掏出一張五元鈔票，用另一隻手彈了彈，再放歸原位。這裏，他回頭瞄瞄客人，向前面更靠近一點，已經站在長腿夥伴的身邊，泛起一張笑臉輕輕湊近對方耳朵邊：

「我介紹安妮給你怎麼樣？」

「大畫家」停止了手中的動作，彷彿不認識似的對那張嬉皮笑臉拚命瞧。末了，他搖搖頭：

「你自己不是有錢嗎？」

「唉！那一點錢……那一點怎麼夠？唉！」

「我看準夠，你不能去買些元寶蠟燭嗎？」

那個的笑臉立刻凝住，大踏步走回原來的地方，重新向桌面擱上半邊屁股，雙手操架在胸前，猛向窗外吐了一口痰，鼓起兩邊腮泡不說話。

姓朱的客人照舊端坐著不動，面前所發生的事他都看得很清楚，他覺得可笑，但又感到有點可悲，說不出心裏那種味道。他暗中嘆了口氣，下意識地摸摸右邊的褲袋口子。

「大財庫」納悶了一會兒，似乎想通了一個問題，他抬起左手，向閃亮的白殼黑底手錶凝視一會兒，緩緩解下鏈扣。

「這樣可以吧？」他直著兩眼又朝長腿夥伴靠去，極其依戀似的把解下的手錶反复瞧了瞧，輕輕擱在圓檯子上：「這個做抵押，價值五十八元。怎麼樣？」

「大畫家」手中的畫刊已經放下，改為撫摸微微隆起的肚皮，半瞇著眼睛陡地發亮，視線由檯面上移到對方的眼鏡片上，又落在原來的地方，伸手把手錶拿近眼邊瞧，然後套在那隻撫摸肚皮的手腕上，再湊近耳朵邊聽，這才表示滿意地的點點頭。

「我這個人是非常講究義氣的。」他用嚴肅的目光打房裏兩個人的臉上掃了一遍：「朋友有困難應當幫忙，我一向說得出做得到，借那一點錢，小意思。不過，不過應該有一個期限，一個星期怎樣？我們立個口頭合約，剛好有個中人。」

「由你怎麼怎麼說好了。」姓符的顯得不耐煩，習慣上望望左手腕。「現在什麼時候了？……唉！沒有錶真不方便。」

「現在嘛……六時二十分差一點。」這個極有姿勢地抬起手臂就光處照了照，再慢條斯理的站起身，伸手向掛在壁間的上衣口袋裏掏了一陣：「是你自己答應的，沒有問題，錢在這裏，拿去。我這個人做事最爽快，到時你不還都沒關係，那是自誤，我不再客氣就是了。」

矮個子一把接過，瞧都不瞧便朝口袋裏塞，像生怕給誰快手搶去了。

「一個人天不怕地不怕，就是最怕窮！」他經過客人面前時故意展了展笑臉：「什麼都是錢！吃飯要錢，住房子要錢，搭車要錢，請女朋友看戲宵夜要錢，參加『爬地』要錢，錢錢錢！哪一樣不要錢？有時真想一步不出門好省儉些，但是你行嗎？做一個時代青年真不容易，真不容易！唉！我倒想回到鄉下去種菜呢！山芭佬就山芭佬吧，可以省得許多煩惱，像你一樣多好，沒有女朋友都沒有關係……」

他一股勁說著，不理會有誰在聽，一邊比著手勢，以便強調他的觀感都是由衷而發。說著說著，偶然向窗外一望，話兒頓時打住，整個人撲向窗口，差點兒沒摔了出去。

「安妮！安妮！喂！去哪裏？過來過來，我在這裏呢！」

房裏的人立刻引起一番忙亂，「大財庫」叫嚷過後，匆匆把頭從窗外拉回來，湊近桌上的鏡子前忽上忽下的打量，用梳子弄貼服了額頭幾根髮絲。「大畫家」怔了怔，慌忙從壁間取下上衣往身上亂套，趕緊把幾粒衣鈕扣好，全身那麼一抖，兩手往頭髮上一抹，一隻長腿疊著另一隻長腿坐下來，戴著手錶的手腕放在顯目的地方，挺起胸膛，裝成一副等候拍照的姿勢。那個客人不知要站起還是照舊坐著好，一對眼睛不時向房門口溜來溜去。

外面隱約傳來開啟鐵柵門的痛苦聲，鞋子踏在沙土上的細碎聲，近了，近了……

矮個子抽空朝長腿夥伴臉上一掃，唇角掛著意味深長的微笑，輕聲地：

「我好意介紹給你不要，現在她來了，你見了不要後悔呀……喔！……」

房門口突地一暗，一個女人的臃腫身材差不多把窄小的房門遮去了一大半。她站在那裏不住溜動細小的眼珠，顯然對房裏的嚴肅氣氛吃了一驚，就那麼僵立了一會兒。

房裏兩個夥伴互相交換了一個驚奇的眼色，姓符的矮個子急忙回頭抓在窗口向外望，屁股擺呀擺的，像恨不得整個人鑽出去。高佬東照樣擺出那副架勢，幾乎更加打點起精神，因為房門口那對細小的眼珠直朝他瞪過來。那個遠地的客人平靜地看著來人，微微皺著眉頭。

房門口的女人站著瞪呀瞪，終於展開那道破鑼一樣的嗓子：

「高佬東，你得空嗎？那死老鬼到現在還沒有回來，麻煩你載我到工廠去一趟好嗎？」

「加班吧？你不會打電話去問嗎？」高佬東表現得非常不樂意。

「那還用你說？就是沒人接電話呀！用你的『摩多』載我去一趟不是更快嗎？」她連聲催促，儼然有了什麼重大的事故。

「你不能搭迷你巴士嗎？」

「你到底去不去？我補你兩塊油錢怎麼樣？」

「你又沒有鋼盔，怎樣去？」那個不耐煩地駁了一句。

對方似乎一怔，兩顆細小的眼珠子一眨不眨的，嘴裏不覺嘟噥起來：

「鬼鋼盔！為什麼一定要戴鋼盔呢？我要向誰借去？……」

她轉身走了，但一會兒又在原來的地方出現，這下居然走進房裏來，伸手在牆壁上一陣摸索，突然把電制關掉，灰濛濛的暮色立刻擁抱著這塊小小的空間。

「七早八早就開燈，再這樣下去一定要加你電費不可！一定要加不可！……」她自語自話地搖著身子走開，瞧都沒瞧房裏的人一眼。

「答！」電燈又恢復明亮。那個「大財庫」已經站在房門口探頭向外望，突然向地上啐了一口痰：

「呸！你以為有間破屋子收租就了不起？看我中了馬票把你整間買下來又怎樣？」他神神氣氣地回頭面向房裏的人：「現在還說七早八早呢？連鼻子都看不清楚了，一點電又花去了幾多？頂多補你好了，正式孤寒種！該她的老公去找別的女人……」

「你怎麼知道的？」長腿夥伴奇怪地打了岔。

「誰不知李大哥新識了一個剪髮妹，兩個要好得很！要不然放工時間一到就不見回家，那個孤寒種也不會心驚膽跳了！」矮個子說得蠻有把握。

「他總得先回家來換過乾淨衣服呀！」夥伴不以為然。

「回來再出去？你才有那麼傻！」對方不屑地擰擰頭：「你不會先把衣服帶進工廠嗎？洗過澡換過衣服，對家裏人說加班，鬼知道他到哪裏加班？我就親眼看見過有人這麼做。喔！不說了，時間不早，我要先走一步。那個安妮真奇怪！明明看見她走過……」

房裏有片刻的沉靜。窗外開始飄進陣陣涼風，藏在牆腳下和草叢裏的小蟲此唱彼和，越來越顯得熱鬧了。遠來的客人似乎從沉思中猛然驚醒，望見「大畫家」不知什麼時候開始站在他的面前，滿臉紅光地傻笑著。

「喂！沒有事做，出去看場戲怎樣？我請。」

「謝謝，謝謝！我……我……」

他自己也不知道是怎樣推辭了對方的好意，恍恍惚惚打開行李，拿了應用物件出去洗個澡，經過廚房，滿頭亂髮蓬鬆的姑母正在把鑊子敲得整天價響，一面對她四歲大小的女兒發脾氣：

「死鬼頭！哭哭哭去死麼？肚餓，肚餓！難道我又不餓？妹妹還沒有睡，我空得出手來才得呀！你的命又生得不正，有『使婆[1]』煮來你吃，還哭？哭醒了你妹妹你就死！那個老發瘟的也是，七夜八暗了還不見影子，你說又不是坐在四方檯上了我才不信！這樣老大的人，刀已架在頸上了還不知道死……」

這個做外甥的不敢看姑母的臉，低著頭匆匆跑過，躲在房子裏對著黃澄澄的燈光發楞。等姑母連叫了幾次吃飯，方才出去胡亂扒了半碗，便嚷著吃不下了，帶著半飽的肚皮逃也似的回到房子裏，就著燈光胡亂翻閱一些畫刊。翻得厭煩時便呆坐著想心事，想現在家中的情形，父親自他離開後菜市的生意怎麼樣？忙得開嗎？想倦了便側耳靜聽屋子裏的孩子哭鬧聲，外頭的汽車聲，唱機聲，叫賣聲，甚至自己的心跳聲，耳朵邊的蚊子叫聲。什麼都覺得陌生和刺耳，什麼都令人心煩意躁，他在老家時從來沒有這種感覺，現在……現在他掏出褲袋裏的手錶。

「快十點鐘了，姑丈還沒有回來？」他扶著腦袋想：「睡覺吧！明天再跟他好好談一談，不必太心急，看他整天笑嘻嘻的樣子，對找工作的事一定有辦法。」

[1] 供差使的女傭。

這麼想好，他開始打開姑母特地送來的被蓋和席子，虛虛掩上房門，站在窗口邊做一番柔軟體操，然後撳熄電燈，摸索著倒下身子去。但是，他立刻聞到一股濃郁的尿騷味，立刻掩著鼻子又爬起來，把被蓋推遠一些，悶著呼吸重新躺下。剛剛攤平四肢，呵欠打到一半，他又得爬起來，頭上的電燈忽然給人捺亮了。

進房子裏來的人是出去看戲的「大畫家」，滿臉焦急，對著睡不成覺的客人一股勁在搔頭髮。

「真不好意思！」他客客氣氣地道歉著，盡力擠出一絲微笑：「阿發仔還沒有回來嗎？那不要緊，我是說……是說如果你有方便，最好是……是借我二十塊錢，這個給你收起，怎樣？」

他迅速解下剛給人抵押過來的手錶，遞到對方的面前，另一隻手又在狠命搔頭髮。

客人呆了一陣，並沒有伸手去接，然後慢慢走近懸掛衣服的牆壁邊。

「真不好意思！」這個重複了一句：「實在是有急用，急用是沒有辦法的，不然我也不會……謝謝！」

「大畫家」笑容滿面地趕緊把錢接過，一手放下東西，轉身一陣風似的不見了。

朱學文繼續坐著出了會神，隨手把那個抵押品塞在枕頭下，起身關上電燈。

「這時候在家裏已經發著好夢了！」他躺著想，一面掩著鼻子：「大地方的人真奇怪，晚上好像每個人都有不同的節目，白天忙過了，晚上早些休息不好？我實在看不慣……」

屋子裏靜得出奇。他翻了個轉身，朦朦朧朧中聽見姑母在房裏尖著嗓子罵孩子。孩子嚶嚶地啼哭，慢慢又恢復沉靜。陣陣清涼的夜風從窗口闖進來，撫摸著他的頭臉，有一種說不出的舒適感。漸漸地腦子裏一片糊塗，猛然地又睜開眼睛，似乎所有失去的精神都霎時回來身邊了，他聽見破鑼一樣的女人聲音在外面嘶喊：

「死佬！你做工做去哪裏了？現在才回來？」

「加班嘛！」那是男人的口氣。

「加班？加你的死人頭班！我到工廠去看過，哪裏有人在？」

「出廠嘛！」

「出廠？為什麼有酒味？」

「遇到好朋友，應酬應酬嘛！」

「幾乎天天都遇到好朋友，天天都應酬應酬，你的好朋友實在太多了！」

「誰說不是嘛！」

「我就不信！」

「不信就算了嘛！」

「我會去查的。」

「你就去查嘛！來來來，這裏一包炒米粉，拿去吃嘛！」

短暫的沉默。

「你還算有良心哩！」

「是嘛！」

接著是細碎的腳步聲，廚房下的電燈開制聲，低低的談話聲……

朱學文煩躁地伸伸兩腿和一雙手，翻了個轉側，透過窗口陣陣生涼的寒氣，望見天上幾顆小星星亮得似乎分外有精神。房裏的兩位房客還沒有回來。姑丈呢？他想起姑母煮菜時氣憤憤的話：「你說又不是坐在四方檯上了我才不信！」他明白什麼叫「四方檯」，看樣子有九成說對了，不然哪有賣雪糕賣到三更半夜的道理。「荒唐！真是荒唐！」他對姑丈的印象開始有點轉變，不覺搖了搖頭。

那麼胡思亂想一陣，廚房下的夫婦大概已經離開，耳邊恢復一片清靜，反而感受到夜涼越來越濃，這個客人悶著呼吸拉過散發異味的被單，輕輕覆在肚皮上，強行閉上眼睛，可是老睡不下去。他在冷且硬的地板上痛苦地轉側，終於輕輕嘆口氣打開眼睛，有人咳嗆著進房子來了。

「答！」電燈制突然一聲響，光明立刻快樂地罩滿了整個黑暗的房間，那個高高瘦瘦的「大畫家」正在走向早先的位置坐好，劃亮一根火柴點起掛在唇邊的香菸，兩條長腿先後搬到面前的圓櫈子上，目光直瞪著兩隻腳板，一邊大口大口噴煙霧。

姓朱的客人輕輕搔搔腿子，偷偷打量似乎滿懷心事的夜歸人，不知要不要坐起來打個招呼。最後還是閉上眼睛，一方面為了那些眩目的燈光。

「拍！」呆坐的人忽然不知朝哪裏大力敲了一下，嘴裏喃喃地不知說了些什麼。

假寐的人倏地打開眼睛，偷偷望瞭望，那個夜歸人已經換了一個坐姿，一腿架在另一腿子上，一手托著下巴，正在對著房門外出神。外面好像有人推開大門的細微聲音。

進來的是「大財庫」，一到房門邊便嘆口長氣：

「呼……唉！早知不出去的好，早知……可是我就不能，你比較有本事，唔！」

接著拚命搖頭，看也不看房裏的人，一腳更從客人的頭上跨過，面對窗外大力呼氣，一邊動手解衣鈕，一邊呢呢喃喃起來：

「蘇絲、蓮茜、瑪麗、遮里，還有衰鬼傻子陳，散會後約去看下場電影《丁亞二外傳》，唉！這麼就白白花了十多塊，差不多完啦！我的二十塊。唉！買禮物還不算在內。」

他一腳又從客人頭上跨過，把上衣送到牆壁的鉤子上掛好，嘴裏可沒閒著，轉身又要從客人頭上跨過，然而人家已經坐直身子起來了。

「看完戲出來又說宵夜啦！吃沙爹啦！炒粉啦！和女孩子出門你省得麼？多大你都要硬頂下去，好了，便宜了那個衰鬼傻子陳，唉！那些冤枉錢……」他猛然發覺坐在那兒的長腿夥伴臉色似乎不好看，頓了頓，回頭又瞧瞧坐著掩口打呵欠的客人：「你們就聰明啦！晚上不出門，早些睡覺，一個錢都不必花，唉！為什麼我沒有想到？」

「你說完了沒有？」長腿夥伴忽然冒了一句。

「還沒有哩！」這個搖搖頭，又在嘆氣，半邊屁股順勢擱在桌沿上，面向對方猶疑了一會兒：「我現在才想起，明天答應洗衣婆來收錢，已經欠了兩個多月了，這下慘！慘！慘！慘！多不好意思喲！你老兄能不能幫一個忙？只是小小的數目，十塊錢罷了，出糧一併還，嘿嘿！……」

那個緩緩把兩手交叉在胸前，直著眼睛朝好夥伴打量了半天，然後尖聲尖氣地罵起來：「你好像除了錢就沒有什麼事好談了？」

「就是嘛！」矮個子滿臉認真的：「什麼都是錢，唉！大地方生活真不容易，連小便一次都要五分錢，你老兄不是不知道，不談錢哪裏可以？」

姓朱的客人皺緊眉頭左顧右盼，搬過早先的小木箱子坐好，兩手扶著一個膝蓋胡亂地想：「今晚要怎樣睡覺呢？唉！……」

這時，「大畫家」不聲不響站起來，低下頭來來去去踱方步。

「如果我也學你去看《丁亞二外傳》的話多好！」他像在自言自語：「現在什麼都不必談了，八十多塊錢，只是幾鋪牌，完了！手氣太壞，輸得不太甘心，明天我要回家裏一趟才可以。」

「哈哈！輸了八十多塊錢，是真的嗎？」矮個子幸災樂禍一陣，又替同伴感到可惜起來：「可惜！可惜！八十多塊錢，要是借給我多好，唉！你說得對，回家去再弄點錢，應該，應該！」這時，他突然想起一件事。

「我的手錶呢？」他問。

「還有就好啦！」夥伴白過一眼：「早就『掛沙』[1]給別人囉！」

「什麼？」這個從桌子面上彈了下來，漲粗著脖子，剛擺出一種拚命的姿勢，房門口及時出現一張可憎的女人臉孔，直朝他一眨不眨，他登下洩了氣。

「好哇！我正奇怪電費怎麼會高得那麼多，原來你們三更半夜還開著電燈在講古。我現在說過就算數，從這個月起，一定要加收你們三塊錢的電費不可！那還算很通融你們了。」屋主婆連連擺動全身的肥肉，鼓著腮泡子罵著走開。

可是後退才消失，那張可憎的臉孔又重新在房門口出現，這次是緊盯著房裏的客人。

「你叫什麼名字？怎麼這樣晚了還不回去？」她正在審問。

「我……我……」客人抬抬屁股，期期艾艾不知要怎樣回答的好，只是用眼角瞄瞄面前不遠的「大畫家」。

那個急速地嚥下一口痰，大聲代替了回答：

「他是我的朋友，從外坡過來的，暫時在這裏『隆幫』一下，怎樣？」

「我又不是問你，要你多嘴？」屋主婆不屑地白了打岔的一眼，照樣瞪緊渾身不自在的客人。末了，像看不出些什麼興頭似的眉頭一皺，轉過身子：「一晚半晚沒有什麼關係，我是很容易相宜的

1 馬來文中的Kuasa，文中意思指轉讓。

人，如果是……那又不同算法，我先說在這裏……」

房裏登時一片寂靜，還是「大畫家」先用手往腰間大力一插，神神氣氣罵起來：

「你以為只有這裏才有房子租？笑話！老子有錢哪裏不能夠去？要更講究的洋樓都有，誰希罕住你這個破雞寮？『巴巴閉閉』！明天我就搬，就搬！」

姓符的傢伙不明不白又把半邊屁股擱在桌沿邊，心裏納悶了一陣，眼望著長腿夥伴回到座位上坐好，立刻又記起一件事，趕緊跳下來伸長脖子就嚷：

「什麼？……」

他沒有說下去，卻怔怔望出房門外，那禿了半邊頭的老洪幾時回來了，正倚著門框朝房裏生著氣。

「兩位老弟，你們看是不是人衰有路，鬼衰上樹？這樣好的牌都吃不出來！」他將起長袖管在額上抹一把，就勢坐在靠門的地板上，聲色俱厲地報告著：「上手就兩支正花，一嵌紅中，一對白板，幾張索子，轉手摸回一張發財，下家打白板碰出，連手又摸回幾張索子，剛好上家打一張卡窿七索，立刻叫六九索，六番牌穩打穩，大三元我都不貪了。呃！就有那麼奇，六九索久久不見一張，真是有鬼！後來我摸到一張八索，唉！還是不貪對碰的好，隨手打出去，下家叫碰！我想這下有聲氣了，起碼是五番……」

他忽然頓住，用心聽聽外面的聲音，分明是自家太太在罵些什麼。

「死老鬼！你不是明明知道細蝦發燒嗎？吩咐你早些回來順便看看買些什麼藥，竟敢現在才回來，好像神仙一樣快活，以為累到的不是你嗎？」

「哎呀！小孩子發燒平常事，有什麼要緊？我現在都渾身發熱哩！」他邊說邊站起身。

「喂喂！你剛才說碰八索的怎樣了？」神情緊張的高佬東站起來問。

「藥呢？我吩咐你買的藥呢？」外邊的女人又在嚷。

「碰八索吃糊啦！六支有二。」這個匆忙應了一句。

「補糊尾也不少啊！」

「有屁用！一家剩兩百子，一家剩百零子，唉！衰就是衰……藥明天再買不行嗎？一點點事情就只會呱呱叫，叫起來很好聽？我們男人就不像你們女人，等我來看看……」

那個做外甥的很想跟姑丈說幾句話，只等人家偶然瞧來一眼，他就可以趁機打開話匣子了。他殷切地等機會，不料人家只顧談他的，似乎忘了有這位遠道而來的外甥在這裏。他等呀等，臉上隨時準備擠成幾堆的笑紋，漸漸隨姑丈的倉促離去而鬆弛下來。

「算了，算了，他原來是這樣的一個人！」他意味索然地想了一陣，忽然像想起了什麼，抬頭瞧瞧坐立不安的矮個子，伸手就向身旁的枕頭下面摸索。

房裏兩個同伴還沒有就寢的意思。坐著的人依舊平常的習慣把兩腿架在檯面上，向黃濛濛的電燈泡大力噴煙圈。站著的那個一下子走近窗口朝外望，一下子走回頭對長腿夥伴狠命地瞧。突然……

「什麼？你把我的……」他大聲嚷，猛覺得一隻手心有誰塞來什麼東西，立刻把底下的話咽住，低頭一瞧，那可真給怔住了。

「啊！……啊！……」他只管對著那個客人傻笑。

「唉！明天要怎樣走呢？」高佬東裝著沒有看見，仰起臉長長嘆息著。

愣過了一會兒，矮個子大概明白了什麼一回事，連忙向客人表示千恩萬謝，伸出手去拍拍對方的肩頭：

「啊！好朋友，好朋友，你真是我的好朋友，嘖嘖！」

可是，他很快又愁眉苦臉起來，嘆說生活難過，每個月都是入不敷出，如果不趕緊找過旁的路子，單靠吃這份死薪水，就算幹上一百年都是沒有希望。

「好朋友，你的錢大概不等用吧？」他改用笑瞇瞇的嘴臉問客人。

那個朝他望望，沒有搭腔，輕輕推開小木箱，輕輕躺下身子，打著呵欠再輕輕攤開那張破舊的棉被。他閉上眼睛，無論如何不能入睡，耳邊清清楚楚聽見兩位房客不住在長吁短嘆，迎臉的燈光眩耀得非常不舒服，他索性把被子拉起蒙著臉孔，一股尿騷味立即衝進鼻子來。他不在意，只顧在心裏盤算，明天如何向姑丈提出告辭回鄉的好話。

完成於一九七九年二月

一縷青煙

愛情來了，你拒絕不掉。愛情去了，你阻攔不了。

她來時像一陣春風，去得像一縷青煙！

你捉摸不到，只能用全副心靈去感受，去陶醉，去歌頌，去煩惱，去遺憾終生……

而初戀往往是一縷飄忽不定的青煙，到終了總是讓生命留下一道無可彌補的缺憾，為什麼？

我不明白，為什麼我亦有一個不完滿的早來的愛情？

要聽故事麼？這故事已經久遠了，當杜鵑花還盛開在昔日的小樓外。

我又回到昔日的小樓中。小樓有窗，有倚欄，有一個人的孤獨。

從窗口或倚欄邊望出去，一片欣欣向榮的茅草叢，一排疏疏落落的木欄杆，靠欄一株高大的杜鵑花，花葉低低罩著外邊的人行道。

這裏就是我臨時的家。從兵荒馬亂的外面世界輾轉流浪，我回到滿目蒼涼的家園，家人散失了，我留下來在礦場工作，因此被安置在這樣一座作為公務員宿舍的家。

從每個早晨到黃昏，我和工作做伴。回到小樓中，我愛憑欄閒眺，愛呆坐晚窗前，編織一些年輕人的夢。

我的夢中有愛花的小姑娘流連在杜鵑花樹下，她們快活的小銀鈴，敲響了我默默的心門。

我的夢中有模糊的遠景，像多彩的虹，像縹緲的煙，我在一片無我的孤獨裏沉醉。

一個可愛的清晨，我忽然有一個真實的夢！夢裏她來了，在殷紅的杜鵑花樹下。

我早就認得她，天天，她從花蔭外的人行道來來去去，獨個兒的像只快樂的小蝴蝶。

我常在心裏想：她是個可愛的姑娘家！

每次她打從木欄杆外行過，她的倩影就如同打我心湖上飄過。我忽然對她萌生一份微妙的情意，虔誠地把她當作遙遠的星星。

她是可愛的星星，我是孤獨的織夢者。

織夢者也有化為真實的時候呵！

她來了！打從街市回來。我湊巧走在同一條大路上，從她身邊掠過，來到杜鵑花樹下。我似乎聽見有人在背後喚我，那是如何曼妙的聲音！我回頭看，她那圓圓笑臉對著我，唇角微微泛起一個美麗的漩渦：

「你有歌簿嗎？能不能夠借給我？」

我怔住了，心中升起一陣的迷惘。

「我聽人說你抄了有許多。」她仍帶著少女的嬌羞。

我默默地點頭。她隨我走，走上寂寞的小樓中。

「謝謝你！」她接過一本厚厚的歌簿輕輕地說，晶瑩的大眼閃著光，像晨早花瓣上的露珠：「抄好了一定還給你！」

我始終沒有說過一句話。她轉身走了，在我恍惚的神思裏化為一陣風。

我興奮，我悵惘，我說不出心頭的一陣虛空。

閒時，我總愛呆坐小樓中，面對著花樹繼續織我青春的美夢，向不遠的另一座小樓窺視。

那裏是她的家，白色的小樓隔開兩道木欄杆。

「她的人呢？她好嗎？」我有了奇異的懷念。

「她應該來了！不是病了罷？」我開始胡思亂想。

一個黃昏，她還沒有來，卻來了一個常來採花的小女孩，送給我一本她借去的歌簿，還有一封簡短的信。

信是簡單的。用鉛筆寫在練習簿紙頁上，在我的心中的感覺，正如朝陽吻在花瓣上，朦朧裏帶著真實美。

信上沒有說什麼，只是一番客氣話。我反覆看了多少遍，我要從每個字裏捕捉一些特殊的含意。

小女孩沒有走，她的期待使我略有所觸。我寫了一封回信。

這是一個多麼奇妙的開始，我們信來信往，在小女孩的傳遞下，在每個優美的黃昏後。

簡短的信，交流著微妙的情，我們雖然不曾再見面，但在無聲的傾訴裏已逐漸拉近了心和心。

記得是一個彩霞漫天的黃昏，我又坐在小室下，人行道上來了小女孩，來了兩個肩並肩的看花人，一齊走近我的小樓前。

「你看，誰來了？」小女孩裝一個笑臉。

「你好嗎？」長久盼望的聲音。

那不是她嗎？她真的來了！姍姍地踏著地上的小草，晚風推起一頭長髮飄飄。

「這個是我的姐姐。」她輕輕地說。「你們不是認識的嗎？」

「我們是小學時代的同學。」我向她的姐姐點點頭。

「好久了！」感嘆的聲音。「你一個人住在這裏？有空到我們的家裏坐坐呀！」

我靜靜的聽著。靜靜的眺望晚風中一頭飄飄的長髮。

我懷疑在夢中。

我不是在夢中罷？有一個晚上我明明上了她的家，同行的還有一位偶然到訪的友人。在暈黃的電燈光下我們面對面坐著，她表現得落落大方，只是仍帶點少女的矜持。而我仍然像在迷夢中，說不出的滿懷的惶惑。

我們有一句沒一句的談，談以往，談現在，談感想。她笑了，像夜空乍響的風鈴。我們都笑了，像春雷滾過陰憂的心田。

多愉快的相聚！我們忽略了如飛的時間，忽略了外邊如水的夜涼，忽略了作為訪客應有的拘束。起身了，她送出小樓外。

含笑的道別，輕輕地揮手，踏上淒清的人行道，偶然回頭，似乎那個小身影還停立在原來的朦朧中。

我不是在夢中！

黑暗的日子無聲地溜過。我逐漸成為她家裏的常客，有時候和三兩友人，有時候一個人。

我認識她慈祥的雙親，認識她惟一出嫁了的姐姐，以及在外工作不常回家的姐夫。

她的家庭成員是如此簡單，無疑是充滿溫馨的。她告訴我許多衷心話，尤其是對她的姐姐深深表示不平。

「當初她有相愛的人，後來男人變了心，愛上另一個。」她說。

「因為時局緊張，姐姐年紀大了，父母親感到害怕，忙忙亂亂就嫁了一個她不認識的人。」她又說。

我沉默了，不然我要說什麼呢？她說的那個變心的男人，就是我的一個宗親！

她說話的神情那麼認真，不像是愛淘氣的女孩子。這年頭我也聽過不少這樣傷心的故事，尤其是可詛咒的戰爭更埋葬了許多少女的幸福，也使得年輕的她變得成熟多了。

在我的感覺上，她果然逐漸成熟得像個大人了。她的臉上自然流露的憂悒，她那痴痴若有所思的眼神，都似乎透入我的心坎裏。

「男人都是不大可靠的……」她忽然微笑地對我說。

我搖頭。

「你不信？男人心，海底針……」我向她發誓。她不聽，要我聽她訴說不完的故事。

我覺得我是比人幸福的，我不必再枯守小樓一段難遣的寂寞，寂寞時她來了。

她常來到我的小樓中，我們快活地相聚，無拘束地自由笑語。多久了，我不記得，記得有一晚她告訴我聽來的有關我們的流言蜚語。

「你怕嗎？」我問她。

她笑一笑，低頭弄著小花巾。

那是無聲的語言，我已深深地體會到。我說：

「讓他們去罷！愛說便由他們怎麼說，我們還是我們。」

「什麼你們我們？我不來了！」她起身便走：「明天我真的不來了！」

我沒有挽留，也沒有追問。因為我有了自信，長久的相處，我還不能摸透一個少女的心麼？

明天她不來，我上她家裏去。

那是天黑過不久的時候，她的雙親不在家，靜悄悄的小樓只有一個人。

「你來了！」她抬起頭看見我，憂悒的臉孔綻開一絲微笑，那微笑像極了她。

「人呢？都出去了？」我說，望著那個被命運撥弄的不幸的少婦。

「到隔壁姨媽處打牌去了。」

「她呢？」

「小華麼？她說很疲倦，睡了。」

她睡了，我不是來得沒有意思麼？

「你不坐一下？我有話告訴你。」

我望著那雙霎動的大眼睛。

「小華今天開始做工去了，在幾里路遠的地方挑泥土。」

我感到意外。

「她說不要讓你知道，這是她的意思。」

我不作聲。

「說來說去，她是一番好意，家裏全靠我爸爸一個人，生活有點困難，你應該看出來的。」

我真是沒有想到這一方面。生活，是的，在這樣一個黑暗的時代裏，人人都為生活掙扎著，度著朝不保夕的日子。她的家只靠老爸爸在礦山做一名小書記，收入當然有限，要維持一個家實在不容易，我的確是只顧追尋本身的快樂給弄昏腦袋了。

可是，她為什麼不讓我知道呢？她是怕我反對，瞧她不起？因為她在我的心目中是一位小嬌娘，不是平凡的女工人罷？

我的猜測也許是對的，她到底是一位純潔的女孩子，她有女孩子的自尊。

我想笑，也想生一場莫名其妙的氣。我掉頭離開她的家，心裏悶悶沉沉的就像門外沒有風聲的夜色。

她勞動去了，本來我應該為她高興，或者由於我的自私心理，總覺得未免太委屈了她。

一清早，她去了。天黑時分，她回來。我們難得碰面，碰到時，她好像比以前時黑了些，也消瘦了些。

「工作辛苦麼？」我忍不住問。

她搖搖頭，低著臉笑。

「你慣不慣呢？」

「不慣！」她忽然望著我：「我已經不做了。」

「為什麼？」我反而驚奇了。

「不為什麼。」答覆就這麼簡單。

不為什麼？那不是小姐們任性的口氣。我從她的姐姐嘴裏得知了原因，是工頭對她不太禮貌，冒犯到她少女的尊嚴。

「不做也好。」我憤憤不平起來。

「什麼也好不好？我要到另一個地方做工去。」她接口說。

「什麼地方？」

「一個很遠很遠的地方。」

「很遠很遠的地方？」

她點點頭，望望她的姐姐。她的姐姐望望在座的母親。她的母親望望我。

「不要聽她說，那個地方不過是……」

不過是離開這裏三十里外的大城市，通過彎彎曲曲的山和水，就要花上大半天時間的行程。

「我和她就在那裏租間房子住下來，差不多的時候會回來一趟的。」

老母親慈祥的聲音在我耳邊繚繞著，我不想听，卻字字像旱天乍起的雷鳴。

我開始坐立不安了。我有許多話要說，卻不知要向誰說。我想仔細看看她，卻偏偏再也提不起勇氣。我像陡然間飄然而起，到了很遠很遠的地方。

她走了，陪伴著她的母親到了很遠很遠的地方。她說得不錯，那小小的一段距離在我看來實在太遠了。

看不見她，我又恢復了昔日的孤獨。白天我照常工作，傍晚回到小樓中，時常一個人面對杜鵑花，坐盡一個蒼涼的紅夕陽。

數著心中的日子，想起遙遠的她，多少次了我不禁踱上那座寧靜的小樓。小樓依舊，沒有她！

她的老母親回來過幾趟，幾趟都不見她。

「她很好，也很忙，實在走不開哪！」老母親的話。

我聽慣了這樣的話，我也逐漸習慣了一個人的孤獨。我開始向四方走，找尋個人的自由和快樂。

我要藉此忘記，不是遙遠的她，是被濃濃情感撥弄的我。

我喝酒，我賭博，我學抽菸，我和另外的女孩子在一起……

「你怎麼變了？」我的同事也是長輩的對我不了解地問。

我變了嗎？怎麼會呢？我沒有變！

我沒有變，變了的竟是她！

有友人的友人從彼方來，友人把聽來的私下裏和我談：

「你知道嗎？她在那邊做些什麼工作？」

「在遊藝場中的字花廠裏。」

「你知道嗎？她往來是些什麼人？」

「我不知道。」

「你知道嗎？她現在過的是些什麼生活？」

「我不知道。」

「她往來的是一群公子哥兒，她出進的是歌臺酒館，她已經變成了當地一隻快樂的鳳凰！」

我靜聽，我思索，我懷疑……

懷疑她慈祥的老母親是不是在欺騙我：

「她很好，也很忙，實在走不開哪！」

實在走不開哪！這句話包涵些什麼？

我還是懷疑，懷疑那位友人故意使我心裏不好過。

我極力使自己鎮定，我相信她，她沒有變，我也沒有變，我們相知已深了。

友人的話到底在我心裏打了結，我想作一回不速的訪客。

在一個清晨，我收拾簡單的行裝起程，不曾驚動別人，不曾向公司裏留下片言隻字。

地方對我不算陌生，我找到一位舊時的同學，以及一見如故的另一位友人。

他們在當地一間大造船廠裏做事，住也在一間房子裏，吃也在同一張桌子。

我找到他們，他們奇異地望著我：

「聽說你在那裏很得意，來跑跑麼？」

「我想來換換環境。」

「什麼？」

「我想在這裏找一份工作。」

我忽然決定這種奇怪的主意，自己也有點吃驚。

「你考慮好了？」

「我沒有什麼好考慮。」

我真的沒有什麼好考慮，很輕易地就在造船廠裏找到一份書記的差事，於是我安定下來，三個不知天高地厚的年青小伙子，就這麼混在一起。

我在工作了，可是我的心卻不屬於我自己。我常在苦悶，因為我的心事不能告訴誰，只有告訴她，她在哪裏呢？

她在遊藝場中的花花世界裏，我早已聽到，我要去見她，卻又怕見到她。見到她以後又如何呢？我要考慮。

我不考慮了，於是我借個事故瞞過兩位同伴，趁著夜色踏進那座醉生夢死的快樂園。

在喧天的鑼鼓聲和娓娓動聽的音樂下，我見到她。

她坐在字花廠裏的長檯邊，翹高小嘴，瞪著我。

「你來做什麼？」這是她見面的第一句話。

我來做什麼？天才知道。我的一顆心不停在怦怦地跳，是在扭痛了！

我回頭就走，低頭默默地走，走到一個地方有人叫我。

「你幾時來了？有見到她嗎？」

她的母親巍巍顫顫地站在我身邊。

「見到了。」

「到哪裏去？等一會兒，她就要放工了。」

我還要等嗎？慈祥的老人家知道我剛才所受的委屈嗎？等一會兒，對我來說，還有什麼特別的意義嗎？

她真的變了！她已經傷害到我的自尊。老母親可能還不懂，也可能已經看出了我的不愉快裝作不懂罷？

不懂，那麼大家就一齊不懂好了。

「好罷！」我居然表示高興起來。

在附近一家茶店裏我們三人一同坐下來吃小點，小點是時興的「魚皮雲吞」。

她若無其事地吃著，若無其事地和她的母親閒談著。我呆坐一旁，舀著碗裏的雲吞，嚼著嘴裏的雲吞，心裏想的也是雲吞。

魚皮的腥味使我胃裏作悶，但是最叫我受不了的還是她那冷冰冰的態度。我發起狠，用力舀起最後一粒雲吞……

她先站起來，她的老母親慢慢轉身對著我。

「你住在哪裏？明天如果還沒有回去，就到我那邊來吃午飯。」伊告訴我地址。

我來這裏的秘密只有我自己知道，在這樣的情形下我能說出來嗎？明天？來不來呢？

昏昏沉沉的走出悶人的場所，外頭的路上很清靜，微弱的街燈在寒風裏疏疏落落的佇立著。回頭望望，只得我獨自一個。我插著雙手（在口袋），聽著單調的跫音隨我走過陌生的街市。街市那麼長，我的思緒更長一些。

什麼時候來到臨時的家門口，面前烏黑地守著兩個人，我猛一驚。

「哎呀！你一個人晚上溜到哪裏去？別人找得你好苦！」兩個同伴同時嚷起來。

「找我？誰呢？」

「自警團的人，你忘了今晚上……」

「自警團？今晚上？」我喃喃自語。

「現在剛好換班，還來得及。」

是了，我記得有這麼一回事，剛才兩天就得到地方自警團部的通知，每個安份守己的良民，都要盡「看更」的責任。算一算，剛好是今晚下半夜的差事。

我是怎麼了？從遙遠的地方特地跑來挨這種苦楚！一夜在寒裏躑躅、抖擻。我非常懊悔，為什麼我要來？我想起溫暖的小樓，小樓人去樓空，現在怎麼了？

她呢？她就在不遠，我要不要去呢？

我要不要再去見她冰冷的臉色呢？天亮了，我邊行邊想，想不出一個頭緒。

屋門前，兩個同伴用惋惜的臉色歡迎我。

「早呵！辛苦了。」

我笑笑。

但是，他們不笑，用不屑的眼色望著我。

「你見過她嗎？」其中一個問。

「誰呀？」

「她呀！我聽人家說，你因為她才追到這裏來的。」

「沒有的事。」我大力搖頭。

他們反而笑了，笑得莫名其妙。

「你不要騙我們，你和她的事哪個不知道，像這樣的女孩子，不值得你……你還是回去罷！」

「沒有的事！沒有的事！」我還是那句。

我說的話，他們半信半疑。他們說的話，我也半信半疑。

「這地方到處是暗探，一個陌生的年輕人走來走去，實在很容易受到嫌疑，你要小心！」

我心裏一震！這種顧慮我真是沒有想到，像血一般的事實我不是聽過和見過許多嗎？什麼力量使我漠視這些事實？甘冒如此大的風險呢？

「回去罷！她好像已經令我失望了。」我想。

「但是，我要不要再去見她呢？」我又想。

中午，我決定依照地址見她去。

在一間商店作為棧房的裏座，大家會了面。

她打扮得比往時高貴得多，舉止也似乎穩重得多，當一接觸那道熟悉的眼神，我陡然感到一陣的惘然，似乎從我的心底裏遺失些什麼。

在飯桌上她的老母親殷殷勸我吃菜，在當時來說是相當豐富的一頓飯餐。我顯得很客氣，我自己也發覺本身不尋常的拘束和不安。

她始終不說話，臉色陰沉沉就像眼前堆滿麻包雜物的空間。我不禁想：我好像又是來錯了！我真的又是來錯了！她忽然放下飯碗，冷冷向我一瞥。

「你來做什麼？好快些回去了！」還是這些毫無感情的話。

我斜眼看看她的老母親，伊像有話要說，又好像沒有什麼好說，臉上永遠掛著慈祥的微笑。

我強忍著。

「要是有人問起，你承認是我的兄長，知道沒有？」

她在命令。這是對誰說話呢？又是什麼意思？

我還是忍受著。

「下次你不要再來了！」

不要再來了！我想，也不會有下次了。我站起身……

她的老母親叫住我，輕輕說：

「你不要聽她說！告訴我，你什麼時候回去？我有點事情……」

我不明白有聽清楚沒有，一口氣溜出棧房外，連頭也不回。

外頭天色陰慘慘的，一場暴風雨快要來了。我的心裏似覺也已有一場暴風雨在醞釀著。

晚上，我從遊藝場中回來，渾身有說不出的痛快。

我寫了一封措辭激烈的信，用最大的毅力，親自送到她的面前。

想起她坐在長櫈邊用錯愕的眼神望著我，我不發一言丟下那封信就走。我沒有考慮後果，我只覺得有一陣報復性的痛快！

回到住所，兩位同伴早守候在屋裏，那位老同學望著我：

「你又溜到哪裏去了？看你的情形……」

「沒有呀！」我說。

「你不用瞞著我們了，你的事許多朋友都知道，我早就告訴過你，那個女孩子我們都認識，她往來的都是有錢人的子弟，你自己看看自己……」

「你們誤會了！」我急忙分辯。

「希望是誤會，我們都是替你著想，你老遠跑來這裏工作，並不見得比那邊好，為什麼？你還是回去罷！」

回去罷！我聽得多了，回去昔日的小樓中，看黃昏落日，看杜鵑花下採花女孩的笑臉，重新編織自己的青春夢。

但是，那美好的懷念一掠即過，我總覺得我的情感猶如一片不定的飛絮，不由自主起來。

「我自己有主意。」我對兩個相好的說。「我們不談這個好不好？」

我的心裏很痛苦，一想起她我就連帶幻想到她歡笑的情景，那是在一些陌生男子的面前。雖然，我未曾親眼見過。

「要是有人問起，你承認是我的兄長好了。」我不只一次回想她說的這句話，細細咀嚼話裏的意思。

她為什麼要這樣對我說？那不正是怕引起她對某一方面的不方便？還有什麼疑問呢？

現在，是我表示態度的時候了，我已經在給她的信裏儘量發洩我的不滿情緒，我也準備接受一個最壞的結果。我等候著。

等候了幾天，我到底等到了意外的結果——來了一個日本人。

那時一個星期天的早上，三個人閒空在家，我提議弄點好吃的，於是從巴剎裏走一趟，回來躲在廚房裏做釀豆腐。

一個同伴匆匆忙忙進來報告：

「快！端西拉斜來了！」

那個什麼「端」正是我在礦山工作時的主管人，他忽然找上門來自然不見面的好。我把菜刀一拋，朝著屋後的小園子裏就溜，充當助手的老同學連忙跟在我身後。

小園背後流水淙淙，我隱約聽到一個熟悉的口音，放粗嗓子嚷；又聽到同伴那種怯生生的回答，漸漸地一齊消失在流水聲裏。

「他走了，你們好出來啦！」這是同伴的呼聲。

我們高高興興地出現，但是又不高興了，在我的眼前忽然多了一個人，紅紅的臉，對著我老在瞪眼睛，然後嘰里咕嚕地說了一大套。

我耐心地聽，聽來聽去沒有了主意。

「回去罷！」同伴輕輕對我說。

他是特地走來找我回去工作的，真難為他有這份耐心，居然打聽了我的行踪。

「還是回去罷！」老同學也這麼說。

我還能再考慮嗎？人等在面前，車子等在外面，兩位同伴的勸告，我的心中也好像沒有什麼可以留戀的了，我為什麼還不回去呢？

回到小別的小樓中，我像一位倦遊風塵的旅人，一個人呆立小欄邊，眼前景物依舊，可是，心中的她呢？

不去想她是一種精神的折磨，想她是痛苦，我處在情感的矛盾中。

同事彭先生是個中年人，他最了解我的苦衷，但卻不讚賞我的任性。當著我的面這麼說：

「做個男子漢要有點志氣，你見過公雞嗎？公雞咯咯的叫，母雞就飛奔過來了，這樣才是，你認為你自己做得漂亮不漂亮？」

當時我以為自己做得蠻有個意思，現在想來我感到慚愧！為一個善變的女孩子而幾乎放棄了自己，和正常的生活開起了玩笑，我原是一個天真的傻子，不必再分辯下去了。

「你如果真有意思，我來替你介紹，怎麼樣？」

他說出幾個女孩子的名字，都是我所熟悉的。

我在所熟悉的女孩子群中來作一番比較，總覺得不如她！

她在我心裏原來還佔有這麼重大的份量，要減少這份量需要付出多大的毅力，忍受多大的痛苦，我不敢想。

不過，我還是利用一時的情感上的衝動作為基礎，絕跡不再踏進那座白色的小樓去。我知道那裏只有她的老爸爸，還有她那不快樂的姐姐，我對他們沒有成見，只是為了一些附帶的理由不想相見。

我不想和他們相見，他們卻偏偏找上門來。

「你回來了？為什麼好久不到我家裏坐呀？」

有一個傍晚，她的姐姐抱著小兒子站在木欄杆外喚我。

「我的媽媽剛剛回來，要見你呢！」

「見我？」我的心情複雜極了。

「快！」

我真的很快，一走過去，那個老母親滿臉笑容，一瓶一罐的什麼東西往我手裏塞：「這些東西你拿去吃，是了，你什麼時候回來的呀？也不通知我一聲。」

我咿咿唔唔的算是回答。

伊還說了些什麼，臉上永遠是帶著微笑：

「那天晚上，她收到你的信，對著我哭了，她說你在信上罵她，究竟什麼事呀？」

我突然感到臉孔在發燙，這事怎麼說好呢？她哭，她居然！難道我錯怪她了？

我默默地望著伊，伊不再追問，忙點什麼去了。

「你為什麼這樣傻？」做姐姐的輕輕走過來對我眨眼睛：「小華在那邊的目的是找錢，你急什麼？她遲早是你的人囉！」

從她的家裏出來，我對她的觀感開始有一番新的諒解，但是仍舊是不很快樂。

她故意疏遠我，有意向有錢公子哥兒買好，目的是為錢！有了錢可以過更好的生活，這是堂皇的理由，她的用心也很苦，但是能不顧慮到我心裏的感受！

除了這個辦法，一個弱女子怎樣去掙更多的錢？

我可以同情她，我的自尊感卻鄙視她。我落在心情矛盾中。

安靜下來時我常勸慰自己：「振作一些，不要去想她罷！」

我決定不去想她，就想到擴大自己的生活圈子。我找朋友。我交朋友，我儘量使自己忙碌在糊塗的現實裏，不再坐在窗前做荒唐的夢。

她回來過幾趟了，我不知道，我很少到她家裏去，也很少留在寂寞的小樓中。

有那麼一天我打她門前經過，她的姐姐把我喚住：

「進來，我有話同你說。」

我進去，屋裏只有她一個人。

「她就要回來住，不再走了。我媽媽有信來，叫你下去有點事。」

回來就回來好了，怎麼又要我下去？我不大樂意起來。

「明天就去罷！」她難得的笑了笑，「你不是最喜歡下去的嗎？」

「我最喜歡下去？」那是以前的事了，現在不大想，卻不知道什麼原因拒絕不了。

我真的下去見她們，真的有點事，因為大局越來越緊張，交通越來越麻煩，老母親交給我的任務是用腳踏車把小華送回家去。

整三十多英里的窮山惡水，整年來的滿肚子怨氣，我奇怪竟能化成一股力量，平平安安地交卸了差事。

她終於結束了繁華夢，回到凡庸的老家，我沒有為她的歸來感到興奮，她好像也沒有對我展示歡愉的臉，一切都那麼平淡，平淡得一如杜鵑花下偶然的路過者。

惟有那個不幸的姐姐仍是那麼笑臉迎人，我知道她只為我們感到歡欣，掩飾著心頭難言的創痛。

我始終感激她的心意，同情她的境遇。我報答她的只有這句話：

「離婚罷！既然錯了，不能一直錯到底。」

她當時怔忡了一下，蒼白的臉頰泛起一道紅暈。

局勢在演變，恍惚又回到了三年多前的一幕。

礦山停頓了，人們像一群受驚擾的鳥雀，紛紜中漸漸又恢復了平靜。

我的心卻不能平靜，我夾在許多人之中一同興奮，一同擔憂。像一班青年人似感到惶恐不安。小樓已經沒有我的踪影，我離開寂寞的小樓去追尋新的理想。我像隻剛脫出樊籠的野鳥，茫茫然不知要落足何處。

於是，我離開她有了一段距離，但也不算太遙遠，想起時也會念著她的名字，從白色的小樓中打一轉，出去再流浪。

她的姐夫已經回來了，我沒有留意，他和我之間譬如隔著一堵牆，這堵牆想不到竟給推倒了。最後一次我打她的樓前經過，他站在那裏喚我的名字。母親、姐姐和她都不在，家裏只留下臉紅耳赤的老爸爸。

「你很好啊！」他和氣得很，伸手一把握著我的手。

「你說說看，為什麼要勸她離婚？」他忽然變得兇猛起來：「我打死你！……」

我沒有一句辯說，我只是糊塗不明，她的老爸爸趕忙過來勸，我掙扎著離開了小樓。

離開了她的小樓後我有太多的感慨，我可憐自己，怨恨自己。思前想後，真想為自己的無知好好哭一場！

她的老母親特地找到來看我，說了許多慰問的話。她也來了，一臉憂悒的。

「都是阿女不好，把你的忠言告訴他。」老母親抱歉地說。

我能說什麼？

我還有面目再登上她的小樓嗎？

以後我真的沒有，但是我們還相見，那是在另一種環境下，我對她依舊本著原來的一片心，她應該知道。

動亂過去了，人人都歡迎和平，在和平的氣氛下重建幸福的家園，希望從此安然渡著快樂的日子。

工廠復辦了，工人有了工作。學校復辦了，我去當一名教員。

她也工作去了，到一個不算很遠的小膠園住下來。

大家都有了新的環境，大家都不常相見。等到相見時，好像另有一番牽強的心情，她和我都感覺到。

人離遠了，感情也跟著離遠了，這可歌可頌的是愛情嗎？

三年多來的夢寐相思，竟是如此經不起考驗嗎？

有人告訴我，她另有要好的男朋友，也是我親近的朋友，這些我親眼見到。

有人告訴她，我另有要好的女朋友，也是她的同學，這些她也好像看見過。

為什麼？我們都不曾互投疑問的眼色。我們都不曾互投一句惡言。一切都那麼自然，像悠悠的東流水。

我病了，在宿舍裏。她突然而來，還有她的一位女朋友。

我是清醒著，躺在床上避開臉，裝成熟睡了。

她喃喃的和朋友說什麼，我都聽得很清楚。她喚我，我不睬。我聽到她的腳步聲在房裏逡巡不去。

「我明天要到新加坡工作去了！」她那幽幽的聲音。

腳步聲漸去漸遠。我睜開眼睛，只見一室暈黃。趕緊踱出房外，晚風習習，昏鴉亂飛，她呢？

她走了，和她年老的爹娘。

為了一家的生活，為了尋找更多錢，她唯有投向繁華的大城市去追尋。

幾個月後她的老母親忽然回來，託別人輾轉告訴我，她很好，也有了工作，願不願意一塊兒走？

一年後我走了，是走向另一處有林濤稻香的地方。

我們相隔更遠，相念也遠，十數年來只是零零碎碎從友人信裏口裏知曉她的境遇。

她當過茶花，披過歌衫，貨過蠻腰，而後她有病。

並就那麼輕易地結束了她坎坷的一生，雖然仍是那麼的年輕。

我想什麼？我想當初我們是不是錯誤地相逢，又錯誤地分手？難道太年輕的愛情，必然存有無可彌補的缺憾？我們之間，到底誰錯了？

不了局

在一塊新發展區的空場上，給人搭起一座臨時的小棚子，正式賣起小菜來。熱鬧的早市時間已過，那些趕市的主婦和先生們該回家的已經回家，該出門來閒逛的也已經出來了。菜販包叔覓空兒在攤子上掃開一個角落，舒舒服服地在上面盤膝坐好，唇角掛著一根菸，眼睛瞇成一副打雀眼，不知是給煙霧熏得不舒適，還是對面前的棋局傷腦筋。

現在，他拿起一粒棋子，卻久久不放下，另隻手取下唇角的菸捲，一邊彈菸灰，一邊背過頭去和別人打交道。

「你剛才說那個男子有多大年紀了？叫什麼鬼名字呀？」他大聲詢問著。

「年紀就有相當囉！看來同你包叔不相上下罷，什麼名就……說出來你都是不認識的。」回答的是一個中年婦人，這時坐在一張條凳上，懷中抱著一個剛學爬地的小娃兒。在她身旁坐著一個年青人，滿臉堆著笑，儼然是聽了一件什麼開心的事。

「同我的年紀不相上下？那還算後生哩！」發問的這個自言自語說，獨個兒笑了，露出兩顆殘缺的門牙：「名字說來我聽，也許我認識。」

「嗤！」抱著孩子的婦人不知聽到什麼發笑，趕緊掩著嘴巴，偷偷朝另一個站在攤子邊趕蒼蠅的少婦瞄了瞄，然後沉吟著似乎在苦苦思索。

「那個男子就住在我那行屋的最後一間，他的名字叫，叫……嚇！叫什麼鬼名啦！人家都稱他做『大砲友』，真名記不起來了。」中年婦人說完後還在苦苦思索。

「他？大砲友嗎？我識！」包叔神神氣氣叫嚷起來。

「你識？你在哪裏識得大砲友啊？」趕蒼蠅的少婦忽然插了口。

「我說識就識啦！」那個白了她一眼，猛抽一口菸，讓煙霧自自在在地打兩個鼻穹窿裏鑽出來，他半瞇著眼睛，像有無比的滿足感。

「還有，那個女子呢？那個女子……」

可是，他的問話給盤膝坐在對面的老先生打斷了。

「喂！你行棋啦？」那個老先生戴著老花眼鏡，全神貫注在棋局上，刨得光滑的下巴一動一動的，正在念念有詞。

「到我嗎？怎不早出聲呀？」叫包叔的拿起面前一粒棋子，隨隨便便落在一個地方，掉轉頭又猛抽菸去了。

「那個女子有多大了？叫什麼名字？」他問人家。

「聽說只有十六七歲，但人看去倒像是二十出頭，說出來沒有人相信。」中年婦人自己先搖了搖頭：「名字就叫做阿香，你不認識的。」

「阿香？識！」包叔接下去說：「人長得怎麼樣？」

「你又講識？」那個奇怪地問。

「唉！女大十八變嘛！現在記不大清楚了。」

「聽他車的死人大砲！」站著默默傾聽的少婦猛然丟了句：「到老來衰脾氣還改不了！」

「你又來了！」叫包叔的怪聲怪氣地叫起來：「我某人從來講一是一，講二就是二，幾時車過大砲？」

猛地扔去半截菸屁股，輕輕地嗽了嗽喉嚨。

「我說，阿豬媽，那個叫做什麼阿香的，難道不知道人家有了老婆子女的嗎？還要……」

「那又不大清楚啦！」阿豬媽皺起眉頭，把尾聲拉得很長：「他們兩個就是在同一個工廠裏認識的，沒有多久就說同居了，真是快！」

「現在的女子……」一直不曾開口的年青人餘意未盡地冒出了一句，再歪著毛髮蓬鬆的腦袋靜聽別人的意見。

「對啦！現在女子就是這樣，多數不顧後果，只顧眼前，人家有了老婆的還去猛追，你說死不死？這些就叫做新潮吧！」叫包叔的說完就打哈哈。

「那又沒有這樣衰！」阿豬媽立刻指正他。「都是有名大砲友的嘴巴甜罷了。」

但是，這個又表示不服氣，索性把整個身體扳轉過來，瞪著對方叫：

「牛不飲水，怎按得牛頭低？嘴巴甜就有用？我的嘴巴不夠甜？不見得又有誰看得我上？喔！……」

立刻，場中爆起了一陣笑聲。蓬頭髮的年青人伸出手指朝著對方亂點，嘴裏嘰嘰咕咕不知在讚笑還是在咒罵。阿豬媽一把放開孩子，張開喉嚨咯咯地響，好久只有出氣沒有進氣。

「哎喲！包嫂！包嫂！」她勻過一口氣喊：「你聽見沒有？小心呀！男人十個之中有九個半是靠不住的！」

那個叫包嫂的似乎想裝著沒聽見，但還是忍不住向男的瞥過一眼，嘴角慢慢撇開兩道笑紋。

「說什麼都是假的！」人家包叔還有解釋：「娶阿細聽起來非常簡單，事實上先要問你有無銀紙？其次是有無面子？像我們這種嘜頭，人家女子是盲眼的？你說是嗎？王老夫子？」

「講講講講！行棋啦！」對面這個老先生顯得不耐煩了。

「怎麼？又到我行了？」他有點意外。

「將軍呀！」

「什麼？將軍？你怎麼總不出聲呀！喔！小意思……」

現在，他從從容容地從褲袋裏摸出一包香菸。

「阿豬媽！」他翻過臉去，皺著眉頭若有所思的：「我就是不明白，那個大砲友不是只打一份死工嗎？入息有限，人又生得不是很出眾。一來沒有大把銀紙，二來沒有多大面子，三來又有了妻子，阿香怎會看上他的呢？真奇怪！」

「所以人家都笑她傻啦！」叫阿豬媽的應答得好快，聲調拖得又長又尖：「做人阿細，還要照樣出來打工，住租來的小房間，碌地板床，你才去啦！如果是我，沒有一間洋樓，也要有一輛吃風車抓上手，去哪裏也比較方便，什麼都沒有，貪他什麼？有寶嗎？」

「我看，她是愛他的人，不是愛他的銀呀！」年青人笑嘻嘻地打趣說，一面注意人家的反應。

一陣沉默過後，隱隱約約響起一些輕微的歡笑聲。

「咳……吐！」包叔忽然向遠處啐一口痰，咂咂嘴巴，滿臉掛起意味深長的笑容。

「愛他的人？他有什麼可愛的地方？」他問。

「情人眼裏出西施嘛！」誰爭著回答說。

「即是說，好比一朵鮮花插在牛身上了！」攤主人嘆息著猛抽一口菸。

「不！插在牛糞上。」抱孩子的婦人急忙給他更正。

「一朵鮮花插在牛糞上，對！對！」這個不住點頭，然後笑了笑：「那不是很臭嗎？」

當他見到別人樂得都張大了嘴巴，更得意洋洋地加上一句：

「插在我的身上，恐怕還沒有這樣臭哩！」

這個說話的自以為說得非常風趣，閉起眼睛縱聲大笑。站著趕蒼蠅的女人斜斜向他瞅了一瞅大力向哪兒拍了一下。

「如果說，」他喘過一口氣：「如果說插在阿木仔的身上，那就特別有香味了！」

「哪裏！哪裏！」年青人冷不提防，漲紅了臉急忙分辯著。

「難道說你不想嗎？」攤主人不屑地問：「給點心機做工吧！勤勤謹謹，不要學人七日三工半的做法，到處遊手好閒，遲早一定會有鮮花插上身來，推都推不掉的！」

「你說完了沒有？」坐在對面的老先生把眼鏡往上一推，直著脖子問。

「到我行棋嗎？」這個猛然驚覺似扳過頭來，表示抱歉的一笑，而後拿起一粒棋子考慮著要放在哪裏，一邊嘴裏念念有詞：「將軍，吃馬，炮打過去，唔！……這樣好。」

趁這空兒，他那對滴溜溜的眼珠子又朝過另一方向去了。

「剛才說那個女子什麼阿香的，阿豬媽，你這個包打聽不妨說來聽，她的家裏還有些什麼親人好嗎？」他凝神專等人家的回答。

「有什麼好不好哇？」阿豬媽說得像唱歌：「我曾經聽得和她同房的姐妹說過，她的家裏只有一個老媽子，另外一個大姐和兩個弟妹。當初她出來這裏找工做，老媽子是反對的。」

「這次發生的事，她的老媽子知道嗎？」久不作聲的包嫂抬頭問了句，又忙著檢剔菜葉去。

「紙哪裏包得住火啊？」男人爽爽快快地把話接過去：「這樣大件的事，就是糊塗蟲也知道了。我看呀！她的老媽子一定會給氣死！」

「不氣死才假囉！那天她的老媽子特地老遠走來，見不到阿香，那些姐妹們還不敢直說，然後不知誰漏了風聲，她的老媽子整個人都傻了，聽包租的二叔婆說要去報警，結果怎樣就不大清楚。」阿豬媽一邊說一邊搖頭晃腦。

「報？」那個年青人撇撇唇角，帶點輕蔑的打了岔：「報就有用嗎？人家兩個中意呀！」

「為什麼沒有用？」包嫂把手中的殘菜敗葉大力朝那裏一摔，瞪著一雙金魚眼頂過去：「報他拐帶未成年少女，看他要不要坐監牢。」

「這又有個屁用？坐牢不是等於吃太平糧，你的女兒呢？難道不要做人了？」

包叔大聲說，他對太太的話完全不表同意，認為報警的辦法並不能真正解決了事情，只能製造一些家庭悲劇，對誰都沒有好處。做父母的能夠面對事實，看得開，那就天下太平了。

「誰不知道現在是什麼時代？」他接著發表意見：「現在是女大女世界，好多事都輪不到做父母的來理了。你要理？得！一句話聽不下去，跳樓的有，服毒的有，晚上執起包袱偷偷送人的也有，好啦！看你理得幾多給我看？」

「有理由！有理由！」抱孩子的女人稱讚著，最少點了四下頭：「還不是嗎？你看，現在的女孩子都在家裏關不住了，一個兩個都說要出來大地方找工作，賺那一點工錢過活，根本上就不比家裏舒服，但是她們甘願在外頭挨，受房東的閒氣，就是不喜歡在家裏看父母親的臉色，真不明白是什麼意思？」

「那還不明白？自由嘛！如果是這麼簡單還不要緊，規規矩矩去找兩餐，誰管得你？但是你知我知啦！有些說是出來做工，實在做些什麼工，只有自己心知，家裏一點不知，等到知道時，唉！已經壞啦！做父母親戚的都不好意思去認啦！王老夫子，你是老經驗，我說得對嗎？」

叫包叔的涎起一張長方臉，緩緩轉過身來，剛好接觸到對方那副奇特的眼神，立刻像想起什麼低下頭望。

「啊！又到我行棋嗎？哪裏將軍？」

阿豬媽趁這時把女娃兒抱起來親了親，然後放在膝頭上，凝神對她的小臉看了又看，彷彿看出了什麼感想來。於是，她嘆了口氣，自言自語說：

「唉！想起千辛萬苦養大一個女兒，到頭來都是白費心機了！」

「唔！你現在才想開通了？」手裏執著一粒棋子的攤主人口裏應酬著，整個臉孔卻俯在棋局上不住推敲。末後，他舒開緊皺的眉頭，又緩緩翻過身來，一眼便盯著坐得舒服的那個年青人，不明不白笑得很開心。

「說是這麼說，也不是只有女兒才叫做父母的傷心，那些男的還不是一樣？」他故意頓了頓，長滿鬍鬚的下巴朝那裏一抬：「就拿阿木仔來說，你不妨問他，離開家鄉多久了？想念過家裏的父母沒有？曾經給家裏寄回過多少錢？嘻嘻！他家裏人可能以為他在外面做了官哩！官就是官，不過是量地官！」

年青人尷尬地扭動身子，只顧打量大路上的風景。

「好心你囉！」阿豬媽東瞧西瞧一陣，嘴裏替那個打抱不平起來。但是她很快地把底下的話打住，視線完全落在一個執起菜籃子走來的少婦身上去。

那少婦略略向周圍的情形打量片刻，在攤子邊選了幾樣小菜，細聲細氣和包嫂討著價。

這當兒攤主人小心下了兩步棋，彷彿想起什麼似頭又自然擰過來了。

「我說呀阿豬媽，那個，那個什麼……」

「噓！」

「什麼？」

「噓！」阿豬媽偷偷用下巴朝來人翹了翹，再霎霎眼睛。

這個莫名其妙地望望唯一的女顧客，搔搔後腦勺，掉頭又望著阿豬媽，學她擠眉弄眼。可是對方不理他，只好把視線重移到少婦身上，目送她挽起一籃子小菜擺呀擺的直到瞧不見。

「阿豬媽！你剛才的意思是……」他小聲問。

「噓！」對方又吹了一口氣，神神秘秘望出大路外，然後回頭直瞪過來：「你認識大砲友的老婆嗎？」

「識！」這個下棋的反應得很快：「就是剛才那個女人？」

在他得到證實以後，登時大驚小怪起來。

「嘖嘖！白白淨淨的，想不到還那麼年青哩！我還以為，以為……呃！她現在的情形不知怎樣，你聽到她有什麼表示？」

「看你著急成那個樣子，別人的家事關你屁事？」包嫂沒好氣的翻了翻白眼。

「唉！惻隱之心，人皆有之嘛！你沒有讀過古老書，不知道那麼多的啦！」男人鄙夷地塞了做太太的嘴，又莊重地瞧著坐在條凳上的那個大嫂：「照看她長得一表身材，文文靜靜，的確是一個好女人，我說得對嗎？阿豬媽！」

「誰說不是呢？」坐著的女人幽幽嘆息說，用手趕開站在鼻頭邊的一隻蒼蠅：「因為太文靜了丈夫才敢作怪，如果換過是我呀，哼！……」

「是你又如何呀？」叫包叔的伸長了耳朵聽。

「是我呀！你做初一，我就做十五囉！大家不妨爛鬥爛，理得那麼多？呸！……」

「這句話有意思，說得對！說得對！我贊成！我贊成！其實來講……」

頓了頓，似乎已經找到了結論。

「其實來講，只要她願意的話，還有許多人中意的，我肯保證！」

話才說完，他獨個兒笑得很開心，沒料到旁邊的包嫂又再翻起白眼來。

「好心你啦！你知道自己講的是什麼話嗎？」她尖起嗓子喊：「給人家聽到看你，看你……」

「這又有什麼不對？」男人問：「丈夫拋棄她，她去找過一個對象，不是很合情理嗎？有什麼值得大驚小怪的？你去問問人家看！」

「你一定知道人家非嫁不可？」

「當然可以不嫁，不過，你不要忘了還有幾個鬥記仔哩！你要怎樣辦？」

「她有手有腳，難道不會出去找事做？」

「找事做？找什麼事做？唔！講才容易哩！一個女人老老實實能找得多少錢？不信可以去問阿豬媽！」

這個神神氣氣說完，真的瞧著阿豬媽。不巧人家的小娃兒剛剛撒了泡尿，正在手忙腳亂，坐在旁邊的年青人阿木仔站起來，幫忙著指指點點，兩個人此應此合，外邊發生的什麼事已經暫時不聞不問了。

「來呀！到我行棋是不是？」見不是頭路，叫包叔的連忙掉轉臉孔，正好對著一雙迷迷惑惑的目光——那位老先生不知何時把眼鏡除了下來。

「什麼？你說那個要嫁人嗎？」老先生悄聲問。

「你說誰呀？」這個似乎吃了一驚。停停，若有所悟地：「我們說的你都聽到了？」

老先生露出兩列鮮紅的牙肉，臉兒俯近些來：「那個女人生得相當斯文，確是差不多哩！」

「哈！」攤主人大笑一聲，故意擠了擠眼，學對方俯近一張嬉皮臉：「的確是差不多，莫非，莫非你老先生看上了？」

對方急忙謙虛著，一邊眼珠子往左右那麼一溜，紅晃晃的臉又湊過來，帶點口吃地：

「哪裏！哪裏！嘿嘿嘿嘿！……」

「真的？那個，那個的老公真的不要她嗎？」

「真的哪！你老先生如果有意思的話……」包叔笑著推了推對方的肩膀，整個人就趁機轉身，面向著阿豬媽，興高采烈地喊：「有意思！有意思！王老夫子有意思！阿豬媽，這件事交代給你了，請多多留意留意。哈哈哈哈！」

可是，人家阿豬媽卻站起身來了，那麼斜斜地瞪起一雙鬥雞眼，嘴裏嘟噥些什麼，然後……

「衰鬼！沒有一點正經！……哎喲！回去煮飯囉！等會兒他回來沒有飯吃，又要給他罵死囉！……最衰就是男人！沒有一個是好東西！……」

一直發呆的年青人這時忽地打個懶腰，用兩隻拳頭往兩邊膝蓋上敲了三四下，苦著臉作勢站起身，只管那麼東張西望，像是無所適從似的。

「唉！天氣真熱，啡！」他仰天吹了一口氣，懶洋洋地挪動腳步。

這個攤主人一臉還掛滿笑容，就這麼大驚小怪地嚷：

「喂！喂！都走了？唉！人家還要商量呢！不要走得那麼快！……」

「看你，還在嚼什麼舌頭？時間還早嗎？不準備收檔？」做太太的習慣地對他翻白眼，忙忙亂亂四下裏開始收拾起來。

「唉！這些都是正經事嘛！我們男人家的事，你們女人不知道那麼多的啦！」

這個頂過一句，還是皺起眉頭望望天色，當一眼接觸到白髮蒼蒼的老對手時，他的高興立刻又回到嘴巴邊來了。

「王老夫子，你的眼光的確很夠！」他豎起一隻大拇指：「是不錯的咧！告訴我，你的意思……」

「笑話了！笑話了！」老對手連連搖手。想了想，忽然瞇起老眼問：「那個，那個，她朝朝都來這裏買菜嗎？」

「是呀！那麼你不妨朝朝都來這裏好啦！」

「嘿嘿嘿嘿！……」

「哈哈哈哈！……」

攤主人大力出一肺包子氣，隨手撿起面前一粒棋子拍在對方的帥字棋上，嘴裏一邊喊：「收……檔！送……人！」

微塵

一

崩牙朱不知是何方人士，住在S埠的人大都認識他。職業上他是一名打掃馬路的清道夫，整日和垃圾為伍，披頭散髮的看去就和乞兒差不多。不過人雖然看去不起眼，卻很積了一些連他也摸不出準數的錢，據說這筆錢常年放在一間「金記」商號裏保存著，他就靠這點兒關係，每天三趟兩趟地進出在那家廚房裏，蒐集一些剩飯殘羹飽肚皮，生活居然很寫意的。

崩牙朱存錢不需要利息，只要每天的飯頭飯尾便得，天下哪還有這樣的便宜事？因此當時曾有人看上了這點好處，走到他面前煽動遊說，答應給他比別人更優渥的待遇，想不到崩牙朱倒有一身難得的氣節，談不上兩句話便不耐煩聽，自管自走了。這事情傳出去，以後再也沒有誰敢動他的腦筋。

放著現成的財富不會利用，只會貪圖人家的小便宜過日，由此可知，崩牙朱只是一名光桿，實實際際的樂天主義者。不過在早年他曾經搭上一個女人，可惜匆匆地相聚，又匆匆地分手，聽說那個女人為了受不住他的特殊癖好而跑掉的。崩牙朱的癖好是什麼呢？不沖涼。

崩牙朱長年不沖涼的理由有他自己的解釋，惟一可使人信服的就是避免疾病的侵犯。真的，一貫來他都人雄馬壯的，連偶爾的傷風咳嗽也少有，只有那麼一次，他在工作後的回家途中忽然遇上雨，給淋了一身，不料就此生了一場病，足足一個星期還起不了床。他過後說當日幸虧是無意的「淋」，假如正式「沖」的話，那就更不得了！

長年不沖涼固然出奇地給他維持著相當的健康，也相當省時省事；但經年累月聚集起來的垢膩也相當可觀。天時不論寒熱，永遠光著上膊，赤著腳，一條牛頭褲吊在多肉的肚皮上，看一看，在他身上好像特別長著一層鱗甲般的，使人遽然感到渾身不舒服。

事業上他是頂成功的清道夫，曾經一口氣幹完了他的青春時代，而叩開了中年的門扉。他沒有嘆息，世上一切都好，一切都令他滿意。縱使有時使他感到些許的苦惱，那只是有時，回到床上睡一場大覺，什麼也都好起來了。

其實，世上一切俗事，輕易是難叫逍遙自在的崩牙朱苦惱起來的，一來他無親無戚，不受有形無形的煩擾所影響。二來他天生帶有逆來順受的妙法，工作上的上司一直對他很賞識。三來他沒有什麼過份的野心，一向過得且過，除非是偶爾在興頭上玩一玩不失身份的「天九」牌，希望贏點錢。可是大概由於玩得不得法，崩牙朱總是十賭九輸，這時候才使他悶悶不樂了好久。

他有一張圓圓的臉孔，嵌著一雙圓圓的但不靈活的眼珠，耳朵藏在天生自然卷的長髮背後，只看見兩點隱約的肉球；兩道疏眉，淡淡地發著黃金色；塌鼻頭，下面挺著幾根修長的毛髮，彎彎的大嘴終日緊合在一道，表現出一種尊嚴的緘默，這態度是用來對待給自己認為瞧不起的那類人的。碰到另一類，比如店裏的頭家金叔，比如監工的垃圾鬼，崩牙朱便又不同。塌鼻頭往上一揺，兩片緊靠的唇皮跟著猝然分開，於是隱隱約約的露出幾隻殘缺不全的門牙，扮成了一副像笑又像哭的怪相。也許別人瞧不慣他這副臉相，便不客氣地送他一個綽號——崩牙朱。久而久之，這綽號也就成為鐵鑄一樣的穩固下來了。

二

一九四一年，春。

這是一個陰曆十五的晚上，月亮照得全埠一片通明，吃罷晚飯的崩牙朱無事可做，一個人信步踏著月色走到街上來，街上來往的人忙著談笑，忙著找尋吃喝消遣的地點，獨有崩牙朱很無聊，一面走，一面左張右望，忽然聽到附近有人喊：

「來呀！崩牙朱，正正找你湊四腳，來不來？」

崩牙朱瞇著眼睛朝發聲處看了看，那裏是一間茶店，有一個人站在門口向他招手。

「我沒有空！」他搖搖頭，然而卻走了過去。

「忙什麼啦？進來罷！」

「不來。」他說。

「怎麼啦？你的牌章一向很高明，怕什麼？你看，那些都是『水皮』貨，包管你贏錢！」

崩牙朱眼前一亮。「我說過不來，你真要那麼就一鋪，一鋪我就不來了！」

「對！贏輸只一鋪。」

店裏特備的廂房內已坐好幾個人，烏亮亮的木牌撒滿了一桌。崩牙朱一來，全都表示非常歡迎。開始了，骰子一投，崩牙朱忽然一手把它按住，兩眼不住地打量在座各位對手。「慢著！」一面打腰肚裏一掏，當！一個雪亮的五角銀跳在桌子上。「大家先把錢拿出來看！」他說。

「那又何必呢？」對面那個瘦個子不贊成。

「不拿出來看，我不賭了！」崩牙朱把銀角收好，真的站起身。

「啊！到哪裏去？」店主人跑過來問。

「沒有錢也學人賭？」崩牙朱不屑地發著冷笑。

主人問明白了，答應所有賭款都包在身上，這樣才使崩牙朱感到滿意，不過，他仍硬要大家把現銀拿出來過目，不然仍不放心。

「不是我不相信，」他坐下來說：「這是規矩，賭博的規矩就是先拿出錢來看！」

大家肚子裏有氣，但沒有話說，牌局開始以後崩牙朱便一直不太順利，眨眼間連負兩局，弄得滿身大汗。第三局又開始，他抖著手往腰肚裏一掏，只掏到只單毫，匆匆看一眼又把它歸原。

「不必這樣小氣。」崩牙朱忽然提議：「大家都是老朋友，錢不必先拿出來也罷！」

「不能夠！不能夠！」對面的瘦個子卻不表贊成。

「剛才能夠，現在為什麼又不能夠？」他向對方瞪眼珠。

「不能夠！」

「不能夠你走呀！」

這一吵，其他把錢拿出來的都紛紛抓回口袋去，有的看出了其中意思，也就故意打著呵欠離座而出，一去不回頭。

崩牙朱枯坐許久，瞧瞧隻得自己一個，知道大勢已去，起身時順手帶走一隻木牌藏在腰囊中，低著頭有一步每一步地走得像只打壞了的狗。

在路上，他恨死了那個叫他玩一舖的傢伙，不是那雜種怎會害他輸去一塊錢？想呀想的他仍幻想著那一塊錢還好好的藏在腰囊裏，手指一摸，卻摸出了那隻冰涼的天九牌。

「我輸了錢，你們也得不到好處！」他憤怒地隨手一拋，「咚」一聲正好丟進水溝裏，於是聽見那響聲，心情彷彿就寬鬆了許多。

三

低頭回到屋門前，隔壁人家的掛鐘剛好敲了十一下，輸了錢的崩牙朱朝屋裏就闖，但走上幾步立刻又停下來，他似覺在進門時候看見走廊邊有一個人影，還嗅到點兒什麼香味般的。他好奇地踅出去一看，在柔美的月色映照下看清楚了是同屋的住戶高腳七。

高腳七不知從哪裏弄來半瓶白乾，蹲在一張長凳上獨自剝著炒花生乾杯。這個獨身漢，一臉油煙的高佬，五十上下的年紀，充足的人生經驗積成了享受至上的習慣，沒有固定職業，通常以麵包開水度日子。他看見崩牙朱進而復出的站在身邊了，仍在自斟自酌的對月遣懷。

崩牙朱給逗起了一肚子的羨慕，只是不明白那傢伙怎地一下子就振闊了。站上那麼一趟，覺得毫無意思，於是再掉頭回到漆黑的房子裏，卻怎麼樣也不想睡，腦子裏老想念到門外的高腳七，不得不又走出來坐在門檻上，斜對著人家。

悶悶坐了幾分鐘，實在忍不住了，就老遠吥了口痰自言自語地說：

「哼！學人嘆世界，真不知羞，明天兩粒米都不知要向哪裏找！」

那個慢慢翻過頭來。

「崩牙朱，你說誰呀？」

「誰聽見就是說誰啦！」

「你是說我？」

「說你就說你，那又怎樣呢？」

「為什麼要說我？」

「說你不對？你欠下兩個月的房租交了沒有？」

半瓶白乾的力量是足夠叫人增強火氣的，高腳七陡地溜下凳子來：「是你的屋子？我欠了你的？」

崩牙朱也起來立定個馬步：「就不算是我的，也是我的頭家金叔的，你想不承認？」

「你知不知羞？」

「你才不知羞！」

「拍達！」一聲響，看不清人家怎樣出手，崩牙朱便整個睡在地上去。

「哎呀！你敢動手？」崩牙朱立刻從地上爬起，大叫大嚷：「不算！不算！這裏太黑，有種的到外面去，看我……」

「篤！」崩牙朱有一個踉蹌給人推倒在地上，這次頭殼碰著木柱子，好久方才扶著柱子站起來，看清了，面前多了幾個人，卻不見拚命的對象。

「我就X你這條死蛇哥！」他向著四面八方罵：「你以為我怕你？我一次讓你，兩次讓你，不是看你年紀老，我早就一拳送你歸西！……」

罵了一陣，見沒有動靜，立即又心平氣和的踱進房子裏去了。

四

黑夜驅趕著寒冷和幻夢離去，朝陽爬出來把地面照得暖烘烘的發著光。

崩牙朱推著一輛獨輪的垃圾車在凹凸不平的地面走。一早就落力工作，額角和背脊上早已見汗，早晨的風兒吹呀吹，吹出來的不知是疲倦還是舒服。他遊目四顧，想找個偏僻處伸伸腰。不遠處有棵不知名的樹，樹下正是好地方，但不巧已經停著另一輛垃圾車，不大的樹蔭下歇息著一個女工友。

「喂！箕仔婆，『莊口』請你來坐著看人行街嗎？」崩牙朱過來了，把手中的掃地傢伙向地上用力一頓：「還不起來？什麼時候了？」

「我剛剛停下來休息休息一會兒，你吵什麼？」那個睜起一雙鬥雞眼。

「坐穩些！垃圾鬼在前面茶檔喝茶就要過來了，大家相好，不要說事先不通知！」

「真的？」箕仔婆慌地一骨碌爬起，來不及細看，推起垃圾車就走。崩牙朱悠悠然走過去，坐得很滿意。

「死崩牙朱！你這個死發瘟！騙死人，不得好死的！」箕仔婆一回頭就看明白了，嘴裏自然地咒出了許多不好聽的話。

「你罵我不衰！」崩牙朱嘻嘻笑了。

「篤！」一塊泥團忽然飛過來，在樹幹上炸開了花，落在崩牙朱的頭上，把他嚇個直跳！

「嘎！老龜婆，你想怎的？」

「鬼叫你騙我？」

「騙你？怪你自己不夠精，快走開！不要阻我睡覺。」

箕仔婆不回答，從垃圾車裏拿起一根竹掃帚扔過去，掃帚柄敲著對方的腿。

「哎呀！」崩牙朱閃避不及，爬起來連跑帶跳地衝上前，比手比腳的就罵：「掃把打人衰三年！你知不知利弊？」

「衰三年太少，你這個人最好衰十年！」

「老虎不發威你就當作是病貓！你以為我怕你？」

「我又怕你？」

崩牙朱趕緊退後一步，肚子裏一面打主意，想起上回吃過高腳七的虧，現在對手是女人，這下不能弱了自己的威風，不妨先給對方一個下馬威。想是想妥當，可是不料身旁不遠忽地響起一句生硬的中國話：

「你們兩個人有工不做，噢！你罵我，我罵你，做什麼事？」

崩牙朱回頭一瞧，幾乎傻了。箕仔婆直把眼睛揉得通紅，似乎有天大的冤屈找不到訴處。

來人正是監工——垃圾鬼。

箕仔婆對著來人一口氣說了許多話，昏頭昏腦的崩牙朱一點也聽不明白她說什麼。

「你！」監工氣呼呼的朝崩牙朱走來：「你敢欺負女人？」

崩牙朱張口結舌，一動不動。

「拍！」一記巴掌，連同一個白晃晃的東西先後飛出，他感到臉上一熱，全身那麼一震，可是照舊不動。

「不垃里夫！」監工大聲罵著，一面厭惡地瞧瞧收回來的巴掌。

崩牙朱頭也不敢抬，無意中發現地上躺著一頂雪白的硬殼帽子，那本來是戴在監工頭上的。

「先生，你的帽子跌髒了！」他趕緊俯身拾起，雙手捧向那個的面前。

這很出人的意料外，監工露出極驚異的表情，然後冷冷地點點頭：

「多謝！」

「多謝！多謝！」崩牙朱神采飛揚地也點點頭。

垃圾鬼一走，崩牙朱的氣就不打一道來了。

「哼！你看見沒有？垃圾鬼還對我說多謝！你這個老龜婆，終有一日，記得終有一日……呸！」

他向箕仔婆揚一揚烏黑的拳頭，就地吐了一口唾沫，然後咬牙切齒的奮力把獨輪小車推得咿呀怪響。

五

過了兩天，監工垃圾鬼做生日。

本地的社會名流都成了他的座上賓，在私宅裏舉行一個不大不小的祝壽宴會。

崩牙朱也得了通知，一早就過來劈柴燒水幹粗活。除他以外還有工友箕仔婆，散工高腳七，金記的女傭阿銀姐，，外加三三兩兩廚師助手，客人尚未到來，整座私宅裏裏外外就透著少有的熱鬧。

崩牙朱掄起大斧劈開了一堆柴，身上開始覺得累，便偷空兒走進廚房裏去溜一溜，看看有什麼可以揩油的好吃東西。

廚房裏上半的準備工作都已做妥當，灶頭火光熊熊，箕仔婆獨個兒在管理著柴火。旁邊的長桌上放著幾隻已經煮熟了的肥雞。

崩牙朱忽然記起上次的仇恨，現在左右沒有人，真想過去揍她一頓。但他卻站在入門處，一臉正經的叫：「箕仔婆，雞熟了沒有？」

箕仔婆轉身一見是他，臉色就不大好看起來：「熟不熟又關你什麼事？」

「頭家娘剛才吩咐，撿一隻肥大的用紙包好，要拿去送人的，聽見沒有？等下別說我沒有告訴你。」

箕仔婆一想，還算人說的話：「什麼時候要？」

「就要的！你包好，我去找張紅紙來。」

崩牙朱翻身走進了正廳，見到垃圾婆緊張的就嚷：

「頭家娘，你快來看！箕仔婆在廚房裏不知道做什麼呢！」

垃圾婆一聽，搖搖擺擺的趕進去一看：「嘿！好傢伙！」箕仔婆正在偷偷包起一隻大肥雞，還來不及把雞頭包密呢！她一聲不響，回頭找丈夫去說話了。

崩牙朱沒跟在垃圾婆背後，一轉彎便打岔路走開，當耳邊聽見淙淙的流水聲，才發覺走近了沖涼間，裏頭有人正在沖涼。他正想走開，可是裏頭一聲咳嗽，聽去似乎是銀姐，他的心登下活躍起來，左看右看，躡起腳跟在找板縫，不料過於匆促，把板壁碰得卜卜響。

「誰呀？」銀姐在裏頭尖聲喊。

崩牙朱一支箭似的溜到老遠，站下來回頭就嚷：

「高腳七，你在沖涼房邊做什麼呀？」

「高腳七！你這個斬千刀的……」銀姐隨口咒罵起來。

藏在角落喝得半醉的高腳七聞聲出來看看，迎面碰著匆匆出來的銀姐，醉眼迷糊中猛見一道紅光直射而來，從耳邊掠過彈在屋壁上，拍地一聲落在地面跳幾跳，看真了原來是一隻紅木屐。

「什麼事？什麼事？」剛要打廚房去的壽星公夫婦急忙跑過來。

「我在沖涼，他……」銀姐的臉孔泛起了紅暈。

壽星公夫婦看看這個，看看那個，心中有幾分明白。高腳七瞇著醉眼，始終摸不清原因，站著就像尊木佛。

「你這個下流東西！快走罷！我這裏不用你了。」垃圾鬼罵得滿口泡沫：「箕仔婆！你在哪裏？出來！一齊給我走！不必再說，走！走！走！」

崩牙朱沒有什麼事，他真開心，躲在偏僻處想想笑笑，什麼疲勞也不再覺得了。

六

崩牙朱喝了一點酒，腳步歪歪斜斜地從垃圾鬼家出來，時間已將近半夜。人客尚未完全散盡，留下的已撤去面前的杯箸，換過了幾副麻將牌。

半爿月亮斜斜掛在天上，橫在面前的道路尚清晰可辨，行人早就絕跡了，只有崩牙朱的腳步拍出單調的旋律，和緊貼在腳下的一條長長的陰影。

「崩牙朱！崩牙朱！等等我！」

也在這時回家的銀姐從背後趕上來。

銀姐似乎喝了一點酒，月光下隱約可見到脖子上面的那張豐潤的臉孔，微微透出迷人的笑靨。這個自稱死了丈夫的女人正當年青，腦後常拖著一條油光滑亮的辮子，配上一個修長的身材，跑起路來真像一株風前搖曳生姿的椰子樹。她到金記寶號作傭以來，崩牙朱從未怎樣把她注意到，今晚上的心情卻也奇怪，當著她的面似乎發覺自己心裏存在一種缺憾的什麼，空蕩蕩地說不出個中滋味，他忍不住偷偷多看她幾眼，越看越覺得心裏慌得怪難受。過了一道小板橋，他故意放慢腳步，斜視她一眼。

「銀姐！」

「唔！」

「你今年幾歲？」

沒有回答，崩牙朱再斜瞄她一眼。

「你為什麼不嫁人呢？」

「不同你說！」銀姐像害羞，又像生了氣。

「我是說正經呀！」

「鬼和你說正經！」銀姐呶起嘴巴趕上前面去了。

崩牙朱隨後趕上。

「銀姐，你生得真美麗！」

「我不要聽！」

銀姐走得更快了。崩牙朱笑一笑，趕得更有勁。

「銀姐！」他叫。

「有什麼？說啦！」

彷彿有股熱力從他的心底迂迴上升，瞬息灌注了全身，他覺得有倍於原有的勇氣，從那奇異的熱力循環中產生。他趕上幾步，伸手就要拉她。

「銀姐，我很中意你……」

「呸！你想死嗎？」

崩牙朱一愣。銀姐拔腳就跑，他想追，可是只管站住了發呆。等到望不見影子，方才想通了似的笑起來：「嘿！還害羞？心裏早就中意了，以為我不知道？……」

一陣風吹來，他像飄著似的飄回家。

七

崩牙朱把自己牽進苦惱的圈子裏。

有幾次，他似乎看見銀姐對他笑著招手，一閃身便又不見，睜開眼睛原來是場夢；就不在夢裏他也胡思亂想一通，整個人就那麼恍恍惚惚地很有茶飯不思的味兒。

每天，當他照例進金記舖子去蒐集剩飯殘羹的時候，並不像往時那樣立刻就走，總要藉故多逗留一會兒，把一雙賊楞楞的眼光往銀姐身上溜，直到頭家娘看出有點古怪，才不客氣地提醒他：「喂！等什麼？好走啦！」於是像吃了一驚似陪個笑臉，一手捧個大碟子走開。

這樣就過了一段日子。銀姐對他一點也沒有表示過意思，他失望極了，便想起請教他所尊敬的一位同居朋友白先生。

白先生掛牌行醫濟世，據稱有三十多年，平素活人無算，但險些兒活不了自己，因此除了把把脈，開開單方，也連帶替人批婚書、開殃榜、寫家信、看風水、塊把錢一天的客房住不起，便住一個月才花一塊錢的小房間；不知不覺，居然也硬欠上了房錢三四個月。五十多歲，嗜好齊全，號稱百曉的白先生聽到崩牙朱的心腹話，抹抹泛著青光的下巴尖，對他提出酬勞辦法，最好先來一瓶「五加皮」。

「請你喝杯咖啡烏好了！」崩牙朱還了價。

「那是好事，非酒不行，咖啡烏留給你喝罷！」

崩牙朱一摸腰囊，暗裏皺了眉頭，代價太重，這位煙屎佬先生未免太不近人情了。不答應嗎？還是照辦？一時難以決定。

沒精打采地走出門去，橫裏掩來一群男男女女，手裏有箱子，有紙旗，還有紅紅白白的一大串紙花，一見到面就擋住了去路。「買朵花罷！買朵花罷！救救災民……」

「什麼？」崩牙朱掩著腰囊往後退。

「一角五占都好，買一朵花罷！盡大家的力量。」

聽明白是什麼一回事了，崩牙朱簡直想反身就逃：「我沒有錢，不買！不買！」

「買罷！怎麼不買？」人群裏走出了金叔。

「啊！原來是……那我就出一角！」崩牙朱爽快地掏出一個花白的銀角，換來一朵小紙花，笑著送金叔他們走遠了，然後對著手中的玩意兒發怔。一角錢的代價就只換來這個紙紮的東西！崩牙朱哪曾當過如此傻子？他很心痛，真悔恨自己恰好爬出門來做什麼？吹了！一角錢。他要向誰索賠這種損失呢？

一個人在他身旁站住了，瞧瞧他的臉，瞧瞧他的手。

「咦？崩牙朱！你拿的是什麼呀？」

「哎！你來得真好，我正要找你呢！」崩牙朱高興起來。

「找我？」那個感到意外：「什麼事？」

「做慈善的事。」

「你說什麼？」

崩牙朱把紙花一幌：「你有買這個沒有？」

「沒有。」

「沒有你就買這個去罷！人人要做好心，算兩角錢好了，我買了三角錢呢！」

「嗯？」

「要不要？就算一角錢罷！我蝕本了！」

那個呵呵笑著走了。

崩牙朱眼巴巴地望著遠去的背影，一時氣得把聽來的時興罵人的話都搬出來：「漢奸！一角錢都捨不得出，守財奴！……」

罵一陣，氣順了些，可是一眼望見手上的東西，自然想起無故犧牲的一角錢，老半天心情還是悶悶不樂。

八

金記舖子忽然鬧了有失體面的事。那面架在門楣上的金字招牌給人在夜裏潑滿了柏油。

許多人聞聲都湧來看熱鬧，頭家金叔覺得臉上無光，躲在店裏頭不住罵夥計，夥計出來大罵看熱鬧的人，人們給罵火了，邊走邊吐口水。

崩牙朱像陣風似的捲過來了，抬頭望見一塌糊塗的招牌，打店裏就跑，衝著面就叫：

「金叔！誰把你的招牌弄骯髒的？告訴我，我會替你出氣，揍他一頓才知道厲害！」

金叔微微一怔，然後把頭搖了又搖。崩牙朱從未見過對方表現出如此頹喪的神情，自動心裏冷了一截，金叔不願意說，他只有糊塗地瞎想。哪個這麼壞心要塗污別人招牌？為什麼看的人都說做得好？真痛快？金叔得罪了什麼人呢？悶了這麼幾分鐘，崩牙朱想通了！

「金叔，我已經知道了！」

「知道什麼？」金叔有點興奮。

「一定是那些小鬼做的事，今晚上要是他們再來，我替你捉住幾個好不好？」

金叔意興索然地揮揮手：「你去罷！不要吵我。」

崩牙朱碰了一鼻子灰，但是並不喪氣，他堅信自己的猜測是聰明的，金叔不相信，那正好顯示一下自己的才智，到時金叔一稱讚：「啊！崩牙朱，真有你的，我佩服你！」這一來，銀姐聽後不對他另眼看待那才怪！

才到正午便想到傍晚，一入傍晚又巴不得趕緊天黑。夜深人靜，崩牙朱出門來執行巡捕任務了。

他從金記館子前門繞到後門，再從後門通過陰森的小巷拐到前門，一次踏著狗腿險些著了一口，一次踢到石塊痛得他亂跳，總是發現不到令人起疑的東西。崩牙朱不免覺得失望，暗裏思量莫非走漏了消息，一個小鬼都不來了？眼見今晚白忙，還是回家睡覺的好。

一時還捉不定主意，倒想找地方小解，走到屋後的橫巷邊忽地那裏有輕輕的敲門聲，看清楚些，一個人影在舖子的門後邊站住了。不久，門給人輕輕的打開，跟著有清晰的談話聲傳出，崩牙朱離開他們不多遠，從口音上他辨出是一個男人，另一個是女人，男的是店裏新來不久的夥計阿成仔，女的呢？好像正是他所喜歡的阿銀姐。

崩牙朱渾身一涼，心裏酸溜溜的好不難受。事實顯明，這對青年男女必定有私情。現在他明白了，阿銀姐一向對他的冷淡原來別有原因，就是阿成仔這個鬼在從中作梗！

兩個人已經進了屋子，門也輕輕地掩上，崩牙朱萬念俱灰想不起回家，更想不起什麼任務。他把背脊靠著金記舖子的大門坐下來，雙手枕著腦勺，閉上眼睛一動不動，嘴裏喃喃地反覆著這句話：

「阿成仔，我一定要你好看！」

九

雄雞高啼了一陣，崩牙朱悠悠地張開眼睛，不知什麼時候他竟睡了一覺。

天還沒有亮，外頭的街道和對面的店舖還是一片模糊。崩牙朱再也睡不下去了，伸手打個呵欠，猛力咯口濃痰，無意中發現面前不遠蠕動著一團黑忽忽的什麼東西，越來越近，他慌忙爬起來細看，看清切了是個人，那個人也發現了他，便面對面地站下來。

「哎喲！白先生，是你嗎？大清早到哪裏去？」

白先生身上罩著一件寬大的黑外褸，從頭到腳看去像只倒吊的陀螺，崩牙朱的突然出現，似乎使他大吃一驚，不住用手摸他蓬亂的頭髮：「我嗎？啊，啊！我出來散散步，對的，散散步！呼吸一下新鮮空氣嘖！新鮮空氣很有益，真的……啊，啊！我走了……」

「白先生，你等等！」

「噓！小聲些，什麼事？」

崩牙朱走上前去，一抹鼻頭：「你說的那件事我答應了，今天你沒到什麼地方去？」

「什麼？哦！曉得了！今天一天我都在辦公室裏，我等你好了。」一說完，就趕著向前蒐集新鮮空氣去。

曙光逐漸張開，所有的舖子尚未開門，可是菜市場已經開始在熱鬧。崩牙朱無所事事，信步就往那裏走，走到一處揭示牌下，看見圍著三三兩兩的行人，把臉孔仰得高高的像欣賞些什麼好東西。他不明不白的也擠到最前面去，看來看去，看不見有好看的公仔，只有橫一張，豎一張的白紙黑字。文字與崩牙朱素來無緣，他想走開，但又不想走得那麼快，便順著人的眼光找著了一張爬滿了毛筆字的白紙，假裝全神貫注的閱讀著，一面豎尖耳朵留心別人的對話。

「金記這間火燒店真正行衰運，昨天才給人淋柏油，今天又給人貼告示，什麼面目也沒有了！」

「真想不到，那傢伙表面上不知多熱心，嘿！誰知他背地裏卻抹著良心做事！」

「錢好賺嘛！有錢賺管他媽的良心不良心。」

「唔！罵得好！罵得好！這告示不知是誰寫的？」

「只要罵得對，管它是誰寫的呢！」

「告示上說還是初步警告，我看，以後還有把戲好看的……」

你一言，我一語，崩牙朱可聽不進這麼多了，雖然是有點莫名其妙，但他已多少明白紙上寫的是不利於金叔的東西。誰這麼大膽敢搗金叔的蛋呢？他想現在人這麼多，總該有一個知道的。

「誰寫來貼在這裏的？」他扳起臉孔大聲問，一面左看右看。

沒有人理他。

「你呢？」他用手肘碰碰身旁一個老先生。

老先生冷冷瞥過他一眼，又自顧自讀得津津有味。

「喂！崩牙朱，你不愛看行出來好不好？別擋住人家。」背後有人大聲說。

崩牙朱並不看看是誰說話，他正在發狠：「好！既然沒有人承認，我就撕下來罷！」他真的上前去伸手把告示一撕，連帶半張訃聞一併到手，擰轉頭要想跑，猛覺脖子後面一緊，已給人箍得頭都抬不起來。

「哎喲！哎喲！」他拚命掙扎。

「快放下來！」

他乖乖放下。

「滾出去！」

他踉踉蹌蹌的不知跑了多遠，站定以後轉過頭來看看是誰，可是怎樣也分辨不出來了。

「這樣好打，去打ｘｘ呀！欺負自己人，算得什麼英雄？……吥！」

他罵了一陣，覺得沒有味道，便頭也不回的走了。

十

一連受到兩次打擊的金叔大感苦惱，生意上一落千丈，每個晚上必到的ｘｘ俱樂部也懶得去走動，一個人守在財庫房裏苦思。

他奇怪自己把仇貨改頭換面的秘密竟然傳了出去，不是有內奸便絕無此理的。他把店裏僅有的三個夥計逐個地提出來研究。一個是自己的遠房親戚，道理上絕不會來撬他的牆腳，一個是幹上二十多年的老店伙，忠心上自然毫無可懷疑。另個新進工不久的阿成仔，可能性較大，記得當初自己跟後街興記老頭串同走這條路線時，阿成仔就曾經表示不贊成，他沒理睬，現在呢？當然阿成仔有一百個嫌疑，何況又得到崩牙朱秘密報告，見他深夜私自外出，所為何事不得而知，但認真起來已是留他不得，所以昨天當面通知他在月底止另謀高就。

開除一個夥計，對本身信譽的破產實際上也起不了任何作用，他金叔除了用一種羨慕的目光看著另一個同行生意日漸興隆外，便是整日長吁短嘆，沒精打采。

這天下午，金叔枯坐在財庫房裏看《通書》，眼前一花，猛然走進了一個「毛達」頭（光頭）來。

「哎！我以為哪個，崩牙朱，你今天怎麼啦？」金叔目不轉睛地瞧。

崩牙朱摸摸刨得精光的腦殼和滑滑的下巴，笑吟吟地擂動兩道眉頭。他今天例外地披著一件尚未見水的短袖藍襯衫，大概因為例外，因此一身的自由就像找不著出路似的顯得蠻不舒服。他摸著張椅子，沒敢就坐。

「有什麼事嗎？」金叔定過神來，忍不住想笑。

「我有件事想和你商量。」他恭敬地說。

「是不是又要錢？」金叔笑過了，一下子皺起了眉頭，他想起前幾天這個來說要買什麼藥酒，硬「借」去幾塊錢，今天不知道又要買什麼。

崩牙朱坐下來，把椅子拉近一些，先來一個微笑，聲音細得簡直聽不見：「我，我，我想討老婆……」

「啊哈！」金叔一怔：「你想討老婆？哪個女人看上你？」

「我看上了她！」

「很好，誰？」

「銀姐。」

「她？」

崩牙朱笑得像張開嘴巴的蛤蟆。

金叔不笑，十分鄭重地把他看了又看，然後搖搖微帶花白的頭：「我看你喝醉了，回去好好睡一場覺罷！」

「我才睡醒，就趕緊走來找你老人家商量。」

「商量？」

「我要拿兩百塊錢！」

金叔不說話。

「身價銀兩百塊錢，貴不貴？她老爹豆皮榮狗X的開口要三百塊，少一占錢都不行，白先生人好，替我跑了兩轉就減少一百塊，一定不能再減。好罷！照你看貴不貴？」

「真有這回事？」金叔得認真起來。

「給我錢就得！」

「慢些，你的事就是我的事，等我考慮考慮。」

金叔起身往廚房裏走一轉，從太太口中知道阿銀姐昨天告假回家，因為家裏有急事。他沉吟一會兒，不動聲色的又走出來。

崩牙朱等著拿錢，可是金叔考慮尚未得到結果，因此耐心地等待著不敢再去驚動。

「你回去罷！」金叔大概考慮好了：「這件事讓我親自去辦，見了豆皮榮再說。」

「多謝金叔！」崩牙朱一躬到地，高高興興的到廚房後面蒐集冷飯冷菜去了。

十一

金叔在豆皮榮家裏遇上白先生，彼此一見如故，便相約到一家餐館去喝酒，順便談談心事，臨行還叫了豆皮榮作伴。

出得餐館的大門，時間已經入夜，三人都喝得有八九分酒意，金叔不住打哈哈，拍著豆皮榮的肩頭。豆皮榮有氣無力的只顧搖頭擺腦，額上流著豆粒大的汗珠，白先生醉得像隻病老鼠，擂起兩隻肩膊，不停摸他的兩撇鬚。

三人互交一個會心的微笑。三人分做三道走。

「明月幾時有，把酒問青天……」將到家門口，白先生的詩興勃發，不料醉眼模糊中猛見「五加基」上一團黑影平地暴長，跟著有啞的聲音在叫他。

「白先生！現在才回來嗎？」

這個端詳了一會兒，這才罵起來：「鬼東西！原來是你，嚇了我一跳！」

「我等你好久了。」崩牙朱摸摸他的光頭說。

「等我？你還有什麼好事？」一邊從腰帶上掏鑰匙：「到我的辦公室來，我正要找你呢！」

崩牙朱一聲不響地跟他走進伸手不見五指的臥房裏，縮在一角。白先生在裏頭瞎摸了許久，忽然咒了起來：「我明明把一盒火柴放在這個地方的，哪個鬼拿去了放回一罐菸筒水？……哦！嘻！你媽媽的，原來在衣袋裏！」

一盞煤油燈亮起了，慘淡地向周圍撒出一片光暈。這間所謂的辦公室不大，一張箱頭改裝的桌子，以及一張鋪上草蓆的木板床，就幾乎把房裏逼得沒有站立的餘地。白先生「咯吱」一聲坐在木凳上，一氣打了幾個嗝！

「先說你的，嗝！什麼事？嗝……」他問。

摸光頭逐漸成了崩牙朱的新習慣，他對那殭屍似的嘴臉望了一會兒，壓低了聲音：

「你認識不認識暗牌張？」

「什麼？」白先生喊起來。「你想嚇我？」

「我想請他報仇！」

「誰欺負你呢？」

「阿成仔！」

「什麼時候？」

「很久以前。」

白先生籲了一口氣：「現在輪到我問你，錢拿到沒有？」

「沒有。」

「我早就知道你拿不到！坐在那邊，我們談些別的事，你有沒有膽量？」

「膽量怎麼會沒有？」

「那很好，你先躺下睡一場覺，到時我再叫你。」

「你呢？」

「我要寫文章，你先睡。」

崩牙朱糊里糊塗地躺下就睡。醒來時白先生已經站在面前，身上披著那件寬大的黑外褸，手裏捧著用報紙裹得好好的不知什麼東西。

「起來，跟我走！」白先生下命令。

「到哪裏去？」崩牙朱有點意外。

「不要多問，走！」

街上沒有了行人，一兩隻狗兒夾著尾巴在滿天繁星下走來走去，兩個人轉彎抹角的走了一會兒，在個小巷邊打住了腳。

「崩牙朱！」白先生輕輕問。「你怕不怕死？」

「什麼？」崩牙朱打了一突。

「你接住！」白先生把整包東西塞過來。

「這是什麼？」崩牙朱不想接，但是到底接住了。

「你到興記門口，把這罐烏油潑在招牌上，事完了你可以回家，不必找我，也不要告訴任何人知道，懂得嗎？」

「啊！」

「這是金叔吩咐的，不要怕，事成後賞你五角錢！」

崩牙朱決定不下。

「好罷，加五角，一塊錢！快去！」

「一塊錢？」

「大丈夫一言既出，駟馬難追。我用人格擔保！」

一塊錢的力量到底不小，崩牙朱心念動了：「現在就去嗎？」

「越快越好，回頭在家裏見！」

崩牙朱壯著膽子沿著街邊走，回過頭看看，白先生不見了。「潑上去，回頭就是一塊錢！」他想想好不高興，假如晚晚如此，他準備要改行才得。

全埠比較像樣的字號，只有金記和興記兩家，崩牙朱決不會認錯。他沿著黑暗的「五角基」走，忽然一下站住了，他看見有幾個人影在興記店鋪前徘徊，他不敢再往前走，背靠著屋柱仔細打量，看了好久，其中有個身影好像是阿成仔，他不敢相信，但越看越像，他不想看了，回頭拔腿就跑，一面暗罵上了白先生的當，差點碰到對頭冤家，一面把紙包往黑暗裏一拋，落在哪裏也不管了。

一口氣跑回房子裏，倒頭便睡，天亮時候才給白先生在房門外吵醒。

「頂呱呱！辦得真好！」白先生一臉笑得像橄欖，對他伸出一隻大拇指：「喝，還寫上兩個大字呢！誰教你的？我一點也不知道你會寫字！」

崩牙朱沒接上一句話，白先生沒有提起一塊錢的事，崩牙朱也想不起向他討。

十二

地方上忽然傳出一種風聲：

「戰事快要爆發了！」

S埠的一部份人沒有見過戰爭，所以並不怎樣放在心頭上；另一部份人呢？因為天天經過報章的薰陶，知道的不比別人少，所以也就見怪不怪，不當一回事。後來當局實施食米配給制度，一面鼓勵人們入山墾荒種雜糧，大家還懶洋洋地不大起勁，直到有一天牛吼一樣的警報聲傳播出來了，把數以千計的市民像趕鴨子一樣的操來操去的時候，大家才一齊發覺事情不很妙，開始起恐慌。

崩牙朱無所謂恐慌不恐慌，他每天照樣吃喝操作和睡覺，逼著金叔要打阿銀姐的主意。

阿銀姐已辭去金家的工作，不知去向。崩牙朱幾次要見豆皮榮，也得不著要領。金叔照樣贊成他的好事，只是考慮尚未找到結果，因此仍不放心先給他錢。崩牙朱不敢生金叔的氣，他相信金叔，不得不擱在心頭一天天的等。

因為天天逃警報，市場現出一片混亂，所有大小商店都半掩著大門做生意，貨價天天喊起，人們都瘋狂地爭購食糧，超過平常所需的份量。一部分的市區住民避居到鄉村去，鄉村的人卻疏散進山芭裏，人心惶惶，各人都不能安份於自己的正常工作；於是，崩牙朱也受到了很好的影響，整日清閒得很，垃圾鬼只顧在私宅後面的空地上種番薯，很少出來理事，因此他只管餓了吃飯，閒了想心事，把亂糟糟的日子打發得很有趣。

這天到吃中飯的時候，崩牙朱照常來到金記舖子，等待眾人吃過，收集起兩大碟飯菜就要走，（他習慣躲在自己房裏吃）頭家嫂在後面叫他：「喂！崩牙朱，停下來我有話說。」

他狐疑地站住。

「人人都說要到山芭裏種植去，因為聽說『真主』將要下凡，天下必有大亂，崩牙朱，你有什麼打算沒有？」

「我嗎？一個人，有什麼打算不打算？」他覺得問題可笑。

「一個人也得吃飯，不可單單飲水，明天一早你來，我約了幾個人一同到山芭找地方種植去！」

「唔！」他漫應著，出到街上便笑起來：「到山芭去種植，種給馬騮吃！有錢什麼不能買？我才不傻哩！」

一路想著到了家，踏進大門就發覺白先生的辦公室裏正透著熱鬧，白先生好像在演說，滿屋子都聽得清楚。

崩牙朱未免奇怪，不覺掀開黃一堆黑一堆的門簾往裏瞧。

「喲！崩牙朱，來得好！」白先生的眼睛好利：「什麼？你還沒有吃飯？我也沒有！放在這裏，不要怕，大家都是自己人，進來！」

崩牙朱縮頭已來不及，便迷迷茫茫地打量每一個人客，內中有他認識的高腳七、後街的紅眼財、未來的岳丈豆皮榮，尚有兩位他不認識。大家或坐或臥在板床上，床頭擺著一些茶具和發出豆樣光暈的菸燈。白先生一腳踏在唯一的木凳上，繼續面向大家聲色俱厲地噴著口水花。

見著豆皮榮，崩牙朱已經開了心，可是卻給白先生的一副裝扮迷惑住了，白先生身上不再是對襟長袖的唐裝衫褲，換過了有幾塊補丁的黃色洋衫，綠斜布長褲，腳下套著一雙球靴，橫腰一條褐皮帶，左邊掛著一把短巴冷刀，右邊斜插著一支洋菸斗，樣子有點像是行芭的，可也透出一點兒「武」氣。

崩牙朱瞧出了神。

多了一個聽眾，白先生目射晶光，說得似乎分外有精神。

「皮之將亡，毛焉安附？聖賢書上說得明明白白，必要時大家一定要團結一致……嗯！崩牙朱，你的飯和菜是冷的還是熱的？」

一霎時，所有充滿激情的眼光又齊對崩牙朱射過來，崩牙朱捧起碟子返身就走，走進自己的房子放下，白先生像狗樣的跟了進來，要和他分甘同味。

「本來我還飽，不過吃一點也不妨事。」白先生搓搓手掌，就往碟裏抓，吃得飛快，不一會兒就見了底。

「你知道我們在開什麼會？」白先生咬著牙齒問。

「不知道！」只得半飽的崩牙朱，精神上有點不痛快。

「商量組織一個救亡團體，他們都公推我做團長！」

「團長？」崩牙朱只知道學校裏那個高佬先生人稱做校長，這個不知是什麼東西。

「對，團長！」白先生挺挺胸膛，萬分的光榮神氣：「我歡迎你加進來，因為我知道你有錢，我們有力，這叫做有錢出錢，有力出力！好不好？」

「你說什麼？」

「我說你一共有多少錢？」

「兩角錢！」崩牙朱從腰囊裏摸出一個雙毫，晃一晃，又歸原位。「我要留來早上買點心吃的，用不得！」

「不是這個，我是問你存在金記舖子裏的。」

「那不關你事！」

「你不要參加我們的團體了？」

「要出錢我就不來。」崩牙朱低頭收拾碟子，白先生霍地站起身。

「你要反對我們？」

「我不知道你說什麼。」

白先生仰臉吁了口氣，狠命把對方一瞪。「好！你不贊成出錢，就等於反對我們，終有一日叫你這個守財奴知道厲害！」邁開八字腳跨了兩步，又站下來：「想清楚了沒有？也好，給你兩天期限，到時我再來找你！」

「白先生！白先生！」崩牙朱想起了什麼。

「怎樣？」

「豆皮榮的事怎樣了？」

「簡單！他說過，一手交錢，一手交貨，就是這句。」

「得！」崩牙朱順口答了腔。「你告訴他，在這兩天內一定準備，一定！……」

十三

街上開始發現路過的武裝兵士，戰事在聽不見的地方爆發了。

白先生幾個人，在他的辦公室裏開會議，散了會便一個人坐在大門守候崩牙朱。

崩牙朱沒有如期交出錢，白先生發過很大的脾氣，他只能訴苦說見不到金叔，說什麼也沒有用。白先生幫他尋找，也是不見下落，這才表示同情起來。

戰事的消息越來越惡劣，莊口匆忙宣布無限期停閉，工人都照工價領到雙薪。崩牙朱出去了大半天，回來以後喜洋洋地就向金記舖子走，來到後門，碰到一個年老的夥計，沒有其他的人。

「崩牙朱，你不必再來這裏啦！頭家一家都搬進山芭避難去了，他走時吩咐過，現在是『泥菩薩過江，自身難保』的時候，各人憑各人的本事和命運走路去罷！」老店伙嘆著氣對他說。

「怎麼？你要趕我？」崩牙朱大驚小怪的問：「飯呢？」

「粥水都沒得喝了，還飯？」

崩牙朱在廚房裏搜查一遍，果然沒有飯。他發了慌。

「金叔回來嗎？」他問。

「留我一個人在這裏看店，你想想就知道。」

「你在這裏吃什麼呢？」

「他給我放下了半袋米。」夥計說。

「那我搬來和你住好了！」

崩牙朱不等答覆，老老實實就往住家跑，跑到半路，一聲天崩地裂的巨響從不知道的方向滾過來，連接又是兩聲。「哎！炸彈！」崩牙朱沒命地向前奔，一口氣走進自己的房，碰巧一個人從房裏出來和他撞個滿懷。

「哎！白先生……」他坐在地上叫。

白先生依舊是全副「武裝」，一臉的驚慌形色：「我，我，我正找你……快，快……走！」自己打大門先跑掉了。

崩牙朱進了房子，發覺情形好像走了樣，檢查一下家當，不見了一包紅菸，半盒火柴，和壓在枕頭下的兩張一元鈔票和幾個銀角。他像瘋了似追出去，滿街淒涼，哪有白先生的影子。

時間實在太逼促一些，他雖然心痛那些損失，可也沒有辦法。他收拾起一些銅銅鐵鐵，和破被臭枕合成了兩個大包袱，實行遷地為良，跟那位老店伙幫忙吃飯去。看看快要到達金記舖子屋後了，猛見一群約有十來個人正在那裏集合，乒乒乓乓地原來在撬門。不大功夫，眾人發聲喊，都從打開的缺口處隱滅不見了。

崩牙朱怔怔地站著看，看了一會兒，便大著膽子奔上去，一把堵住缺口放聲喊：「來人呀！偷東西呀！捉人呀！……」

屋里傳來玻璃的破裂聲，爭奪聲……鬧了一陣，一陣旋風似從洞開著的大門走了個乾淨。

崩牙朱叫喊了一陣，見裏頭沒了動靜，便低下頭從缺口處向裏張望，一面往裏鑽，這是猛覺得肩頭給人抓了一把，硬生生地把他拖了出來。

「好哇！你這個賊頭，趁我不在就約了這麼多人來搶東西！我的老命不要了，和你拚了罷！」不知打從哪裏走來的老店伙大聲嚷著，一臉流著豆大的汗珠，咬了咬牙，一頭就往崩牙朱撞去。

崩牙朱來不及分辯，就急忙一閃，手中的包袱落在地上，銅銅鐵鐵撒了滿地。老店伙一招落空，頭碰在門板上，發一聲悶哼，就乖乖倒在地上，不動了。變化是在來得太快，崩牙朱來不及思想，先來個往後急轉，不巧，腳踏著一個物件，一滑就摔下屋邊那條污水溝裏，爬起來摸也不摸發疼的地方，隨便撈起一些物件往外逃得像陣風。

「隆！」遠處又是一聲暴響，緊接著冒起一縷濃煙，翻翻滾滾的逐漸掩蔽了半邊天。天邊遽然暗下來，一陣大風吹過，整個地方便被牽進令人窒息的煤油氣味裏。

十四

使人怔忡不安的日子一天天過去。S埠的人們尚未切實受到真正的悲慘教訓，大家都過不慣山芭中的流浪生活，因此感到厭煩，開始用警惕性的觸角，伸向市區去探聽虛實。而後發覺一切情形都好，沒有傳說中的種種令人可怖的陰影，於是，那些態度最堅決，卻跑得最早最秘密的先生們也陸續在市區露臉，這一發現，深藏不露的人們都似乎感到自己哪裏吃了虧，儘速一批批地離開得人憎厭的山芭和莽林，夢想重回到太平盛世裏享福。雖然仍有一部份人甘於澹泊的田園生活，不願貿然拋棄辛苦培植起來的成果，但經這一來，荒涼已久的市區到底也透出些許的生氣。

清瘦得像只臘鴨的崩牙朱也在市區裏出現了。隨身什麼都沒有，披頭散髮，赤著膊，光著腿，向眼前的世界射出驚異的眼光，彷彿一別多時，一切都感到陌生了。

他背交起手慢慢地走，慢慢地研究從每家窗戶裏伸出的白底紅點的布招，猜不出是什麼意思。本意上第一步便要到金記舖子去看看情形，問問金叔的下落，因為除他以外，全世界都似乎找不出一個崩牙朱的好朋友。踅進一條街，金記的招牌已經在望，可是街上意外熱鬧地跑著許多人，男女老少，攙攙扶扶地向一個地方集中而去。他怔了半晌，可想起來了，先前他已經從哪裏聽得的消息：當局準備救濟一般民眾，免費配給白米。看來現在的情形有點像，不然大家這麼熱情趕去那裏做什麼呢？

「運氣真不壞！」一出來就碰上好機會。」他很高興，因為這些日子來，他潦倒到靠偷挖別人田裏遺下的薯根過生活，米飯的滋味老早忘記了，今天湊這麼巧，碰見派米，那真不知從何說起。

「老伯，前面是不是有米派？」他趕上一個老頭子問。

「希望是這樣。」老頭沒精打采地說。

崩牙朱不再多說，加快腳步，唯恐落後。

在大草場上結集了許多荷槍的兵士，必經的路口給架上一兩挺機關槍，不明不白前來的的許多男女老幼，都在這裏站下，在正當中午的太陽下東張西望。孩子們受不得炎熱，掙扎著伏在媽媽身上哭，四處沒有可資遮蔭的東西，帶病的人被曬暈了，便夾在人潮中任由推來送去，一跤坐在地上就不想爬起來。人們沉默著，等待不知是禍是福的降臨。

崩牙朱爭在眾人前頭，努力向著前面望。前面不遠擺著一張白布鋪面的長桌子，桌子旁邊放著幾張藤椅子，沒有看見人，也沒有看見其他可以分派的東西，情景像是開什麼大會。開大會規定不派東西，他經驗過，不免很覺得失望，可是一眼望見停在路邊的大型羅里車，車裏可能放著些什麼，心裏又自然湧起一團的希望。

來「開會」的人們像魚乾似的攤在陽光下，有人陸續昏厥了，有人看準旁人的影子死命往前鑽；汗水爬滿了人們的赤赭苦臉，急得連互瞧一眼的興趣都喪失乾淨。崩牙朱早像是水裏撈上來的一條泥鰍，打開嘴巴不停抽氣，好久才看見有人坐在藤椅上，旁邊恭恭敬敬站著一些人，而且一律的在手臂纏著白布條，上面圓圓的一個紅點子。崩牙朱看了一會兒，覺得毫無看頭，便閉上眼睛養神。

坐在長桌中央的是年青的日本軍官，站起來嘰里咕嚕地說了一大堆，停下來時就有幾個兵士和幾個臂纏布條的人走進人群裏來。崩牙朱睜開眼睛打量來人，一個矮矮瘦瘦，額上生著一個肉瘤，不大認識。一個唇間留著一撮牙刷鬚，赫然是白先生！白先生從他身旁走過，目光四射，像要尋找什麼奇異的東西，一轉眼就走遠了。崩牙朱搞不清是什麼回事，看看前面，前面桌子邊忽然多了一些人，個個垂頭喪氣地站著，沒有一點高興的樣子。他越看越摸不著頭腦，無意間側過臉去，忽然發現了金叔。金叔臂上也帶起一條布帶，手裏拿著一根手杖，也看見了他。他對金叔笑，然而金叔走開去了。

被帶出來站在一旁的人越來越多，只是還輪不到崩牙朱，他擔心真的派米，這真叫他心裏發急。眼見兵士們帶著那些人走向羅里車去了，久不說話的軍官又嘰里咕嚕地說了一大堆，崩牙朱沒本事聆聽，只顧眼晶晶地朝金叔打量，很想自動走過去打招呼。他看見白先生站在金叔面前談了一些話，金叔用他圓潤多肉的下巴朝著這裏挺了挺，白先生看見他了，卻不見有什麼高興的表情。崩牙朱揮揮手臂，一轉眼間白先生來到面前，後面跟著兩個兵士。兵士一到，伸手就按住他的肩膀，毫不費力就把他請了出去，站在許多哭喪著臉孔的人們當中。

崩牙朱很得意，覺得自己是許多幸運者之一。然而等到跟隨大家來到羅里車邊，一個個被趕了上去，他上去一看什麼都沒有，暗裏嘰咕，他不想搭車上哪裏，就硬想爬下來……

空場上的人逐漸散去，一些婦女們莫名其妙的號哭著，拚死拚活地向著羅里車湧去。車開了，怒吼著，顛簸著，一輛緊接一輛，噴著濃煙，扣動地面，終於幻成了模糊的小點子，流進萬山的翠蔭掩映中。

「砰！」似乎是一響槍聲。

看不見，也沒有人研究出處。S埠的人們已經為另一個嚴重的問題苦苦困擾著了……

馬華文學獎大系　PG0746

水東流
——原上草小說選集

作　　者	原上草
主　　編	潘碧華、楊宗翰
責任編輯	鄭伊庭
圖文排版	楊尚蓁
封面設計	陳佩蓉

出版策劃	釀出版
製作發行	秀威資訊科技股份有限公司 114 台北市內湖區瑞光路76巷65號1樓 電話：+886-2-2796-3638　傳真：+886-2-2796-1377 服務信箱：service@showwe.com.tw http://www.showwe.com.tw
郵政劃撥	19563868　戶名：秀威資訊科技股份有限公司
展售門市	國家書店【松江門市】 104 台北市中山區松江路209號1樓 電話：+886-2-2518-0207　傳真：+886-2-2518-0778
網路訂購	秀威網路書店：http://www.bodbooks.com.tw 國家網路書店：http://www.govbooks.com.tw
法律顧問	毛國樑　律師
總 經 銷	聯合發行股份有限公司 231新北市新店區寶橋路235巷6弄6號4F 電話：+886-2-2917-8022　傳真：+886-2-2915-6275

出版日期	2012年5月　BOD一版
定　　價	420元

國家圖書館出版品預行編目

水東流：原上草小說選集 / 原上草著. -- 一版.
-- 臺北市：釀出版, 2012.05
面； 公分. -- (語言文學類；PG0746) (馬華文學獎大系)
BOD版
ISBN 978-986-5976-19-4 (平裝)

868.757 101005934

讀者回函卡

感謝您購買本書，為提升服務品質，請填妥以下資料，將讀者回函卡直接寄回或傳真本公司，收到您的寶貴意見後，我們會收藏記錄及檢討，謝謝！如您需要了解本公司最新出版書目、購書優惠或企劃活動，歡迎您上網查詢或下載相關資料：http:// www.showwe.com.tw

您購買的書名：________________________________

出生日期：________年________月________日

學歷：□高中（含）以下　□大專　□研究所（含）以上

職業：□製造業　□金融業　□資訊業　□軍警　□傳播業　□自由業

□服務業　□公務員　□教職　□學生　□家管　□其它_____

購書地點：□網路書店　□實體書店　□書展　□郵購　□贈閱　□其他

您從何得知本書的消息？

□網路書店　□實體書店　□網路搜尋　□電子報　□書訊　□雜誌

□傳播媒體　□親友推薦　□網站推薦　□部落格　□其他__________

您對本書的評價：（請填代號　1.非常滿意　2.滿意　3.尚可　4.再改進）

封面設計____　版面編排____　內容____　文／譯筆____　價格____

讀完書後您覺得：

□很有收穫　□有收穫　□收穫不多　□沒收穫

對我們的建議：________________________________

____

____

____

請貼
郵票

11466
台北市內湖區瑞光路 76 巷 65 號 1 樓
秀威資訊科技股份有限公司 收
BOD 數位出版事業部

（請沿線對折寄回，謝謝！）

姓　　名：________________　年齡：________　性別：□女　□男

郵遞區號：□□□□□

地　　址：____

聯絡電話：(日) ________________ (夜) ________________

E-mail：____